サムライ会計士

昭和のジョン万次郎と呼ばれた竹中征夫

仲　俊二郎

栄光出版社

サムライ会計士

目次

1 M&A監査の日本人第一号となる……7
2 ミネベアの高橋高見に出会う……28
3 日本人初のパートナー誕生……63
4 アドバイザリーで頭角を現す……89
5 即席麺を売れ……109
6 社内戦争勃発……144
7 いやいや渡米する……163
8 公認会計士をめざす……184
9 本田宗一郎と語る……210

10　晴れて独立……242
11　ビジネス・パートナーを探せ……252
12　船井電機、コストダウンへの挑戦……274
13　解雇やむなし……285
14　エンジン全開……298
15　エピローグ……334

サムライ会計士

—昭和のジョン万次郎と呼ばれた竹中征夫—

この物語は事実を基に構成したフィクションです。人物や組織について、実名に加え、仮名または匿名表記を使用しています。

1　M＆A監査の日本人第一号となる

このところ晴天が続き、珍しくスモッグが出ない。木々の緑が高い陽射しに鮮やかに照り映《は》え、生き生きした濃淡を浮きたたせている。やや気温が低めの七月のロサンゼルスは快適だった。だが竹中征夫《たけなかゆくお》の気分は今ひとつ晴れない。

クラウンといえば世界最大の会計事務所である。ここに入社して、ほぼ一ヵ月が過ぎた。これからの会社生活について、どちらの方針をとるかで迷っているのだ。

会計事務所に勤めたからには、まず米国公認会計士試験の合格に向けて全力を尽くすべきか。それとも妻子を養う身として、早く会社の仕事を覚え、社内での足もとを固めるのが先か。

そう迷うのには理由があった。妻帯者の責任という以外に、社会全般を重く覆《おお》っている人種差別の問題である。十五歳でいきなりアメリカへやってきて、言葉もまったくしゃべれない暗闇の中から出発し、その時その時の刹那《せつな》を無我夢中で駈けてきた。中学、高校時代の人種差別にも、逃げずに身一つの素手で対峙し、独力で立ち向かった。大学でも、東洋人だからという就職差別を跳ね返し、世界のクラウン会計事務所に日本人社員第一号として入社したのだった。

だからといって、安心できる雰囲気ではない。ただでさえ会計士というのは、いつクビになるかもしれない不安定な身分なのだ。そこへ人種差別も加わって、はなはだ弱い立場に置かれていた。

竹中はいつもそうだが、何かを決するとき、自分なりのSWOT《スウォット》分析をしている。当時はまだビジネス社会でこの手法は確立していなかったし、彼自身もその存在を知らないまま、自分の立場について、Strength（強み）、Weakness（弱み）、Opportunity（機会）、Threat（脅威）をあれこれ分析した。そして呻吟《しんぎん》したのち、会計士試験を後回しする方を選んだ。日常の仕事を覚えることに専念したのである。


ユタ州立大学商学部の会計学科を首席で卒業し、Debit（借方）、Credit（貸方）の会計理論については一応、理解しているつもりだ。だが現実に今、売掛金や買掛金、伝票などの膨大な数字にハンズオン（実体験）で接し、簿記がもつ奥の深さに目を覚まされる思いがした。帳簿に記された一つ一つの数字は、ただ抽象的な数値に過ぎないけれど、その背後には、何千もの売掛や買掛の生きた取引があり、何万もの請求書が存在するのだ。

――今、俺は「木」を学んでいる。

そう実感した。大学では会計という大きな「森」を学んだが、ここでは一件一件の取引という小さな個々の「木」を、手で触れて実地で学んでいる。「木」と「森」がどういうふうに結びついているのか、その仕組みの発見がたまらなく新鮮で、面白い。まずは会計士試験を目指すのではなく、実務の方向を選んだのは間違っていなかったと、満ち足りた気持ちで日々の仕事に励んだ。

だがそのために試験勉強の時間がとれず、とうとう出たとこ勝負の受験となった。当日は時間ぎりぎりまで粘ったが、結局、不合格に終わった。学科のうち、会計、監査、法律、理論の四科目のうち、会計と理論の二科目しか合格しなかった。

たぶん落ちるだろうと、予想はしていた。しかしいざ現実にそれが起こると、やはり気分がいいものではない。あわよくばという淡い期待があったのも事実である。不勉強を棚に上げて、一発合格というそんな期待を抱いた自分の自惚《うぬぼ》れにあきれた。世間は甘くはない。厳しさを再認識させられた。

その日、遅く帰宅すると、合否の通知書が郵送されてきていたのだった。食欲はなかったが、夕飯でフォークに刺したハンバーグ・ステーキを頬張りながら、妻の昭子の方を見て、身勝手な落胆と、そうだろうなという納得の入り混じったはっきりしない表情でつぶやいた。

「会計士試験、やはり甘くはなかったな」

それは自分に言い聞かせた言葉だった。勉強時間がなかったとはいえ、早く会計士として出発したい。その気持ちは隠せない。一発合格できず、何だか家族に申し訳ない気持ちもある。

「そうねえ。でも、上々の出来じゃないかしら。二科目は合格したんだから」

昭子の明るい声に竹中は救われた。心の中でそっと感謝の頭を下げた。

――そうだ。半分の二科目は通っている……。

昭子はいつの時も自分の味方をしてくれている。それは何よりも心強い支えである。アメリカの会計士試験では、合格したこの科目は次回まで持ち越せるのだ。

「よし、次の試験は頑張るぞ」

軟弱な心に鞭打った。たとえ一瞬であっても、後ろを振り向くのは自分の主義に反する。白人優位のこのアメリカ社会で生きていくためだけではない。むしろそれよりも、行く手に広がっている未知の人生を、この手、この足で生きていくには、プロアクティブの精神を決して忘れてはならない。忘れた時は敗北の瞬間なのだ。竹中は当たり前のことを心の中で改めておさらいし、元気を取り戻した。不意に山間《やまあい》の霧が晴れていくように、澱《よど》んでいたもやもやが消え、充実感のあるすがすがしい勇気が満ちてきた。

プロアクティブとは、自分で考え、前向きに率先して行動し、意識的に目的に向かって進むことをいう。これの対極にあるのがリアクティブだ。ただ反応するだけで行動に移すことはない。このプロアクティブの精神は、アメリカへ来て以来、これまで竹中を引っ張ってきた太くて重い心棒だった。それを忘れかけた夫に、昭子はさり気なく思い出させたのかもしれない。昭子というのはそういう女である。

時間が過ぎた。会社での仕事に加え、帰宅後は深夜まで試験勉強に時間を割《さ》いている。「木」の経験はいっそう「森」の理解につながり、その喜びが睡眠不足を忘れさせた。勉強の進展具合に手ごたえを感じつつ、充実した日々を積み重ねている。

だが一方で、それを帳消しするような重さではないにしても、心を曇らせていることがあった。クラウン・ロサンゼルス事務所内を覆う根深い人種差別のことだ。日本人だからという理由で、何かと割りを食う毎日である。同期入社の白人は皆、レベルの高い仕事を割り当てられている。昇進も早い。

今朝も大して仕事が出来るとも思えない白人男性が、売掛金と在庫の監査をする隣の小チームのリーダーに任ぜられた。幸い顧客が違うので直接の上下関係はないけれど、こうした差別が続くと気分がよくない。ノックアウト・パンチとまではいかないが、ボディブローのように効いてくる。

——だからこそ、頑張らねば……。

差別に会うたびにそう言い聞かせた。悔しさに耐え、それを糧《かて》として、能力向上の方へエネルギーを振り向けた。後ろを振り返ったり、嘆いたりするのではなく、プロアクティブに心と体を前へと駆り立てた。そしてその甲斐あって、近頃は少しは増しな仕事の割り当てが回ってくる。

心が沈みかけたとき用に、竹中には自らを奮い立たせる手だてとして、あえて思い出す一つの出来事がある。それはクラウンへ入社してまだ一年あまりの駆け出しの頃に受けた屈辱だった。監査法人で最も基本となる仕事は商業監査の実務だ。若いうちはここで苦労して鍛えられねばならない。だが有色人種の彼にはなかなかそのチャンスが回ってこなかった。

そんななか上司でスケジュール担当のシニアマネジャーは、竹中の陰日なたない頑張りに好意を抱いていた。或る日、セービングズ&ローン・アソシエーションという貯蓄銀行の監査に竹中を指名した。

「数字チェックの地味な仕事だが、名実ともにこれが君のキャリアの出発点だ。頑張ってくれ給え」

いよいよ夢にまで見た商業監査に従事できるのだ。会計人としての生活がはじまる。そう思うと、息苦しいほどにまで胸が躍った。急いで身支度をし、まだ続く一方的な鼓動の衝撃をそのままに、ロサンゼルス市の目抜き通りに建つ貯蓄銀行へと急いだ。

タクシーを降りた。正面に見慣れた建物が見える。重厚な大理石造りの玄関前に円柱の高い柱が聳え立ち、有無をいわさぬ威厳を放っている。しばらく感慨深げに見上げたあと、新たに湧き起こった心地よい興奮をひきずったまま、エレベーターに乗った。上階の監査室へ足を踏み入れるなり、いきなり薄い封筒を手渡された。開けてみると、上司からの伝言が入っている。

読んで驚いた。直ちに事務所に戻れ、とある。恐らく電話をしてきたのだろう。いったい何事だろうと思いながら大急ぎで帰ったのだが、事情を知って、「さもありなん」と思った。

竹中が事務所を出た直後に、当の上司と彼よりポジションが上の銀行担当のパートナー(代表社員)とのあいだで、こんな会話があったという。上司が竹中征夫の派遣を報告した時のことだ。途端にパートナーの顔色が変わった。

「何？　ユクオ（征夫）だって？」

「はあ、そうですが……」

「ダメだ。すぐに呼び戻せ。彼は不適だ」

「でも、彼は頑張り屋です。きっといい仕事をしてくれます」

「何をバカなことを言ってるんだい。顧客に失礼じゃないか」

「でも……」

「いいか。大切な顧客のところに日本人を行かせるなんて、とんでもないことだよ。イエローの日本人に質問された時の白人の気持ちがどんなものか。言われなくても分かるだろう。すぐに呼び戻せ」


上司はこっぴどく叱られたという。後で竹中にことのいきさつを語ってくれたのだった。この時に上司が見せた苦しげな表情は今でも忘れることが出来ない。こういう人もいるのだということが、竹中にせめてもの救いと安らぎを与えてくれた。

そもそもAuditor（監査人）とは「ものを聞く（Auditする）人」という意味であり、顧客にどんどん質問して、その答えを「聞かなければならない」立場なのである。


竹中は事情を知っても、不思議なことに怒りを覚えなかった。

――やはり、これがアメリカ社会なのだ……。


或る意味、納得さえした。有色人種に対する白人の差別行為は今にはじまったことではない。差別を禁ずる公民権法が制定されて、まだ一、二年しか経っていないのだ。社会のあらゆるところで理不尽な差別は深く浸透したままである。

黒人が入れないレストランやトイレはまだまだ多い。バス停留所の待合室やトイレへ、うっかり黒人が入って、鉄棒やタイヤチェーンで武装した白人暴徒に襲われたニュースも、いまだにちらほら聞く。農村地帯へ行けば、事態はさらに深刻だ。

公民権運動の黒人指導者ルーサー・キング牧師は、声をからして人種差別を非難している。一九六三年のワシントン大行進のことは記憶に新しい。リンカーン広場でデモ行進し、「I have a dream（私には夢がある）」と演説した。

それがもとで公民権法が制定されたのだが、ノーベル平和賞を受賞したほどの人物であり、彼の発言や動向が新聞に載らない日はない。こんな社会情勢の中でクラウンが有色人種の自分を採用してくれただけでも、「よし」とせねばなるまい。竹中は素直にそう思うのだった。

ちなみにキング牧師は数年後の一九六八年にテネシー州メンフィスで暗殺されるのだが、この時点では誰も知るよしもない。差別は南アフリカのアパルトヘイト（人種隔離政策）ほどではないにしても、アメリカ全土にまだ根深く残っていた。黒人のバラク・オバマが大統領になっている今日では考えられないことである。

竹中は若い時分から理性的な男だった。ビジネスで激論する時は感情をむき出しにする交渉術を心得ているが、状況分析とか問題解明などに当たっては実に冷静で慎重だ。今回、セービングズ＆ローン・アソシエーションでの仕打ちに会っても、あえて社内での差別に反発するのではなく、それを受容した上で己《おのれ》の生活指針を立てている。

――いじけてはいけない。

そう自分に言い聞かせ、妻の昭子とこんな会話を交わしている。

「人間社会ってのはさ、どうしても差別は避けられないと思うんだ。ましてやここは白人がマジョリティ（多数派）の社会だろう。彼らが同じ人種の人間を好んで使うのは当たり前かもしれないね」

「おやおや、白旗を揚げるの？」

「いや、そうじゃない。もし自分とライバルの白人が同じ力量なら、白人が選ばれて当然だということさ」

「じゃあ、あなたの方がその白人より少しだけ力量が上回っていたら、どうなの？」

「やっぱり白人だろうな。ただ問題はもし自分の方がはるかに上回っている時だ。それなのに自分が選ばれなかったとしたら、これこそ明白な差別待遇だろう」

だからこそ有色人種の自分は白人の何倍も頑張らねばならない。何倍もの能力を身につけねばならない。これがこの国でマイノリティ（少数派）として生きるための生活の智恵なのだと、ひそかに肝に銘じたのだった。

ただ竹中は白人の上に立とうとか、彼らを支配しようなどという気は毛頭ない。せっかく文明国のアメリカへ来たのだ。せめて白人の中のコア（主流、一流）の人たちと対等に交わりたい。そのためにはどんなことでも学んでいかねばならないのが自分の立場だ。えり好みなどもっての他だと、真摯《しんし》に思うのだった。

セービングズ&ローン・アソシエーションは断られた。民間企業への出入り禁止ははなはだ残念である。だが仕事がないわけではない。入社以来ずっとパブリックセクター（公共部門）の監査に携《たずさ》わってきた。余計なことを考えず、いっそうこれに専念するだけのことだ。

官公庁では一応、人種差別は禁止されていて、有色人種が担当しても問題はない。ここの監査では多くの黒人やヒスパニック系、東洋系などの従業員が働いている。悪く言えば、有色人種の吹き溜まりでもあった。彼らの多くは経理担当者であり、会計士やその卵の仕事をサポートする。

——仕事をさせてもらえるだけでも有難い。

正直な気持ちだった。それならそれで、自分はパブリックセクターのエキスパートを目指すのだと、竹中の静かな闘志に火がついた。もう迷うことはない。それからというもの不満を封印し、よりいっそう業務に励んだ。

下積みであっても、どれもこれもが貴重な経験である。ロサンゼルス市役所の大きな金庫の中に入って、たった一人で三ヵ月過ごしたこともある。日がな一日、債券のクーポンをコンピューターのリストにしたがい、一枚一枚チェックしていく孤独で地味な作業だ。

また或る時はロサンゼルス市内の公立中学校の監査に弁当持ちで出向いた。だだっ広い倉庫の中には給食のミルク缶が山と積まれている。それを一個一個数えて在庫確認をしていくのだ。缶が終わると、他の食材にかからねばならない。何日もかかった。根気のいる単調な仕事だが、こういった経験の積み上げがいつかは会計士の力になるのだと、明るい気持ちに切り換えて自分に言い聞かせた。

そう、この明るさこそが竹中の真骨頂なのだ。どんなに苦しくても、どんな困難に遭遇しても、落ち込んだり、悲観したりはしない。それらを否定するのではないが、そこから這い上がらなくてはコアの人たちへの仲間入りは出来ないのだと、むしろ励みの方向へ自己を転換するのである。

だからいつもニコニコしている。それは十五歳でいきなりアメリカという異国へ投げ込まれ、言葉にせよ環境にせよ、どん底の心理状態に置かれたことで得た強みなのかもしれない。

世間は正直だ。仕事に向かう竹中の懸命な姿勢は、やがて社内の誰もが認めるところとなる。いつの間にか日本人だからという偏見は影を潜《ひそ》めた。潜めたというより、竹中の実力が無言のうちに力ずくで偏見を押し込めたという形である。

そんな或る日の午後のことだった。昼食から戻ってくるなり、最近昇進した上司のサミュエル・ジョンソンに部屋へ呼ばれた。コーヒーの香ばしい匂いが鼻をつく。机の上にはスタッフのスケジュール表が広げてある。

「早速だけど、君のパブリックセクターの仕事、そろそろ卒業にしよう。これからは民間企業の方も、並行してやってもらおうと思っている」

そう言われ、今行われているベターフーズマーケット社の監査チームの一員に追加任命された。チェーンストア形式のスーパーだ。竹中は不意に訪れた歓喜を制御できず、瞬時、ジョンソンをにらむように見た。両頬が朱に染まり、黒い瞳が子供のように輝いている。

「イエス・サー。買収案件のあのベターフーズですね」

「そう、M&Aプロジェクトだ。不満があるかい？」

ジョンソンはにやっと笑い、暖かい眼差しを竹中に投げかけた。竹中は熱い思いが頭を駆け巡り、咄嗟に言葉を返せなかった。

与えられたのは伝票チェックという末端の作業に過ぎないが、眼前はバラ色に輝いた。今度こそ会計士の道へ足を踏み入れるのだと、高揚する気分を抑えるのに苦労した。

ちなみに竹中はM&Aビジネスに従事した日本人として、このとき世界の第一号となったのである。入社後一年半が経った一九六六年（昭和四十一年）のことだった。そしてその翌年の二十五歳のとき、晴れて米国公認会計士の試験に合格している。

気がはやる。土砂降りの雨がたたきつける中、黒人居住地域に隣接したクレンシャー地区へと急いだ。ベターフーズ社の玄関に傘を置き、服にかかった雫《しずく》を払い落としながら二階の監査室に入る。

思わず目をみはった。沸騰した湯気を思わせるすさまじい熱気が、濃い密度で大部屋の空間をうずめている。会計士やアシスタントスタッフの数は優に二十人を超えているだろう。机に所狭しとばかりに積み上げられた帳簿に向かい、まるで寸秒の時間も惜しいというふうに、緊迫した真剣さでにらめっこをしている。こんな光景は初めてだ。まるで真剣勝負の戦場の中へ不用意に迷い込んだような錯覚にとらわれた。

「あ、ユクォ（征夫）。ちょうどいい。この勘定科目を調べてくれないか」

顔見知りのベテランパートナーからいきなり指示が飛んできた。竹中はハンガーに背広をかけるのもそこそこに、彼の横の空いた席に急いで座った。

「すごいですね。企業買収の現場って、いつもこんななのですか」

「ああ、まあね。普通の監査業務とはぜんぜん違うだろう」

「ええ。もっと静かだし、第一、人数もわずかです。私一人のときも多いです」

だがパートナーからの返事はなく、顔をうつむかせて彼はもう帳簿のチェックに戻っている。竹中も勢いに飲み込まれ、その忙《せわ》しなさと緊張がかえって心地よく、指示された仕事に向かった。

午後八時を回っても、誰一人席を立つ者はいない。或る種の殺気に似た、張りつめた空気が充満している。トイレに行く時間さえ惜しんでいる雰囲気だ。そんななか竹中は場違いなことに、夕食の心配をした。酒が飲めない分、健啖家《けんたんか》で、体内で控えめな音ながらも空腹が鳴っている。

そのときドアーがあいて、ハンバーガーとコーラが箱に入れて運び込まれてきた。パンの香りが鼻腔から胃へと、強烈な刺激となって流れ込んでくる。さすが皆も同じ思いなのか、一斉に近づき、フライドポテトなど一式が入った袋を手にとって、自席に戻った。

竹中も一息つき、食べようとしたのだが、どうもおかしな気配である。寛《くつろ》いで食べるという雰囲気ではない。皆が皆、片手でパンをかじりながら、相変わらず帳簿や伝票と格闘しているのだ。

食事が済んでも、仕事に立ち向かう室内のエネルギーは減殺しなかった。外はもう真っ暗で、九時、十時になったというのに、帰ろうとする気配がない。この部屋のスタッフたちは土日の休みもなしに働いているのだという。まるでブレーキのない機関車を想わせる勢いだ。

竹中は圧倒された。これまで自分がやってきたパブリックセクターの監査とは比べものにならない。いかに生ぬるいものだったのかを痛感させられた。

――M&Aとはすごいものだ……。

ここまでやるのかという驚嘆が、まだ竹中の心の中を心地よい刺激で舞っている。買い手は限られた期限内で買収先の企業の監査を終えねばならない。そのために会計士はこの二ヵ月間というもの、知力と体力の限りを尽くして財務諸表と格闘している。

記述は正しいのか、取引は正しいのか、粉飾はないのかなど、調べねばならない。裏方とはいえ、まさにここが会社の売り買いの最前線なのだ。見落としは許されないのである。

たった一つの落とし穴を見過ごしても、顧客である買い手に致命的な損失を与えてしまう。企業に正当な値段をつけるための検証作業、これが買収監査なのだと、今、肌身で知ることが出来た。

あくる日もそれ以降も、竹中は勘定科目とにらめっこし、請求伝票と支払伝票をめくり、一枚一枚チェックする作業に没頭した。請求にもとづく支払いが、きちんとなされているのかどうか、その点検である。単調な作業だからといって、眠気が入り込む余地はない。パートナーから言われた注意点は常に頭に置いている。

「請求書の中味に注意せよ。弁護士や公認会計士、コンサルタントなどからのものがあるかどうか、見落とさないように」

もしあったとすれば、問題は何のために彼らを雇ったのかということになる。そのサービスの内容に注意せねばならない。なぜならそれらは訴訟に関係した場合が多いからだ。訴訟大国のアメリカでは、どの企業も数件の深刻な裁判を抱えているのが普通であり、トラブルの匂いを嗅ぎつけることも、監査の重要な任務なのである。

そろそろ疲れがたまってきた。さすがに頑丈な竹中も肩に凝りを覚えて鉛のように重い。だが前向きの緊張感が、そんな疲れに打ち克つ気力を容易に与えている。伝票の束の最後のところまできて、「おやっ」と思った。そこには弁護士への支払いが記述されている。

――あったぞ。これだっ！

ようやく見つけた。小さな責任を果たした喜びが込み上げた。パートナーは伝票の綴りを手にとると、「うむ」と言って、鋭い視線をあてている。

「しかし、どうなんだろう。これだけでは訴訟がらみかどうかは分からないな」

早速、ベターフーズの担当者に来てもらい、説明を受けた。そしてそれが終わると、休む間もなく竹中も手伝いながら、買収予定者が雇用している弁護士事務所へその内容を送って検討を依頼した。

パートナーは当面の処理が一段落すると、教育する口調で手短に言った。

「合作だな。こういう問題は会計士と弁護士の両者が力を合わせなければね」

もし訴訟関係だと分かったなら、ベターフーズ側から、訴訟の原因や裁判の進行状況、はたまた敗訴の場合の賠償予想額などを聞き出す必要がある。その上で、訴訟との係わり合いを明示した確認状を、ベターフーズの弁護士から受け取らねばならない。短い期間内にこれらの詰めを完結しなければならず、知力はもちろんのことだが、体力を全面に出した時間との戦いなのだ。

こうして意欲に燃える若者は、以後、むさぼるようにして仕事にぶつかり、覚えていった。与えられたチャンスに心から感謝し、実地の業務に心身のすべてを燃焼させて、M&A監査の一連の流れを着実に経験していくのである。

ベターフーズのあとで参加した別の買収案件では、伝票チェックから、環境コンサルタントへの支払いを見つけた。調べていくと、その会社は深刻な公害問題を引き起こしていることが判明した。まだ世間に知られてはいないけれど、巨額の損害賠償額が予想され、危うく難を免れたのだった。

もし気づかずに買収しておれば、後で大変な事態になっていただろう。逆にもしそれが理由で買収が成立しなかったなら、どうなっていたか。それも「よし」なのだ。買収監査では、会計事務所は時間単位で支払われているので損得はない。しかし金銭では計れない、職業会計人としての責務を果たした誇りを認識するのである。と同時に客からの信用も得る。

ベターフーズのM&Aプロジェクトは無事終わった。その時の打ち上げ会は、以後M&A

の専門家として育っていく竹中にとって、感銘深い一夜であった。仕事中もそうだったが、このパーティーの席でも、プロの先輩会計士たちと接することができ、多くを学んだ。件《くだん》のパートナーがワイングラスを合わせながら語った言葉は、いまだに忘れられない。

「買収監査ってのはさ。むしろ伝票や帳簿に載っていないことがらにこそ、重要なファクター（要素）がひそんでいるんだよ」

とはいえ、一つの事柄にどっぷりとのめり込んでいいというわけではない。例えば売上の監査には普通、百時間というバジェット（予算）が付されていて、それを超えると能力なしとみなされる。スピードとの勝負でもあるのだ。

――それにしても監査というのは面白いな。

これは竹中の実感である。やればやるほど興味が湧いてきた。会社の秘密をすべて知ることが出来るのだ。それも一社だけではない。多くのライバル会社を比較でき、経営の勉強になる。共通点、成功点、失敗点、利点、欠点などが分かり、まるで自分が企業経営者になったような気分がした。経営の勉強の最短距離にいるといっていい。恐らく他にこんなことが出来るのは、税務署の役人くらいだろうなと思った。

この頃にはまだパブリックセクターの監査に従事するかたわら、商業監査であるM&A案件にも時々、参加していた。毎日毎日が学びの連続である。着実に力がついていくのが分かり、それがまた励みになる。だが一方で、いつクビになるかもしれない恐怖を抱いていたのも事実であった。

一般に監査法人に勤める会計士などの従業員は、はなはだ身分不安定で、「Up or Out システム」と呼ばれる雇用慣習にさらされている。だらだらといつまでも従業員であり続けるということはない。Up（昇進する）か、Out（辞める）、つまりクビになるかのどちらかなのだ。選別は実に厳しい。会計士もそのことをよく知っている。

それを決める日がまたやって来た。魔の四月十五日である。この頃になると、所得税の確定申告や一般企業の十二月末決算の監査もほとんど終わり、会計事務所は一息をつく。それを機に毎年、従業員の大掃除が行われるのだ。

だからこの時期、会計士やその卵たちは皆、気もそぞろである。クビになるのではないかと、落ち着かず、仕事をしていても上《うわ》の空なのだ。竹中も上司から名前を呼ばれはしないかと、耳の感度を上げて、びくびくしながら時間を過ごす。クラウン・ロス事務所だけでも毎年、最低二十名くらいが解雇される。しかしその分以上に新入社員が補充されるので、組織としては問題なく動いている。

――はて、どうやって生き延びていけばいいのだろうか。

家族のいる竹中にとっては死活問題だ。真剣に悩んだ。有色人種ゆえに Out の確率は白人よりも高いといえる。力をつけてきてはいるけれど、自分には幹部とのコネもないし、日陰のパブリックセクターに長く留《とど》まり過ぎているのもマイナス材料である。

ところが人生というのはいろいろだ。そのマイナス材料が、或る時を境にプラスに転化したのだから、人の運命というものは分からない。

パブリックセクターの決算は一般企業とは異なり、六月末なので、監査業務は九月末で終わる。そうなると、従事していた者たちは当面は暇になり、時間を持て余す。したがって商業監査の仕事を分けてもらえない人は、翌年の四月十五日よりも一足早くOutの心配をせねばならない羽目になるのだ。

そのころ、民間を担当する商業監査の部門では、法人税申告日はまだ先で、中間監査をやっている。そして締め切りの年末を過ぎると、一ヵ月ほどかけて財務諸表の整理にとりかかり、二月頃から、四月十五日締め切りの最終監査へと突入して、大忙しとなる。

一方、これらの一連の作業に合わせ、年明け頃から税務申告書や監査報告書を作成する準備の仕事が出てくるのである。当時は今日とは違い、書類はすべて手書きで作成されていた。

秋も深まった十月の或る日のことだ。暇になって、そろそろ頭にOutの心配が忍び込んできた竹中に、上司から声がかかった。時期も時期だ。何だろうという不吉な予感が真っ先に浮かび、しかし一方ではまさかという楽観も交錯させながら、部屋へ入った。

「ああ、ユクオ。何だか暇そうだね」

「ええ、まあ……」

返答に窮したが、それでも姿勢を正し、気持ちを強く持って心の中で身構えた。

「ちょうどいい。遊んでいるのだったら、ちょっと隣の税務部門の応援に行ってくれるかな」

「はっ、応援……ですね」

「そうだ。書類の清書の手伝いだけど、頑張り給え」

思いがけない助け舟に、返事をする竹中の声が上ずった。深い安堵と、それに倍する喜びが同時に胸に込み上げた。すぐにその足で税務部門へ行き、清書の仕事をもらった。丹精こめて書き上げたのは言うまでもない。

でその丹精だが、ここで竹中の得意技が思わぬ役にたったのである。竹中は字がとても綺麗だ。英文字にせよ数字にせよ、その端正な美しさには品格がある。優雅さに加え、それを引き立たせる生き生きとした勢いというものを持っている。茫洋《ぼうよう》とした人懐っこい容貌からはとても考えられないほどだ。皆は感心した。

——一種の芸術品だね。

税務部門から受ける賞賛の声は、今の竹中にとって心強い。まるで深井戸の底から這い上がれずにいるところへ、突然　地上から細いロープが下りてきたかのような一筋の希望だった。たとえ便利屋であれ、仕事があるのはこの時期の自分にとっては有難い。竹中は巡ってきた幸運に感謝した。

加えて思わぬ収穫もあった。勉強と言い換えてもいい。多くの税務や監査業務の全体像を俯瞰《ふかん》することが出来たのである。

その綺麗な仕上がりは大好評で、次々と清書の仕事が回ってきた。いつの間にかHuman Typewriter（人間タイプライター）と、好意のあだ名をつけられた。

物事は何が得で何が損なのか、分からないものだ。人種差別でパブリックセクターに放り込まれたが、そのお陰で十月になると暇になり、清書の仕事にありついたのだ。多くの仲間が解雇されるなか、しぶとく生き抜いていくのである。

2　ミネベアの高橋高見に出会う

ようやくパブリックセクターを卒業した。最近は税務監査に軸足を移しながら、待望のM&A案件にも時々、参加している。この分野ではまだまだ下積みに過ぎないが、やればやるほど奥の深さを知らされた。

といってもまだM&Aの何たるかを理解しているわけではなく、あくまで上司の指示通り無我夢中で一枚の駒として働いている状況にすぎない。点と線で例えれば、点の段階である。しかもごく小さな点だ。

一方、仕事割り当てで見られる白人との差別は相変わらず解消されておらず、Up or Outシステムへの保険の意味もあり、清書の仕事は断らずに続けている。ヒューマンタイプライターは健在だ。

その日、窓外の青空に浮かぶ白い縮れ雲に目をやりながら、竹中は無意識のうちに何度目かのため息をついた。

――いつまでも、こんなままでおれないいな。

そのことが頭から離れたことはない。この袋小路をどう打開すべきか模索していた。白人と同じ分野で競争をしている限り、安泰はないだろう。それには差別化が必要である。

しかしそのヒントはある、と思っている。それは自分が日本人であるということだ。このところ日本企業の海外進出が目立つようになってきた。まだぼつぼつとだが、アメリカへも出てきている。大手総合商社の富士商事ロス支店もその一つで、彼らがクラウンの顧客であったのは幸運だった。

もともと富士商事本社は資金調達のため、一山證券を通じてアメリカでADR（American Depositary Receipt　米国預託証券）を発行してもらいたいと考えた。そこで一山が監査法人であるクラウン東京事務所にこの話を持ち込んだ。アメリカの投資家のために富士商事を監査するように依頼したのだ。これがきっかけで富士商事がクラウン・ロス事務所の顧客になった。クラウン顧客リストに載った第一号の日本企業である。

以後、定期監査や日常の経理処理で両者は緊密になる。しかしロスの富士商事財務部の人たちは英語が苦手で、意思疎通がうまくいかない。そんなとき、クラウンに竹中がいることを知った。

「ほう、日本人会計士がいたのですか」

竹中の存在を知ると、迷わずそれまでのアメリカ人に代えて指名してきた。広大な砂漠でオアシスを見つけたかのような嬉々とした表情を隠さない。

「竹中先生が来てくれはったら、私ら何も苦労して英語で話さんでもすみますからね」

竹中も渡りに船だ。これを機に富士商事に出入りするようになったのだった。本題である決算監査のみならず、それが済んだあとも経営相談などで、時間をみつけては通うようにした。この細い糸を早く太いロープに育てたいものだ。不安定な社内基盤を固めたい。その一心で富士商事に足を運んだ。頼れるものは何でも頼りたいという心境である。

監査をはじめてすぐに分かったのは、販売した鉄鋼の入金が長期に滞っていることだった。売掛金が相当の額、回収されていないのだ。かなりの累積額になっている。気になって、営業担当の駐在員に尋ねてみると、いくら催促しても支払ってくれないのだという。

「なんせ相手のワゴン商会はユダヤ人でっしゃろ。なんぼ頼んでも、らちがあきませんのや」

「あきません、で済む話じゃないでしょう。確かにユダヤ人の商売のやり方はえげつないです。別に喧嘩を売る必要はありませんが、きちっと証拠書類を揃えてプッシュされたらどうですか」

富士商事は繊維商社としては世界で敵なしの独壇場だが、非繊維部門が極めて弱い。七、八年前の一九六〇年（昭和三十五年）に就任した新社長中岡正一は、「総合化と国際化」のスローガンのもとに、非繊維の拡充と海外進出を推進した。鉄鋼もその一環で、というよりもむしろ目玉商品の役割を担った。

当時、大手商社は日本製の鉄鋼を売る量的な枠をもっていて、どんなことがあっても拡販して実績を作りたい。ライバル商社との競争もある。そこで営業マンはたとえ筋の悪い客であっても、どんどん押し込んだ。売るだけ売って、後の代金回収は財務部の仕事だと、知らんぷりをしていると言われても仕方あるまい。財務部から催促を受けても、客先にはせいぜい口頭であいまいな督促をする程度であった。

しかし事情は分からなくはないと、多少竹中も同情するところはある。本社からのノルマが厳しく、しゃにむに売上拡大を図らねば成績が落ちるのだ。それは営業部だけでなく、支店成績として、財務部も一蓮托生のところがあった。サラリーマンとしてのつらさであろう。

だからといって、見過ごすわけにはいかない。なぜならそんな状況が積もり積もって、かなりの未回収代金が発生していたからだ。竹中は監査が主業務であり、経営アドバイスまでやる必要はない。だが同じ日本人として黙っていることが出来ず、つい口出しをしたのだった。

それから数日後、富士商事の財務部へ顔を出したとき、

「あ、竹中先生」

と部長が手招きした。竹中が近づくと、吸っていたタバコを灰皿でもみ消し、拝むように両手を合わせて、竹中に小さく頭を下げた。

「一つお願いがありますねん。代金回収を手伝ってほしいんですわ。ワゴン商会のことですけど、今度、先方の会社で会議をセットしますさかい、竹中先生も一緒に出てもらえませんやろか」

「えっ、私が？」

「はあ。何せ私らは営業の連中と違うて、英語が下手なんですわ。相手にうまく言えません

のや」

「困りましたね。ご覧のように、今、私は監査で大忙しなんですよ」

隣にいた部下の担当者もぺこんと頭を下げ、念じるような眼で口を添えた。

「そこを何とかお願いしますわ。会計士とゆうたら角が立つでしょうから、名刺を渡さずに、富士商事の社員のような顔をしてて下さい。通訳だけでいいですから、やってくれませんか」

「そうですなあ。分かりました。でもまあ、皆さん方、財務部にだけでも代金回収の重要性を分かっていただけて、大きな進歩ですわ」

「いいえ、この話は営業の連中とも相談して決めたことなんです」

営業も同じ考えでいるのか。この一言は竹中の気持ちを明るくした。知らんぷりをしていたのではなかった。彼らも内心では気にしているのだ。皆、共に会社の先兵隊となって、この遠いアメリカで頑張っている仲間なのである。そのことをつい忘れてしまっていた。

二日後に部長と担当者、竹中の三人がワゴン商会へ出向き、支払いを督促した。同じ行くなら今度は口頭依頼ではなく、法的なポイントを踏まえた督促状という書面の形をとろうという意見も出たが、角が立つという営業部からのクレームもあり、それは控えた。

部長は事前に練習していた要領で代金支払い依頼の口上を述べた。だがいかにも交渉ごとが不慣れといわんばかりだ。相手の顔色をうかがうふうな弱気の物言いであり、表情である。竹中が通訳して、しっかりした語調の英語に直しているけれど、ごまかしはきかない。

白人の購買担当マネジャーは聞き終わると、上背《うわぜい》のある盛り上がった両肩をちょっとすくめ、とぼけたように言った。

「ほう、支払ってほしいのですか。富士商事さんはお金がある余裕綽《しゃく》綽《しゃく》の会社だと思っていましたよ」

部長と担当者は目を会わせ、「又か」というがっかりした表情をした。戦う前から敗北を認めたようなものだ。竹中は言われた通りに通訳をしている。

「営業の連中も、前から何度もお願いしていたはずですけど……」

「いや、そんなの聞いていませんな。私らはね、支払い要求がなかったから、今の今まで急いで払う必要がないとばかり思っていましたよ」

「だけど考えてみても下さいよ。物を売って、その代金を期日通り払ってほしいというのは、当たり前の要求でしょう？」

「でもその要求が今までなかったじゃないですか。富士商事は大きな会社だから、気にされていないと思っていました」

何という物の言い草だ。とりつくしまがないというのか、小バカにした態度である。だが部長らの落胆とは違い、竹中は逆の見方をした。強気な言葉の裏にためらいがある。眼の色を見ていれば、それは分かる。

――今がチャンスだ。

竹中は通訳の役割を投げ捨て、身を乗り出した。

「いいですか、皆さん。そこまでおっしゃるのなら、じゃあ、この売買契約書を見て下さいよ。ちゃんと支払い条件が明記されているじゃないですか」

そう言って、ここぞとばかりにバウチャー（証憑《しょうひょう》書類）を次々とテーブルの上に広げながら、流暢《りゅうちょう》な英語でまくしたてた。

最初はのらりくらりと応答していたユダヤ人マネジャーも、スラングさえも交える富士商事の若手社員に驚き、警戒した。そして執拗な論理的追及にとうとう音を上げ、支払いを約束したのだった。

言質がとれて、部長と担当者は「ああ、よかった」とばかりに別の雑談に移り、頃合いを見て席を立ちかけた。竹中はあわてて服を引っ張りながら、小声で制した。

「ダメですよ。書いたものでもらわなければ……。たとえメモでもいいですから」

帰途の車中で、竹中は言った。

「まあ、先方は出来るだけ支払いを引き延ばしたかったのでしょう。富士商事さんの足もとを見ていたんでしょうね」

日本的な義理人情やなあなあは通じないのだと言いたかったが、喉の奥でとどめた。ただ皮肉の一つくらいは言いたい気分である。

「それにしても、富士商事さんは鷹揚《おうよう》ですな。これからはもっとまともな大手の客に買ってもらいましょうよ。営業部隊にプッシュ出来ないのですか」

「それが出来たら困りまへん。何せ商社は営業が花形ですからね。社内的な力があるので困りますわ」

「そんなことでは会社は伸びませんよ。売掛金台帳を見ていても、客のほとんどが値段に厳しいユダヤ系じゃないですか」

これを皮切りに、竹中は次々と代金回収に協力をした。財務部にせがまれて、営業マンたちへの教育にも手を貸した。これらはクラウン会計事務所の収入にはならないが、竹中という人間を売り込むいい機会になった。当然ながら、富士商事のロス駐在員たちからいっそうの信頼を勝ち得た。

仕事以外にもいろんなことを相談された。赴任してきた駐在員の住居探しや、彼らの子供の学校の問題などで駆けずり回り、週末はほとんど家にいない。もちろんこのことはクラウンの上司には話していないし、あくまでも竹中の個人的な奉仕の一環だ。妻の昭子もいっさい文句を言わず、夫の努力の後押しをした。

竹中の存在はじわじわと他の日本企業にも伝わり、彼らからも同様に頼られるケースが増えてきた。大忙しである。

日本経済が伸長するにつれ、メーカーを中心とした日本人ビジネスマンたちが次々にアメリカへやって来た。それを見て、

――いよいよ俺の仲間が来てくれたのだ。

と、忙しければ忙しいほど竹中は機嫌がいいのだ。それまでずっとアメリカ人に囲まれていただけに、日本人がこの地へ来てくれるのが単純にうれしかった。どんどん味方が増えるような心強さを覚えた。

竹中のこの献身的で小さな無形の協力は、後に日本企業が大挙アメリカへ進出してきたとき、大きな助けとなって跳ね返ってくるのである。

竹中がロスで奮闘していた同じころ、日本ミネチュア・ベアリング（ミネベア）という中堅メーカーが長野県にあった。一九五一年に東京都板橋区に極小ベアリングの専門メーカーとして、資本金百万円で設立された。専務取締役の高橋高見はまだ弱冠三十歳だったが、経営の先の、そしてそのまた先のことを考えていた。

ミネベアを発展させるにはどうすればいいのか。この難題に答を見つけねばならない。国内のベアリング市場で伸びていくのは、はなはだ困難だ。約四十社が熾烈な戦いを演じ、そのうち大手の日本精工やNTT東洋ベアリング、光洋精工、不二越の四社だけで九十%のシェアを占めている。今さら弱小のミネベアが入り込む余地はない。そこで高橋はヒントを求めて、アメリカへ視察の旅に出ることにした。

初めてのアメリカ訪問は驚きの連続だった。ベアリング工場を中心に見学したのだが、日本と違い、どこも下請け業者を使っていない。すべて自社工場内で製造する自己完結型である。しかも設備は専門の機械メーカーから購入した最新鋭であり、大量生産に基づくコストダウンを図っている。

しかしそれ以上に驚嘆したのは国土の広さだ。無限に広がるベアリング市場の存在を目の当たりにして、高橋の胸は希望で高鳴った。

――アメリカだ、広いこの地で勝負に出るのだ。

日本は捨ててもいい、と考えた。

帰国後、製造部門の改革をすますと、さっそく行動に出た。思慮や分別、常識には敢えてフタをした。アメリカ市場を開拓すべく、英語もろくに話せないのに単身、渡米したのである。向こう見ずにもほどがある。

当時は外貨制限の厳しい時代で、一人五百ドルしか持ち出せない。どこかで借りなければならず、加えて現地と日本との交信の問題もある。そのためのテレックス（テレタイプ端末を使用した初期のデジタル通信方式のこと）をどこで借りるのか。思案の末、懇意にしていた富士商事の中岡正一専務（後に社長に昇進）に頼むことにした。中岡は中岡で、この生きのいい若者を気に入っている。好意の眼差しで耳を傾けた。高橋は言った。

「富士商事さんのニューヨーク支店の中に、ミネベアの形だけの店を出したいと思っています。机と電話だけでいいから置かせてくれませんか。商売は私たちがやりますから」

だが心中では大商社富士商事の看板に期待するところ大であった。ところが出店してから一ヵ月経ち二ヵ月経ち三ヵ月経っても、ぜんぜん注文を取ってくれる気配がない。駐在員が一人、ミネベア担当を兼務しているのだが、在社時は何か他の仕事に関する本社への報告書を書いたり、電話をしたり、タバコをふかしたりで、まったく動いてくれないのだ。

――思った通りだな。

落胆ではない。元々、自らが行商せねばならないと考えていたので、その決心への早い背押しになった。

「ベアリングなんて、ほんまにちっちゃい商売や。手間ばかりかかって、全然儲かれへん」

そんな駐在員の声が洩れ聞こえてきた。ベアリング一個売るのも機械一台売るのも同じ時間なら、機械をとるのが人情だろう。富士商事を責める気など毛頭ない。

以後、高橋はカタログと見本をぎっしりカバンにつめて、地図を片手に電車とバスを乗り継いで全米の旅に出るのである。飛び込み営業だ。ヒッチハイカーも顔負けするほどに、足を棒にした。もちろん西海岸へ行ったときには、何度か富士商事ロス支店にも立ち寄っている。こうして行商人、高橋の努力の甲斐あって、数年で顧客の数は六百社にも上った。

後に高橋は当時のことをこう語っている。

「アメリカというのは実にオープンな国ですな。氏《うじ》素《す》性《じょう》も分からない私たちが見本を見せて売り歩くのですが、良い製品であれば買ってくれました。とことん合理的です。日本の顧客とのあいだに見られるようなしがらみは、一切ありません。良くて安ければいいのです」

もし高橋が三十歳のときアメリカを見聞することなく、日本国内のマーケットに固執していたら、今日のミネベアのグローバル化は起こっていなかっただろう。当然、後に富士商事ロス支店で竹中征夫と出会っていなかっただろうし、従ってアメリカでの相次ぐM&Aは起こっていなかったに違いない。

高橋は律儀で、或る意味、用心深さももっていた。六百社の売上は自力で獲得したもので、富士商事に口銭を支払う必要はなかった。わずかなテレックス代でよかったのに、三年間ものあいだ眠り口銭を払い続けた。恩になったこともあるけれど、もし足を引っ張られたらという懸念がそうさせたのだった。

一九六〇年の暮れ、軽井沢工場へ帰っていた高橋にアメリカから来客があった。大手ベアリングメーカー、ミニチュア・プレシジョン・ベアリング（ＭＰＢ）の社長である。ミネベアの躍進を見て、資本提携を申し込んできたのだ。

資本、と聞いて高橋は何だか危険な匂いを感じ、気乗りがしなかったが、紆余曲折の後、相互に代理店契約を結ぶことで合意した。それに基づきミネベア製品十万個がアメリカ市場へ輸出された。ところが契約はそれ一件だけで終わり、後味の悪いものとなった。

――やはりＭＰＢはこちらの様子を探りに来たのだな。

意図が分かると、高橋は躊躇なく代理店契約を解除し、一九六八年（昭和四十三年）、ロサンゼルスに新たにミネベアの米国子会社を設立した。名実ともにここにミネベアの米国進出がはじまったのである。

追い風もあった。その三年ほど前、アメリカはベトナム戦争に突入し、北爆を開始していた。軍用機に使われる極小ベアリングの需要はうなぎ上りで、軽井沢工場は増産に次ぐ増産で湧いた。ミネベアの対米輸出比率は一九六五年には七十三％にも達し、アメリカでのミネベア製極小ベアリングのシェアは四十％を占めるまでになった。

しかもそれは年々増え続け、それに反比例してアメリカのメーカーがますますジリ貧となって、とうとう一九六九年一月、ＭＰＢ社が大統領直轄のＯＥＰ（軍需物資緊急準備局）へミネベアを提訴した。国家の安全保障を害する恐れがあるとして、輸入規制するよう求めたのである。これはまさに日米貿易摩擦の第一号であった。

そして翌年、追い討ちがかかり、今度はアメリカ・ベアリング工業会がミネベアを対象としてダンピング提訴に踏み切った。

高橋は俄然、忙しくなる。資料作成や弁論、国防省への陳情など、孤軍奮闘である。だが時間とともに形勢がますます不利になるのを認めざるをえなかった。国防総省の建物を出たとき、部下のウイリアム・中村にうめくように言った。

「このままいくと、どうも国防条項を持ち出してきそうな予感がするね」

「もしそうなったら、困りますな。北米大陸に工場をもつ業者以外からは、軍需品調達が出来ませんからね」

「つまりミネベアからは買えないということになる」

そう言って、高橋は中村の丸い目をじっと見据え、迷いのない決意の表情をした。

「こうなったら中村さん。あとは一つですよ。アメリカに工場を持ちましょう」

「新しく建てるか、既存工場を買収するか、ですな」

「その通り。君は新工場の土地を探してくれないか。私は工場買収が可能かどうかを探ってみよう。時間はあまりない。二ヵ月後にロス支店で会おうじゃないか」

少し時はさかのぼるが、ミネベアがロスに事務所を作った頃のことだ。その日の午前、竹中はハンドタイプライターの仕事を終え、紙コップのコーヒーをすすりながら一息ついていた。電話が鳴ったのでとると、富士商事からの呼び出しだ。

「竹中先生もご存知のミネベアさんが、このたびロスに事務所を構えることになりました。ついてはその準備で、先生のご協力を得たいと思いまして……」

ミネベア高橋社長の指名だと聞いて、竹中はうれしさをかみしめた。これまでも彼のことは話によく聞いているし、富士商事で何度か会ったこともある。単なる挨拶程度であるが、たまに仕事の簡単な相談にも乗った。

自分より十四歳年長のまだ四十歳前後だが、経営者としての覇気と決断力、そして何よりもおごりのない人柄には心酔している。不自由な英語をものともせず、三年間、全米を行商して歩いた根性は並のものではない。これからは遠慮なく高橋社長に接触できるのだと思うと、ひとりでに胸が弾んだ。彼からは多くのことを学びたいと思っている。

大急ぎで仕事を片付けた。午後一番で富士商事に着くと、高橋はいなかったが、専務の石塚巌が待っていた。

「やあ、竹中先生。お久しぶりです」

挨拶もそこそこに、さっそく会議室へ案内されて打ち合わせに入った。富士商事からは誰も顔を見せていない。儲からない面倒なことには関わりたくないということなのだろう。忙しい商社マンの思惑が正直に出ている。

或いは急用でも出来たのか。いずれにせよ、竹中にはこの方が有り難かった。これを機にミネベアとの太い絆《きずな》を作れればと、そんな野望が頭にあるものだから、どんなことでも進んでやる覚悟を決めている。

石塚が準備していた企画書をもとに、二人は先ず何をすべきかのアクションプランを列記し、それに優先順位と目標期日を付した。

「じゃあ石塚専務、さっそく行動です。先ず銀行口座を開設しに行きましょう」

外へ出ると、アスファルトの大通りの向こうから、車の排気ガスが待ったなしにぷーんと匂ってきた。今日の空気の汚れはひどい。竹中は石塚と連れだって、ちょっとハンカチを鼻にあて、どんよりした太陽の鈍い陽射しを浴びながら、近くの銀行へ向かった。

銀行がすむと、次は不動産屋巡りである。事務所の手当だ。これまでの経験からみて信用できそうな不動産屋を、二、三選んでおいた。そこから当たってみることにしている。

ちょうどその途中に文房具屋があったので、会計帳簿一式を買い揃えた。これが意外と重い。二人で分けて持ち、歩きながら、竹中は言った。

「石塚専務、賃料が安いからといって、すぐに決めないで下さいね。相手はジャパニーズ・プライスで吹っかけてきますから」

日本人とみると、頭から甘く見て、割高な賃料を提示してくるのだ。どうも日本人は白人に対して財布のひもを緩める傾向が強い。市場価格よりも二、三割、時には五割も高く契約させられている会社もあると、苦々しい思いで現状を説明した。

「普通、アメリカ人に対してはフェアー・プライス（適正価格）で来るけれど、私はそのつもりはありません。ジュウイッシュ・プライス（割安価格）で押しますよ」

「は？　何ですか、それは……」

「ユダヤ式商法の厳しい交渉です。とことん下げさせますから」

「なるほど。ジュウイッシュ・プライスねえ……。それにしてもユダヤ商人って、すごいですな」

竹中は得たりとばかりにうなずいた。

「彼らは実に優秀で頭がいい。温和な日本人など、とてもかないませんよ。彼らとビジネスで付き合うのは本当に難しいですわ。こちらが彼らにない何かを持っていないと、相手にしてくれませんから」

「というと、もしイコールの立場なら、ダメなんですか」

「もしイコールなら、はじめから負けですね。私が相手より上である時だけ、いいビジネス関係が築けるのです」

その日は即決せず、後日、何度かハードネゴを行った。そして竹中の親身の奔走で、無事ミネベア・ロス事務所はオープンしたのだった。

ウイリアム・中村は指示された通り、アメリカ西海岸で工場建設用地を探し回っていた。最終的にロサンゼルス空港の近くに適地を見つけ、価格も手頃な印象を抱いた。ここなら最新鋭工場を建設できそうで、高橋社長も賛成してくれるのではないかと考えた。

一方、高橋は富士商事をはじめとする在米の日本商社や銀行、ジェトロなどを通じて、買収物件を探していたが、なかなか気に入ったものがない。商社や銀行はまだM&Aに不慣れだし、企業を品物のような感覚で売り買いすることに、あまりいい感情を持っていなかった。

「やはり高橋さん、新工場を建てられるのが王道じゃないでしょうか」

高橋は愛想笑いをしながら、これに相槌をうつ。だが内心では王道だとは思っていない。時間がなさ過ぎるのだ。工場完成まで一年以上も待つ余裕はない。日本製ベアリングの輸入制限の動きはますます激しさを増し、一刻の猶予もない状態になっている。

——時を買う。

これしか今の窮地を救う道はない。なぜもう少し早くM&Aのアクションを起こさなかったのかと、自分の見通しの悪さを悔やんだ。

だが耳寄りな情報はない。時間だけが過ぎていく。経営者としてそろそろ意思決定する腹を決めねばならない。ウイリアム・中村とは電話で連絡を取り合って、概略プランは聞いている。気乗りはしないが、新工場しかないのかもしれない。最悪の、いや、別の見方からすれば最善の決定なのか。

そんな弱気な心境でロス事務所の机に向かっていた時だった。電話が鳴り、女性秘書が取り継いだ。知り合いの精密ベアリングで有名なザ・バーデンコーポレーションの社長からと分かる。

——いったい何だろう？

高橋は小首をひねり、見当がつかないという表情で、眼を秘書に向けながら受話器を耳にあてた。こちらの窮状に探りを入れてきたのか……。

甲高い英語が聞こえてきた。

「あ、ミスタータカハシ、しばらくぶりです。前置きを省かせてもらっていいですか」

と相手は言って、いきなり用件に入りかけた。高橋は直感で何か大事なことのように思えた。話をちょっとさえぎり、出来るだけゆっくりしゃべってほしいと要望した。

「オー、アイ・アム・ソーリー」

と相手は言ったものの、舌の根も乾かぬうちに、息を省略するかと思えるほどのせわしさで続けた。

「ベアリングメーカー八社のうちの一つ、ＳＫＦが工場を売りに出すという話が出ています。ご存知ですか」

「えっ、そうなんですか。知りませんでした。確かＳＫＦには工場が十二ありましたよね」

「ええ。急な話でして、売ろうとしているのは、その中でも主力のリード工場です。何しろ操業度が極端に落ち込みましたからね」

リード工場といえば、ここからそれほど遠くない。ロサンゼルス郊外にあって、立地はいい。ミネベアのシェアが伸びて、やっていけなくなったというのだ。高橋は思いがけない助け舟が現れ、興奮を抑える余裕もすっ飛んだ。上ずった声で、社長にＳＫＦとのアポイントをとってもらえるように頼んだ。

午後遅く、クラウンの竹中が会計帳簿のチェックのためロス事務所へ顔を見せたので、簡単にことの経緯を話した。竹中自身は勉強のためもあり、かばん持ちでもいいから同行させてほしいと願い出たかったが、この時点ではまだM&Aでは駆け出しの身に過ぎず、言い出す勇気はなかった。

一分一秒が惜しまれる。早速、高橋は期待と不安のあいだで揺れながら、翌朝の早い飛行機で単身、SKF本社があるフィラデルフィアへ飛んだ。空港へ着くと、いつも通りレンタカーを借りた。

フィラデルフィアの冬は寒い。空気が凍え、耳の奥まできんきんしてくる。頬に打ちつける風は、皮膚の肉をえぐり取るかと思えるほどの冷たさだ。

予報通り、一週間ほど続いた雪は、午後には小降りに変わっていた。だだっ広い田園を走っているのだが、窓外の景色は一面、真っ白いカーペットで覆われ、その白さはまばゆいほどに純白である。かなたに見える雪のまるみを帯びた稜線が、女性のなだらかな肩の優しさを思わせた。

市街地が近づくにつれ、道路わきに並ぶ巨木の枝葉が弓のように曲がり、積もった雪の重みに必死で耐えていた。輸入制限の圧力に耐えている今の自分がそれに重なり、高橋は何だかおかしくもあり、切なくもある妙な気分だった。

SKF本社に着くと、社長以下、五、六名の幹部社員がわざわざ玄関ドアーの前まで来て出迎えてくれた。バーデンコーポレーションの社長からすでに高橋の本気度を聞いていて、彼らもその心構えでいるように見えた。

高橋はこの会談に賭けていた。もうダメかと諦めかけた買収が、現実味のある話として突如、浮上した。捨てる神あれば拾う神ありというけれど、危機一髪とはこのことか。ただ高橋にしても企業買収は初めての試みであり、どんな交渉が待っているのか不安もあった。しかしその不安を超えて、成約せねばミネベアの将来がないという危機感が胸をがんがん突き上げている。

会議がはじまった。相手の社長は高橋の本心や人間性、信頼性などを値踏みするかのように、高橋が部下と話す様子をあまり口をはさまずにしばらく観察していたが、得心がいったのか、折りをみて、単刀直入に切り出した。

「ミスタータカハシ、ではそろそろ本題に入りましょう。私は駆け引きをしない主義です。もし条件に合意していただけるなら、御社に売却するのを約束します」

そう言って、部下に本格的な交渉をはじめるようにうながした。高橋は背筋を正し、深く息を吸って呼吸を整えた。

自分だけじゃない。恐らく彼らもせっぱつまった状況にあるのだろう。まだ上の空のような緊張した頭の奥で、漠然とそう考えた。

売却希望値段を伏せたまま、先ずはＳＫＦの定款や役員、株主構成、それからリード工場の写真、土地の状況、設備概要、製品種類、労働組合などについて詳しい説明がなされた。

高橋からも突っ込んだ質問をしたが、何しろ初体験なので、どこまで調べればいいのか自信がない。それに英語の聞き取りもあやふやだ。こんなことだったら竹中会計士を連れてくればよかったと、淡い後悔が胸に込み上げた。

しかし悔いても仕方のないことだ。このチャンス、この時間を無駄には出来ない。もう心は決まっている。二時間あまり経ったところで、高橋は明確に買収の意思表示をした。

コーヒーのお代わりとクッキーが出された。それを機に、相手チームは協議のために席をはずし、十数分してから戻ってきた。経理担当役員がちょっと社長の目を窺《うかが》うように見上げてから、おもむろに口を開いた。

「ミスタータカハシ。条件次第ですけども……出来れば四十万ドル、で購入していただけますか」

「ほう、四十万ドル……」

高橋は小さくツバを飲み込んだ。

――高いのか、安いのか……。

それは分からない。ただ条件次第、というのが引っかかる。他社との競争状況はどうなっているのだろうか。その点を確かめておく必要がある。

「今、条件次第とおっしゃいましたが、この案件は他社との競争になっているのですか」

相手はちらっと身内同士で顔を見合わせた。誰かがしゃべろうとしたのを社長が手で引きとめた。

「これだけの大きな事業売却です。もちろんこれから外国も含めた複数社と交渉をはじめたいと考えています」

「ということは、私たちミネベアが最初の交渉相手というわけですな」

社長は大きくうなずき、高橋の次の言葉を待った。

高橋は迷っていた。迷っていたというのは価格ではない。今この瞬間に一気に買いに出るかどうかということである。もし他社が加われば、価格引き上げが起こる可能性が高い。それに、時間がかかる。これが最も痛いのだ。

高橋がまだ口を開かないので、社長が落ち着かなさそうな早口で言い足した。

「リード工場の見学はいつでもＯＫです。私どもの説明が正しいということがすぐに分かっていただけると思います」

「いや、その必要はないでしょう。リード工場には参りません」

一瞬、相手メンバーの表情がこわばった。話が破談になったのではないかと、空気が凍りついた。高橋は相手の眼をにらむようにして、決然と言った。

「買わせていただきましょう。四十万ドルではなく、百万ドルで、決めたいと思います。百万ドルです」

「……」

声が出ない。誰もが眼を丸くし、しばし留《とど》めたまま驚きの表情をした。からかわれているのではないか。そんな不快さに変わる者もいた。

高橋は深呼吸をして気持ちを落ち着けると、眼を光らせ、確信に満ちた強い声で決めた理由を述べた。

「もし私が現場を見に行ったら、どうなると思います？ すぐに買収の噂が広がるでしょう。この種の話は極秘でなければなりませんし、それに第一、ミネベアには時間がないのです。今日この場で買わせていただきます」

流暢《りゅうちょう》ではないが、というより相当に下手な英語だが、ゆっくりと、単語をかみ締めるように発音し、買収にかける意気込みを率直に吐露《とろ》した。百万ドルは高くない。心中ではそう思っている。新工場が完成するまでの一年間は、ミネベアにとっては死刑宣告に等しいダメージなのだ。

その場でメモランダム・オブ・アンダースタンディング（MOU、覚書）が作成された。追って双方の代理人が契約書の準備をすることとし、高橋自身は金融機関の融資を受ける交渉のため、急ぎ日本へ帰国することとなった。


竹中は忙しかった。クラウンが請け負ったリード工場買収契約の業務で、てんてこ舞いだ。フィラデルフィア本社やロス郊外の工場にも足を運ばねばならない。そのかたわらミネベアのロス事務所を根城《ねじろ》に、専務の石塚巌と二人三脚で調査と資料作成に没頭した。そのとき、休憩の合間にこんな会話が交わされている。

「竹中先生、本当に高橋のネゴ（交渉）のやり方にはびっくりしましたよ」

「先生はやめてくださいよ、専務」

と竹中は困惑気味に返して、

「まったく順序が逆ですからね。買収監査どころか、工場さえ見ずに値段を決めたんですから」

「でも今、考えたら、あのチャンスを逃していたら、ミネベアの未来はなかったでしょう」

「それは言えますね。我々会計士は数字や現状という、見えるものをもとに値段をはじきますが、経営者は時間という見えないものをカネに換算するんですね。いい勉強になりました」

買収成立後も、竹中は何度かリード工場に陣取っている石塚を訪ねている。石塚の言葉を借りなくても、確かにボロ工場だ。素人《しろうと》目にも分る。やたら図体が大きいだけで、トタンを張った壁に亀裂や穴があり、雨風の日は所どころバケツで水漏れを受けねばならない。肝心の機械設備も錆こそ発生していないが、老朽化しているのは如何ともしがたい。

「先生、ちょっと帳簿で設備器具を総点検してくれませんか」

「あ、いいですよ」

竹中は工場事務所に戻り、ファイル棚から古い帳簿を引っ張り出してきた。それを手に、切削《せっさく》や熱処理、研削、洗浄など、工程ごとに機械を順番に見て歩く。

「もうほとんどが償却済みか、それに近いですね。新規設備投資はまったくなされていませんな」

「そうでしょう。これじゃあ、生産性が上がらないのも無理はありませんよ」

「ミネベアさんとして、設備資本の投下は考えておられるのですか」

「もちろん待ったなしです」

かれこれ二時間はかかっただろうか。石塚は疲れたのか、右腕を窮屈そうに上から後ろに回し、こぶしで左肩を叩きながら言った。

「そろそろ事務所へ戻りましょう。恐縮ですが、今から大急ぎで、私と一緒に設備投資の資料を作っていただけませんか。今晩、日本へ電話をかけて、高橋社長にそう進言したいと思います」

竹中はうなずきながら、空いた方の手で製品倉庫の方を指さした。

「それはいいとして、見て下さい、あの在庫の多さ。困りましたね。早急に減らさなくてはいけないでしょう」

「つまり操業度を落とすということですな」

「おっしゃる通り。売る能力以上に生産の能力が上回っている。単純です」

在庫管理と売掛金回収の二つは、企業健全度を測るバロメーターである。これは鉄則だ。M&A監査の下積み生活でこのことを痛感している。リード工場は規模が大きいだけに、在庫の溜《たま》り方も半端ではない。作れば作るほど雪だるま式に赤字が増えてしまった。手術は待ったなしの状況だ。竹中は会計士の見識としてそのことを強く進言した。

「運転資金もショートしていますし、このままでは早晩、リード工場は引っくり返りますよ」

それを聞いた高橋の行動は素早い。四日後には日本を立ち、リード工場にその日焼けした精悍な姿を現した。竹中も呼ばれ、石塚も含めて三人で協議の場をもった。竹中は持論を展開した。

「こんなことでは話になりません。固定費さえも回収できていない状況です。すぐにでも生産調整に入るべきでしょう」

　石塚はうなずいて相槌を打っていたが、竹中の発言が終わると、眉間にしわを寄せた困った表情で言い足した。

「だからますます売値を上げなければ追いつきません。その結果、いっそう売れなくて、結局、さらに在庫が溜るという悪循環ですわ」

　聞いていた高橋は不満そうにちょっと口もとをゆがめた。頬に苛立ちの朱がさしている。

「それは違うんじゃないか。君たちのやり方がおかしいんだよ。高値で売れるはずがないのに、それに固執している。解決策はただ一つ。もっと製品原価を下げなければいけない。もっともっと下げて、売値を安くする。それしかない。生産調整なんて言語道断だな」

「は？　と言いますと？」

　反射的に竹中は尋ねた。高橋は今や冷静さを取り戻し、閉じた唇に力を込めて、疑問の余地がないという確信の表情に変わっている。

「操業度を上げるのです。早急に二十四時間体制にもっていく必要がありますな」

「えっ、二十四時間？　まさか、本気ですか。そんなことをしたら、いっぺんに工場がつぶれちゃいますよ」

　竹中の声がオクターブ上がった。不満である。確かに製品一単位あたりの原価は下がるけれど、それこそ在庫の山になる。口には出さないが、高橋は気が狂ったのではないかと思った。つい感情がむき出た。

「私は反対ですね。今のまま操業度を落としても、何の問題もないじゃないですか。このリード工場は一時、四百人もいた従業員を、今では百八十人にまで削減しています。これで十分やっていけているのでしょう。余剰人員をなくしただけですからね。操業上の影響はないはずです。しかも残ったうちの三十八人は先日、軽井沢工場で研修されたと聞いています。戦力は十分です。二十四時間生産の意味がありません」

またもや石塚が竹中の意をくんだように、同意を示す大袈裟な表情で口をはさんだ。

「軽井沢へ行ったこの三十八人は今や精鋭です。製造上の微妙な技術を習得してくれました。残りの従業員たちを引っ張ってくれています。だから多少、操業度を落としても、製品量は十分に確保できると思います」

「それは違う。誤解だ。君たちは『点』しか見ていない。経営という『面』から見てくれないか。ここは逆転の発想でいく。二十四時間体制にして、大量に作ろう。製造コストを大幅に下げるのだ」

「つまり、その下がった値段で売れば、採算がとれるということですか」

と石塚がため息混じりに応じ、竹中も抑え気味の皮肉っぽさで、

「もし売れれば、ということですけどもね」

と高橋にやんわりと牽制球を投げつけた。

ところがその「もし」が現実となったのである。高橋の読みが当たったのだ。当初こそ在庫が急増したが、売値が格段に下がったので、徐々に客がミネベアの方を向きはじめた。低価格に加え、品質もいいものだから、評判が評判をよび、たちまちミネベア製品が市場を席巻した。

コストが下がっているので、販売価格は安くても採算がとれるのだ。安くて良ければ売れる、というのは当たり前の経済論理である。リード工場はみるみる累積赤字が縮小してきた。帳簿を見ている竹中も気持ちがいい。そこへ機械設備が最新式のものに順次入れ替わり、短期間のうちに不採算工場から優良工場へと変貌したのだった。

最初、竹中は頭をがつんと殴られた思いがした。在庫縮小という会計士としての宝刀を無視され、挙句《あげく》にとんでもないと思えた方策が大成功したのである。

しかしすぐにその屈辱の感情は、経営の手品を見せられたような心地よさに変わった。高橋高見という人物にいっそう惹《ひ》き付けられる自分を抑えられなかった。百万ドルで時間を買った決断といい、二十四時間操業へ踏み切った勇気といい、経営者にとって、常識の裏を行く逆転の発想こそが勝利を約束する王道なのだと、若いながらも心の襞《ひだ》に鮮明に刻みこまれた。

——物事は、見方の角度によって違って見える。

これは経営の意思決定のみならず、会計士にとっても重要な教訓であろう。高橋からはもっともっと学びたいと思った。会計士というのはリスク・ミニマイズが信条で、リスクを小さくすることしか考えないが、そんな杓子定規《しゃくしじょうぎ》な限界を打ち破る努力も忘れてはなるまいと、竹中は戒めるのだった。

その後、竹中はM&Aアドバイザーとして成長するにつれ、高橋から得た教訓を生かしている。物事を一つの角度から見るのではなく、いろんな角度から見るよう心がけた。「いい」という評価があれば、あえて「悪い」という観点から見直してみる。逆の視点で見ることで、物事がよりクリアに見える。そんな作業を意識的に自分に課した。

リード工場を買収して間もなくの一九七一年（昭和四十六年）、世界に激震が走った。突如、ニクソンショックが勃発し、それまで一ドル三百六十円だった為替レートが、三百八円にまで、一挙に五十二円も切り上がったのだ。日本の産業界はパニックに陥った。

「このままでは輸出産業はつぶれてしまうぞ」

「早急にアメリカに工場進出しなければ……」

竹中がいるクラウン・ロス事務所にも多くの日本企業が相談に訪れた。といっても、銀行や不動産会社の出番はまだかなり後のことであり、この時代は輸出メーカーが主体であった。

日本語が母国語の竹中は俄然、忙しくなった。この頃にはもうハンドタイプライターの内職は卒業していた。社内的にはどうにか会計士としての表向きの仕事で勝負するところまで腕を上げている。

富士商事をはじめとする日本企業にはかなり食い込んでおり、彼らだけでなく、彼らから紹介されて訪れてくる顧客も多い。たとえ補助的ではあっても、リード工場買収で竹中が見せた駆け引きのない献身的な働きは、レベルの高さを社内に無言のうちに知らしめた。

　そんな或る日の午後、高橋高見がぶらりとクラウン・ロス事務所を訪ねてきた。今朝早く東京からロスに着いたばかりだという。真っ黒に日焼けしている。温和な声に似合わず、その精悍な目もとは厳しく引き締まり、時差ぼけを微塵《みじん》も感じさせない。丈夫な男である。虎屋の羊羹を手にしていた。アルコールが苦手な竹中には大の好物だ。有難くちょうだいし、コーヒーを運んできた秘書に渡した。

「どうされたのですか、社長。顔が真っ黒ですよ」

「いや、ついこの前までシンガポールに入り浸りでした」

「へえ、シンガポールにですか」

　高橋はうなずいた。

「ちょうど夕方から、この近くのホテルで客とのディナー・ミーティングがあってね。それまでちょっと時間があるので、ここへ立ち寄ってみたんですよ。そしたら幸いあなたがいらっしゃった」

　それからうまそうにコーヒーに口をつけた。一息ついたあと、「そうそう」と言って、重そうな書類カバンを引き寄せ、中から分厚い写真集を取り出して広げて見せた。

「今度、シンガポールにミネベアの工場を作ろうと思っているんです。これがそのサイト（場所）です。その打ち合わせが夕方からありましてね」

「ほう。これはまた、えらいへんぴなところへ進出されるのですね」

竹中は実感が湧かない。草ぼうぼうのだだっ広い建設予定地や周辺の写真を見ながら、まさかという気持ちを消せずに言った。

そんな心中が読めて、高橋は笑い気味に、

「そうなんですよ。そのへんぴなところの土地を、ちょうど先週、手当してきたところです」

「驚きましたねえ。それにしてもシンガポールとは意外です。やはり円高ですか」

「いや、リード工場より後になっちゃったけど、ここへはアメリカよりもっと前に行きたいと考えていましたよ。理由は人手の問題です」

「人手？」

初めて聞く言葉だ。最近、競争力をなくしたアメリカ企業の中で、賃金の安い台湾やホンコン、シンガポール等に進出して成功しているという話は聞いている。日本もそこまで賃金が上昇しているのか。そう言えば、人手不足で、中学校卒業生が「金の卵」としてもてはやされていると聞く。

そんな竹中の疑問に気づいたのか、高橋はニヤリと笑った。

「ミネベアは世間の先の、そのまた先を行くんです。日本では若い女子の労働力も将来、そう安易に期待できません。今は何とかやっていけますが、長期的に見ると、人手不足は明らかです」

そこで目をつけたのがシンガポールだという。政情は安定していて、ブルーカラーの賃金も日本の五分の一で、深刻な労働余剰の状態だ。ただ定着率がよくない。しかし工夫次第では解決できる自信がある。ＳＫＦリード工場の時と同じように、日本で徹底的に訓練すればいいのだ。

「それにもう一つ、進出を決めた要素があります。それは税制上の恩典です」

と高橋は目を細め、滅多に自慢しないのに、珍しくやや得意げな表情をした。

シンガポールは淡路島ほどの広さしかなく、しかも沼地の多い未開発国だ。首相のリ・クワン・ユーは工業化と貿易立国を目指し、近代化を急いでいた。細かなことだが、旋盤の数だけを見ても、国内にたった七台しかないほどの後進国だった。そんなこともあり、ミネベアにパイオニア企業としての思い切った優遇措置を与えてくれたのだという。

竹中は内心、高橋に感服した。

――見事な決断だな。

いや、見事な商売人である。また一つ学んだと思った。それは問題点を発見する能力だ。労働力不足という問題が起こるはるか以前に、まだ世間が気づいていないうちから予見し、果敢に行動した。

しかし世評は別の動きをみせた。竹中が思った通りだった。ミネベアが未開のシンガポールへ出ると聞き、頭からその無謀さを嘲笑《ちょうしょう》した。尻尾を巻いて逃げ帰ってくるのを楽しみにしているかにさえ見えた。

だが高橋はまったく意に介さない。世評ではなく、自己の信念に基づいて行動する。常に人に先んじて考え、手を打つ経営者であった。

そして一年後の三月、予定通りシンガポールの新工場が稼動した。高い緑の熱帯樹木に囲まれた広大な敷地が、太陽の光をさんさんと受けている。その構内で、最新鋭の機械を備えた見事な工場がモーターの唸り声を上げたのである。その壮大な機械群に招待を受けた見学者たちは圧倒された。

後にその日本人見学者だった某経済人は、当時の様子を高橋と交わした会話を紹介しながら、竹中にこう語っている。

「私は思わずこう言いましたよ。何だか軽井沢工場より立派な感じがしますねって」

すると高橋は「ハハハ」と愉快そうに応じたという。

「そう見えますか。軽井沢とまったく同じ最新鋭機ですよ。ここでは徹底した内製化を図っています。一貫生産体制を築いているのです」

そう言って、ゆっくりと歩きながら、順にプレス加工やプラスチックの射出成型、機械部品の切削と研削など、あらゆる部品を製作する過程から、最終製品のベアリングが完成するまでの全工程を案内した。三時間はたっぷりかかっただろうか。某経済人は歩きながら、リスクの観点から或ることを確かめたいと思っていた。

「社長、ちょっと気になることがあるんですけども、通常の日本メーカーの海外進出とはかなり形態が違いますね」

「ほう、どんなふうにですか」

「常識的にはですね。たいていリスク軽減のため、日本で作った部品や半製品をこちらへ持ってきて、現地は組立てだけ、つまりノックダウン工場にしがちです。ところが御社はそうじゃない。何でもかでも、一からこの工場で作り上げています。こんなことで、うまくいくのでしょうか」

　高橋はまたハハハと笑った。屈託のない童顔をさらしている。

「あなた、ここをどこだと思っておられます？　シンガポールですよ。何もないんです。日本のように、下請けとか協力会社なんて、どっちを向いてもありません。『おい、あれを持ってこい』なんて言っても、誰も持ってきやしませんよ。すべて自給自足しなければいけないのです」

「いや、だからこそ、すべての部品を日本から持ち込んだ方が、リスクが小さいのではないですか」

　高橋はてんで問題にならないというふうに手を大きく横に振った。

「メーカーというのはね、内製力が力なんです。これがつまり、引っ張るエンジンなんですよ。特にミネベアのような中小企業にはね。どこかさんのようなカンバン方式は通用しません。あれは大企業用ですわ」

　某経済人は眼を丸くした。

「なるほど、なるほどね。確かに工業化の進んでいない国に進出する場合、それは言えるかもしれませんね」

「差別化という言葉をご存知でしょう。皆がノックダウンだとかカンバン方式だとか考えているとき、うちはまったく逆の道を行きます。原料さえ買ってくれば、社内で大抵の物は作れるという体制、つまり徹底的なオール内製化です」

「だからここシンガポールにも、最新鋭の工場を作られたのですね」

そんなやりとりを某経済人からビビッドに聞き、竹中はまるで自分が現場に居合わせたかのような感銘を受けた。高橋社長の生き方は常に独創的で常識の逆を行く。これは経営の要諦《ようてい》なのかもしれない。改めてそのことを深く胸に刻んだ。今度会ったとき、もっと詳しくきいてみたいと思った。

3　日本人初のパートナー誕生

高橋から生きた経営ノウハウを学ぶかたわら、竹中は当然ながら専門である会計士としての修行にも精を出していた。週末の休みがないのは相変わらずだ。時間に追われるというよりも、自分の意思で時間の坂道を駆け上るとでもいわんばかりの勢いと頑張りようだった。体力には自信があるし、妻の昭子が応援してくれているのが何よりも有難い。

ロスに進出してくる日本企業に経理や経営のアドバイスをするだけではない。クラウンが受注するM&Aの買収監査にも埋没する日々が続いた。現場での下積み生活が長かっただけに、基礎がしっかり叩き込まれている。ぐんぐん力をつけた。伝票や帳簿の裏に隠れた問題点の発見は、苦しい作業の中での楽しみの一つにさえなった。

仕事だけではない。若いけれど、竹中の立ち居振る舞いには、相手に対する控えめな配慮が備わっている。これは彼だけではなく、クラウン全従業員に当てはまることだった。

元来、会計士というのは専門職だ。それぞれが一匹狼的なところがあるが、社員教育がないというのではない。むしろクラウンでは、「こんなことまで」と思えるほどの新入社員教育が施《ほどこ》されていた。竹中も先輩らから、細かなアドバイスを受けている。例えばカバンの持ち方だ。

「カバンは左手で持て」

と口酸っぱく言われた。その理由はこうだ。右手で持つと汗ばみ、その手で客と握手をしたとき、相手は嫌がるというのだ。靴下についてもうるさい。黒の背広を着た時は、白い靴下を履くな。自分の背広よりも明るい靴下はダメ。それも出来るだけ長いものを履いて、足の脛《すね》を見せないようにせよというのだ。

それだけではない。シャツやネクタイ、靴は少しでも痛んだり磨り減ったら、取り替えろ。とりわけ酒には絶対に飲まれるな、溺れるな、酒での醜態《しゅうたい》はすべてを台無しにする、と教えこまれた。

「うるさいな」

とは思いながらも、新人時代に受けたこの教育は、礼儀作法という意味で、以後、竹中がロサンゼルスで、日本企業の年配の社長や役員ら幹部たちと接する上で大きな助けとなった。


竹中の忙しさは仕事だけではない。こんなエピソードがある。ミネベアがロスに事務所を構えた頃のことだ。当時のミネベアは四、五人の若い日本人社員が駐在していて、まるで合宿のように同じアパートの部屋に共同で住んでいた。

ドル所持の厳しい時代だから仕方がないのだが、会社の状況もまだ苦しく、給料は低かった。いつも一台の中古車に相乗りし、週末にはスーパーで缶ビールを買ってきて、部屋で飲んで時間を過ごす。竹中も時々、参加して、交流を深めたり、いろんなことの相談相手になった。

そんな或る日の夜更け、突然、竹中の自宅の電話がけたたましく鳴った。何だろうと、寝ぼけ眼《まなこ》でベッドから飛び起きて受話器をとると、聞き慣れたミネベア社員のせっぱ詰まった声がする。

「あっ、先生、助けて下さい。大変です。今、アパートから北へ三つ目の信号のところにある警察署なんです」

「えっ、警察に？」

「つかまっちゃったんです。酔った勢いで、皆そろって道端で立小便をしていたところ、いきなり警官に……」

終わりまで聞かないうちに竹中はガレージに走り、車を発進させた。立小便とは、厄介な問題を引き起こしてくれたものだ。東洋人だからこそ、余計に非難を浴びる。ましてや閑静な住宅街である。

警察署に着くと、四人は手錠こそかけられてはいないが、肩を落とし、まるで被告人のような格好で椅子に座らせられている。何か調書を取られている最中らしく、うなだれて、すっかり憔悴《しょうすい》していた。近所の住民からの通報があって、ほぼ現行犯で捕まえられたらしい。

竹中は解放してくれるよう必死に懇願した。だが体のがっしりした若い二人の白人警官は、なかなか首を縦に振らない。押し問答が続く。竹中は丁重さを忘れない迫力ある姿勢で執拗に食い下がるが、背後に人種問題があるだけに、こじらせると厄介である。下手をすれば、逮捕という最悪の事態もありえる。頭を下げれば下げるほど、相手は図に乗ってきた。

——これは正攻法ではダメだな。

咄嗟に作戦を切り換えた。いちかばちか、今度は文化の問題を持ち出そうと思いついた。

「申し訳ありません。彼らは英語が分からないんです。アメリカのこともよく知りません。それに立小便は日本では当たり前に認められている習慣なんです」

「何を言ってるのだ。ここはアメリカだぞ」

「もちろんアメリカでは許されないのは私も知っています。しかし日本では立小便は、変な言い方ですが、一つの文化なんです」

屁理屈は承知の上だ。しかしこれしかない。何としてでも四人をアパートへ連れ戻さねばならない。竹中は顔を引きつらせ、文化を盾に、哀願と理屈を巧みに使い分けながら、訴えた。そして折りを見て、

「私はアメリカに住む世話人として、今後、彼らが絶対に立小便をしないことを誓わせます」

と言って、机の上にあった白紙を急いで手にとると、綺麗な活字英語で誓約文を書き上げ、四人に署名をさせた。警官もその美しい文字に見入りながら、最後は根負けしたように、しぶしぶ解放を認めたのだった。

この一件以来、四人と竹中との絆はいっそう深まった。四人は社内的なポジションは高くはなく、それだけに竹中をサポートしようとする思いに一途な純粋さがある。社長の高橋や

石塚専務らに接するとき、無意識のうちに竹中を賞賛する姿勢をにじみ出させた。

ここで少し脇道にそれるが、当時のクラウン従業員の昇進人事について概観しよう。これは今日でも大手の監査法人におおむねあてはまる人事制度である。

クラウンへ入社時は皆、アシスタントとよばれ、そこからセミ・シニアー、そしてシニアーへと、一段階ずつ昇っていく。彼らはサラリーを支払われ、一日八時間を越える分には一・五倍の残業代がつく。収入はこれだけで、ボーナスは出ない。

その上の段階にはスーパーバイザーがあり、ここまで来ると、はじめて社外への手紙を書く資格を与えられる。そして成績がいいとマネジャー、シニア・マネジャーへと昇る。これらスーパーバイザーから上の三つのポジションはマネジメント・メンバーとよばれ、物事を判断することが許されるのだ。彼らには給料とボーナスが支払われる。

そして最後の頂点がパートナーなのである。彼は共同経営者とよばれ、クラウン・アメリカで約二三〇〇人いた。給料やボーナスが支払われない代わりに、利益が配分される。ユニットとよばれる権利をもち、その多寡に応じて配分額が異なった。上位のパートナーになるほど多くのユニットをもつが、そこまで昇るのは至難の業である。監査リポートにサインが出来るのは、このパートナーだけなのだ。同じ会計士といっても、これだけの差があった。

話は再びミネベアに戻る。竹中が富士商事に基盤を築くかたわら、ミネベアの高橋社長らとアメリカ中を奔走していた頃のことだ。日本メーカーは円高問題に直面し、生き残りのため、どんどんロサンゼルスへ進出してくる。一社が二社、二社が四社、四社が八社へと、倍々ゲームで増えていく。

(これは好機だ)

社内身分が不安定な竹中はそうとらえた。積極的に彼らの中へ食い込み、基盤作りにつとめた。だがいつの間にか、個人の利害以上に、別の感情が芽生えている。もっと日本企業に発展してもらいたいという、日本丸の応援団になっている自分に気がついた。自分という人間の根本《ねもと》はやはり日本人なのだと、誇らしげな気持ちで自覚した。

個々のメーカーにコンタクトしているだけでは限界がある。体は一つだし、何かいい方法はないものか。そこで目をつけたのが銀行だった。銀行なら早い段階からメーカーの進出を察知しているに違いない。日本企業は融資を通じてメインバンクとのつながりが緊密なのだ。とりわけ資金需要を伴う不慣れな海外進出となると、必ず事前相談すると思われる。

しかし残念なことに、日本の銀行のロス進出はかなり遅れていた。サンフランシスコには東京銀行や住友銀行、三和銀行が出ていたが、ロスには三菱銀行だけが駐在員事務所の許可をもっているに過ぎない。

そんなとき遅ればせながら三井銀行がロスへ事務所を構えた。竹中はチャンス到来と、さっそくクラウンの売り込みに動いた。この頃には竹中は異例のスピードで昇進を続け、マネジャーになっていた。だが三井を信用させるには単独訪問では権威がない。そこで国際税務に詳しい上席のベテランパートナーを連れ、三井を訪ねた。

一方、三井はすでにニューヨークに店を構えていて、そこではクラウン・ニューヨーク事務所を自分たちの会計事務所として起用している。三井がロスに事務所を出すとき、彼らはクラウン・ニューヨークにこんな質問をした。

「ロスに駐在員事務所を作ろうと思うのだが、税務申告は必要か」

アメリカは州によって税務の扱いが異なり、調べておく必要がある。そこでクラウン・ニューヨークのパートナーは法律を厳密に調べ、

「支店でなくても申告義務あり」

と答えた。

それを聞いた三井は念のため、同じカリフォルニア州のサンフランシスコにある他の日本の銀行に直接問い合わせた。その結果、申告をしていないことを知った。そこでクラウン・ニューヨークに対し、

「カリフォルニアにある日本の銀行の駐在員事務所は、どこも税務申告をしていない。それで滞りなくやっている。クラウンはとんでもない会社だな」

と言って、非難した。当然その話は三井ロス事務所にも伝わっている。そんな経緯を知らずに、竹中がパートナーを連れて、のこのこ三井ロス事務所を訪れたのだった。

だがニューヨークの当のパートナーにしてみれば、不本意なところもある。法解釈を厳密にすると、申告義務があるようにも読み取れ、慎重に判断をしたのだった。たまたまロスでは申告せずに通っていたのかもしれない。竹中は後でこのような事情を知ったが、新規顧客

を眼の前にし、弁解に走るような愚を避ける賢明さをもっていた。

その日、竹中は事前にアポイントだけは取ってあった。神妙な面持ちで、受付嬢に来訪目的を告げ、部屋へ案内された。しばらく待たされたあと、駐在員が入ってきたので直立して挨拶をした。そして、頃合いを見て要件を切り出した。

「今度、三井さんがロスに出てこられましたが、私たちは金融に詳しい専門家です。どうかお取引をお願い出来ませんでしょうか」

駐在員は眉根を寄せ、複雑な表情を見せた。がそれも一瞬で、すぐに打ち消すと、あきれたような金属を思わせる甲高い声を発した。

「おや、金融に詳しい専門家ですって？　竹中さん、あなた、本気でおっしゃっておられるのですか」

「は？」

竹中は相手の意図が読めず、面食らった。だが説明を聞いて、何とも言えない気まずさを覚えた。

パートナーに通訳するのだが、彼も同様で、まるで自分たちが間違った張本人かのように真摯《しんし》に謝った。その上で、気持ちを新たに竹中は富士商事との関係や、ミネベアのM＆A案件での実績等を説明し、これからの日本メーカーの進出先として、カリフォルニアが如何に有望であるか、資料を見せながら説明した。

「ご存知でしょうけれど、面積だけで比べても、カリフォルニア州は日本の一・一倍もあるんですよ」

だから今、ロスに三井が出てきたのは賢明だと、お世辞ではなく、心の底からそうほめた。パートナーは居心地が悪いのか、もうそろそろおいとましようと、それとなくサインを送ってくる。しかし竹中は続けた。取り返しのつかないあんな失態があったのだ。クラウン・ロスの評価が下がるのは止むを得ないけれど、せめて自分たちは職業会計人として、精いっぱいこの地で頑張っているということを、理解してもらいたかった。

そのうち駐在員も言い過ぎたと思ったのか、銀行員としての本来の丁重な態度に戻り、説明を聞き終わると、竹中が差し出した会社のパンフレットと資料を快く受け取った。

外へ出るなり、竹中とパートナーは思わずそろって大きなため息をついた。ほうほうの体で逃げ出た感じである。疲れきった心に深い安堵感が滲み出た。

どうやら雨はあがったようだ。駐車場へ続く路面には、黄色く変色した秋の落葉がぴったりと張りついている。空を見上げると、食品広告の文字を記した飛行船がのんきそうに、ゆっくりと飛んでいた。

帰社後、ニューヨークのパートナーに電話をして、ことのいきさつを尋ねた。そのあと竹中も法律を読んでみたのだが、やはりどちらともいえない微妙な解釈である。会計士の立場としては、むしろ安全で保守的な解釈の方が正しいのかもしれない。だが現状で問題が起こっていない以上、三井銀行には言及する必要はないと考えた。

それから二週間ほどして、竹中は人事担当パートナーに個室へ呼ばれた。嫌な予感がした。

苦情でも言われるのかと身構えたが、どうも様子が違う。

「ユクオ、三井銀行ロス事務所の件だけどね。今度、君にここの担当者になってもらおうと思っている。いいかな」

「はあ、それは構いませんけど……」

竹中は半信半疑を消せないまま、腑に落ちない表情で同意した。パートナーはニヤッと笑った。

「実はうちのニューヨーク事務所から私に電話があってね。君のご指名だ。三井銀行ニューヨーク支店から、もしミスタータケナカを担当者にしてくれるなら、ロス事務所の経理をクラウンにやってもらってもいいと、言ってきたんだ」

「へえー、よく承諾してくれましたね」

「日本語だろうな、たぶん。これは君の武器だ。私も喜んで賛成したよ」

「でも、私で……大丈夫なんですか」

竹中が危惧したのも、もっともである。マネジャーのポジションでは、まだクラウンを代表する担当者になれない社内規定になっている。

「もちろんOKだ。つい先ほど、例外措置として、上の決済を得たところだ。三井は大事な顧客だからね。頑張ってくれ給え」

これを起点に竹中は三井銀行ロス事務所に出入りすることになる。そして持ち前のハングリー精神とサービス精神で献身的な協力をし、信頼を得ていくのである。

当然ながら、三井系列のメーカーが市場調査でロスを訪れたとき、竹中が呼ばれ、相談に応じた。工場進出や事業買収についても同様で、まるで八つの顔と六本の腕をもつ仏像よろしく、八面六臂《ろっぴ》の活躍をした。こうして遂に銀行への足がかりをつかんだのだった。

しかし竹中は気を緩めることはない。まだまだこれからだと思っている。

――間違いなく早晩、他の銀行もロスへやって来るだろう。

読みは正しかった。その予想はほどなく実現し、今度は第一銀行が店を構えたのだ。これには思いがけない幸運が竹中の上に舞い降りた。というのは三井の野路茂次長が慶応大学出身で、第一の栗山賢三次長はその先輩だったことだ。

一般に会計士がコンタクトする相手は、店長ではなく、その下の次長と決まっている。この二人の次長が当地へ来て、大学同窓会の三田会で互いに知り合い、機密事項は別だが、いろんな情報交換をした。その中の一つに会計事務所の話が出た。

或る日、あとから進出してきた第一の栗山が尋ねた。

「ところで野路さん。お宅はどこの会計事務所を使っておられるのですか」

野路はクラウンの竹中の名をあげ、能力や人柄について話した。

「実に献身的にやってくれる男ですよ。それにお互い日本語でやれるのが、何よりも有難いですな」

本来、銀行というのは保守的で、冒険を好まない。栗山としても、クラウンが三井で問題なくやっている以上、社内決済も通りやすい。竹中を使わない手はないと考えた。こうして第一銀行にも食い込むことが出来たのだった。竹中も誠心誠意、相手の期待に応え、信頼を築いた。

その後、住友をはじめとする他の銀行も続々とロスへ出てきて、竹中を指名した。一番進出が早かった三菱銀行を除き、地方銀行まで含めたほとんどすべての日本の銀行が竹中の顧客となった。このことの意味はきわめて大きい。銀行系列のメーカーやサービス業が即、自動的にクラウン竹中の顧客になることを意味していた。

当時の日本人駐在員はまだ今日ほど英語がうまく話せなかった。それが幸いした。英語と日本語の両刀使いの竹中は、彼らにとって、便利であると同時に、力強い援軍でもあった。

◇　◇　◇　◇　◇　◇　◇　◇　◇　◇　◇

カリフォルニアへの進出をめざす会社の一つに、広島に本社を置く自動車メーカー、マツダがあった。当時は東洋工業という社名だったが、かなり後の一九八四年に「マツダ」へ変えている。ロータリーエンジン開発に社運をかけ、着々と業績を上げていた。

アメリカへの工場進出を夢見、一九七一年（昭和四十六年）、ロサンゼルスのダウンタウンにある住友銀行オフィス内に、三名の社員からなる小さな事務所を構えた。

そんな或る日、竹中が久しぶりに経理処理の件で住友銀行に寄ったとき、次長からマツダの話を聞かされた。住友はマツダのメインバンクである。

「竹中先生、今度、マツダが駐在員事務所を作りましたよ。この建物内ですけどもね」

「ほう、自動車のマツダですね。いよいよ工場進出ですか」

竹中の行動は素早い。さっそく営業活動開始だ。アポイントを取って、二日後にマツダを訪問した。相手の信用を得るためにも、上席のアメリカ人パートナーに頼んで、ついてきてもらっている。

挨拶を終え、本題に入った。パートナーの通訳もこなしながら、駐在員三人の税務申告を手伝わせてほしいと願い出た。だが、なかなかいい返事がもらえない。

「お気持ちは有難いのですが、天下のクラウンさんには余りにも仕事が小さすぎます」

「いえいえ、仕事の大小ではありません。私どもは御社の当地での成功を願っているのです。そのためにも、我が社のノウハウを使わせていただきたいと存じます」

相手は名の通った会計事務所の来訪を受け、むげに断るわけにもいかないのか、いよいよ困った顔をした。

「私たちは単に市場調査をしに来ているだけなんですよ。クラウンさんのお世話になるほどの経理事務があるとは、とても思えません」

遠慮気味にそう言って、

「でも、いずれにしても、私たち三人の給料支払いや所得税申告などは、誰かにやってもらわなければなりません。むしろこの機会に、小さな個人の会計事務所をご紹介願えませんか」

と、かえって恐縮した表情で付け足した。

パートナーに来てもらった手前、竹中は逐一、通訳をしている。それからも礼儀を失しない言葉で相手と押し問答が続いた。がそのうち脇に座ったパートナーがしびれを切らしたのか、ちょっと竹中の耳もとに口を寄せ、相手に分からないよう早口の英語で言った。

「どうだろう。やはり彼らが言うように、小さな事務所に頼んだ方がいいんじゃないのかな」

「いや、私はそうは思いません」

竹中は即座に反論し、ここは私にまかせてほしいと、これまた早口で返した。そして駐在員の方を向き、しばらく同じ口上を述べたあと、タイミングを見てその日の訪問を締めくくった。

「ご配慮のあるお言葉、本当に恐縮です。しかし私は同じ日本人として、御社にぜひ成功していただきたいと願っています。給料や税務など、どんなささいなことでも構いません。クラウンという組織にではなく、私、竹中という人間にご用命いただくというわけにはいかないでしょうか」

こうして再びボールを投げ返し、長居を詫びて、その場を辞した。しかし別れ際、

「改めてお電話を差し上げたいと思います」

と糸をつないでおくのを忘れない。竹中はいつの時でも、たとえ断られた場合であっても、最後の糸をつないだ形で別れるのを信条としていた。

クラウンの事務所へ帰ってからも、パートナーと議論が繰り返された。竹中は力説した。

「日本人というのは、皆さん方とメンタリティが違うのです。最初に世話になったところに恩義を感じ、いざというとき、必ずそこへ仕事を回します」

だから今回、例え小さな事務手伝いであっても、それをやっていれば、いずれ工場進出する時にはクラウンへ仕事が来るのだと、訴えた。しかし効率主義に徹したアメリカ人にはなかなか理解できないようだ。パートナーは自説を曲げない。

「我々は慈善団体ではないんだよ。やはりクラウンのような巨体には向かないと私は思うね」

それでも竹中は引き下がらない。この卵はいつか大きな白鳥に生まれ変わるかもしれないのだ。白鳥になってから頼んだのでは、遅すぎる。パートナーというのは日々の利益のことが頭にあって、先のことまで考える余裕がない。利益責任を負っている立場上、非難するのは酷であるが、自分は日本企業にもっともっと栄えてほしいと願っている。そのためにも今は種まきに全力を尽くさねばならない時期なのだ。

竹中は込み上げてくる激情を抑えながら、しかし静かながらも力を込めて、覚悟の言葉を吐いた。

「一つ提案があります。今回は目をつむって、ぜひ私にやらせてくれませんか。マツダさんの仕事は週末の余暇にやりますので、会社にはいっさいご迷惑をおかけしませんから」

パートナーはしばらく竹中の眼を見つめていたが、やがて諦めたように、

「うむ、参ったな。負けたよ。君には根負けしたよ」

と言って、個人としてではなく、正式にクラウンの仕事として請け負うことを認めた。

竹中は自席に戻ると、まだ糸がつながっているのを祈りながら、マツダへ電話を入れた。そこで改めて正式に申し入れ、それから数日後、先方も「そこまでおっしゃるのなら」とい

うことで、了解されたのだった。

竹中の読みは的中した。マツダは時を置かず、本格的に米国へ進出してきた。小さな卵がみるみるうちに大きな白鳥に成長したのである。その年の一九七一年十二月、フォード向けに、日本で「クーリエ」を製造して輸出を開始した。これが着実に販売を伸ばしていく。

マツダは野心的だった。それと並行して、新規開発に成功したロータリーエンジン搭載の車を、アメリカ市場へ大量に供給する計画を立てた。試験販売をはじめたところ、人気上々で好調な売れ行きを示している。

この新エンジンは、振動や騒音が少なく、軽量かつコンパクトで、部品点数も少なくてすむ。高速回転が容易に出せ、画期的なエンジンとして世間の注目を浴びた。

マツダはアメリカでの販売のため、敏腕の営業責任者をライバル社からスカウトしてきた。クライスラー出身のディック・ブラウンで、アメリカン・モータースへ移っていたところを破格の報酬で招聘《しょうへい》したのだった。

ブラウンはさすが営業育ちだけあって、販売戦略の立案にはじまり、広告宣伝も巧みである。それに何よりも人間学に秀でていて、ＥＱ（Emotional Intelligence Quotient）、つまり感情指数が高く、人間関係に敏感だ。マツダ本社の役員たちのハートをつかむのに時間はかからなかった。役員たちは彼に全幅の信頼を置いた。日に日に増える販売高が無条件に彼の優秀性を証明していた。

時には、というよりも頻繁にブラウンは、駐米の日本人代表を飛ばし、直接、本社役員たちと交信をした。組織無視であるが、その方が早く意思決定ができる。ブラウンにとっても、マツダアメリカにとっても、いや、むしろマツダ本社にとっても、こうすることでバラ色の将来が待っていた。そして現にバラ色に染められたのである。

当時、カリフォルニアは深刻な大気汚染に悩んでいて、当局は自動車の排気ガスには厳しい規制を強いた。とても達成できないと思えるほどの高いハードルだ。エドムンド・マスキー上院議員の提唱で生まれたこれらの規制法は、通称、マスキー法ともよばれた。

このマスキー法に沿って、ＥＰＡ（環境保護局）が設定した排ガステストに合格すべく、世界のメーカーは懸命に研究開発に打ち込み、激しい競争を演じていた。そんな中でマツダのロータリーエンジンがいち早く合格したのである。

ブラウンは記者会見で、喜びを理性で抑えながら、それでも抑えきれずに頬を紅潮させて、

「これでマツダは優遇税制を受けられるようになりました」

と高らかに言い、これからますますロータリーエンジンが国民の生活向上の役に立てるのを誇りに思う、と胸を張った。

マツダ車は飛ぶように売れた。日本での製造が追いつかない。販売ディーラーも車を確保しようとして、コネを使ってブラウンへ接近し、入荷した車は取り合いとなった。何ヵ月もの予約待ちが続出した。

竹中も忙しい。三名の所得税申告どころか、今や膨大な売上額の経理処理や監査で、部下

を総動員させてしのいでいる。当然部下の数も増えた。日本人もアメリカ人もいる。今やマツダはクラウン・ロスの主要顧客となった。つまり利益の源泉であり、稼ぎがしらの一つなのである。竹中の評価が上がったのは言うまでもない。

初めてマツダ事務所を一緒に訪れた時のパートナーも、共に功労者として高い評価を受けた。自分が反対したのも忘れ、ちゃっかりと成果を共有している。ただ根は誠実で、竹中の先見の明に感心するとともに、一対一のところで素直に頭を下げた。

「今回のマツダのことで、君に学ばせてもらったよ。営業のやり方というものをね」

それはクラウンにおける竹中の会計士としての生き方が肯定された幸福な瞬間だった。進出してきた日本企業の面倒をみる。規模の大小にかかわらず、たとえ一人や二人の事務所であっても、労力を惜しまず、徹底的に相談相手になった。

新しい進出会社から、個人の税務申告や給料計算を引き受けてきた時は、社内は穏やかではない。誰もから、部下からさえもブーイング（不満、非難）で迎えられた。

「またガーベッジ（ゴミ、ガラクタ）を拾ってきた」

「困るんだよな、こんなもの」

シニアーまでの会計士にとって、カネにならない仕事で時間を消費するのは、避けたいところである。監査やM&Aなど、もっと重要な仕事に従事したい。Up or Out システムも生き抜いていかねばならず、ガーベッジに関わっている余裕がないのだ。

だが竹中はそんなことにお構いなく、どんどんガーベッジを拾ってきた。そして部下を巻き込んだ総力で、まるで人間機関車の一団を思わせる勢いで有無を言わさずに消化していく。そんな物議をかもしてきた竹中戦略だが、その正しさが今回のマツダの成功で見事に証明されたのだった。

厳しい在庫管理はメーカーの鉄則である。だがここマツダアメリカはまったく逆だった。その在庫がなくて困っているのだ。営業責任者のブラウンは爆発的な売れ行きにうれしい悲鳴をあげた。連日のように日本の役員へ窮状を訴えた。

「もっとどんどん生産して下さいよ。消費者ニーズに応えられないなんて、メーカーとして無責任だと思われませんか」

とまで言い切り、早急の増産体制を進言した。奢侈《しゃし》とは無縁で勤勉一筋のブラウンは、ロータリー車を国民の一人一人に届けることが自分の使命だと固く信じ、声をからして叫んだ。

社内でもそれに応え、急遽、生産体制の見直しを行った。突貫工事で設備を大幅に増強し、アメリカ市場向けの大増産体制が整ったのだった。日本から社長の松田耕平がロスへ来たとき、ブラウンは得意の絶頂にあった。松田社長も市場の確かな手ごたえをその眼に焼きつけ、ここまで導いたブラウンの労をねぎらった。

だが歴史は皮肉である。宴《うたげ》は長くは続かなかった。一九七三年十月、第四次中東戦争が勃発し、突然原油価格が高騰したのだ。石油危機の勃発である。ガソリンが暴騰し、にわかに燃費問題がユーザーの最大関心事となった。

ＥＰＡ（環境保護局）は素早く動いた。各社の車の燃費テストを行ったのだ。その結果はマツダにとって最悪のシナリオだった。

「マツダのロータリーエンジンは極めて燃費が悪い」

この一言は、まるで喉に刺さった骨、というより匕首《あいくち》となった。その日から販売にブレーキがかかりはじめ、やがて在庫の山が築かれるようになる。しかしブラウンは強気だ。

「これは根も葉もない中傷だ。テストのやり方に異議がある」

と声高に叫び、再度のテストを要求した。得意のマスコミを使い、反EPAキャンペーンを展開した。本社の技術者たちに膨大な英文資料を作らせ、EPAにぶつけた。

しかしその間も販売促進のための宣伝広告の手を緩めないばかりか、広島にいる役員に電話攻勢をかけている。松田社長にも直訴した。

「これはマツダに対する嫌がらせ以外の何物でもありません。GMを筆頭に、ロータリーエンジンの優秀さを恐れるビッグスリーの汚い作戦ですよ。私は正義のためにも戦いぬく覚悟です」

そう強調し、日本でのフル生産体制の継続を求めた。ブラウンは技術にも強く、自身でも勉強してエンジンの優秀性を確信している。だから言葉にも力がこもり、聞く者の不安を容易に退けた。

本社では何度も役員会がひらかれた。確かに言われてみれば、テストのやり方におかしな点がある。ブラウンほどの人物があれほど断言するのだから、間違いはなかろう。自分たちも技術陣の総力をあげ、それを確認した。コンペティターの意識的な妨害の匂いがぷんぷんする。マツダとしても、このエンジンに社運をかけているのだ。政治的な思惑で邪魔をされたのではたまらない。テストのやり直しは必要だ。

「それに、拡張した工場設備を休ませるわけにもいくまい」

もし休止したら、巨額の損失がその日から発生する。メインバンクも黙ってはいまい。株価も急落するだろう。そういった判断のもとに、マツダはアメリカ国内の騒ぎを無視するかのように淡々と船積みを続けた。

クラウンの竹中は会計責任者として気が気ではない。日ごとに在庫が積み上がっていく。想像を超えた販売失速である。何度も在米の日本人財務責任者に進言した。

「もう猶予はありません。一刻も早く船積みを止めて下さい。これでは赤字の洪水です」

相手はそれでも聞く耳をもたない。竹中は仕方なく、四角張った対応になるのを承知の上で、クラウンとしての考えを書面で提出した。だが効果はない。

「それと、もう一つあります。ＥＰＡへの攻撃です。これも即刻、撤回願えませんでしょうか」

しかし相手は首を左右に振りながら、憤りさえ見せて反論した。

「いや、それは出来ませんな。『攻撃は最大の防御なり』と言うでしょう。私たちはテストの過ちを必ず認めさせられると信じています」

「そうでしょうか。そこまでおっしゃるなら、アメリカの故事を一つご紹介しましょう。『Don't fight the City Hall』というのがあります。役所とは喧嘩をするなという意味ですよ。ＥＰＡと喧嘩をするのは損なのです。最悪の方策です」

何度言っても、効き目もなければ手ごたえもない。まるで空気に向かって釘を打ち付ける感じだ。竹中は自分の無力に苛立った。

一方、最前線に立つブラウンは相変わらず強気である。そのためＥＰＡとの論争がやむことはない。論争が続けば続くほど、世間で負の評判が広まり、いくら値段を下げたところで車が売れなくなった。加えて日本での大量生産は継続され、在庫の山は勢いが衰えない。日本とアメリカの双方で、どんどん積みあがっていく。竹中は決心した。

――もうこうなったら、マネジメント・レターに書くしかないだろう。

アメリカマツダの取締役会宛てに訴えようというのだ。クラウンが作成する監査報告書に着目し、それを構成するマネジメント・レターの中で、二点を明確に指摘した。一つは過剰在庫の問題、もう一つはＥＰＡとの対決問題だ。

しかし提出されたレターはなぜか取締役会に無視され、いっこうに事態は好転しなかった。何一つ変わらないのだ。いや、変われないのだろう。マツダという巨艦は、もはやその船首の航路を変える能力を失ったのか。

――これは大変なことになる……。

諦めるとか諦めないとかの問題ではない。担当会計士としての義務がある。竹中は嫌がられているのを承知の上で、何度も責任者に会い、執拗に訴え続けた。

何の手も打たれないうち、とうとう最悪の事態が訪れた。メインバンクの住友銀行が、もはや放置できないと、経営介入してきたのだ。マツダ社内は大騒ぎとなった。

一旦決まったら、銀行のアクションは素早い。プロジェクトチームを組み、マツダ本社のチェックと並行して、アメリカでの実態調査に乗り出した。

さすが専門家集団である。洗い出しに多くの時間はかからなかった。

「何というずさんな経営なのだ……」

想像を超えた事態の悪化に、銀行のショックは大きい。手のほどこしようがない。非難の矛先はマツダ経営陣への怒りとともに、経理の面倒をみている監査法人のクラウンにも向かった。

「クラウンともあろうところが後ろについていながら、どうしてこんなになるまで放置していたのか」

「何のための監査法人なのだ。一体、どんな指導をやってきたんだ」

非難は怒号に変わった。

ほどなくして責任者の竹中が銀行に呼び出された。会議室では日本から来た五、六名のメンバーが手ぐすね引いて待っていた。お前が諸悪の張本人か、という責めの眼でにらまれたが、竹中は内心、かえって弁明の機会が与えられたのを喜んだ。やっと真実を分かってもらえる時が来た。

「本当にこのたびは申し訳ありません」

まず最初に日本式に謝った。アメリカ社会では、「Sorry」と謝ることは罪を認めることになり、絶対にしない。だが相手は日本人である。アメリカ式は通らない。竹中は感情を逆なでしないよう、頭を下げ、初対面の雰囲気作りに配慮した。

それからここまでに至った経緯を一通り説明したのち、以前提出したマネジメント・レターの控えを取り出し、テーブルの上に広げた。

「これは以前、取締役会に提出したものです。目を通していただけますでしょうか」

そう言って、おごりのない控えめな態度で、しばらく待った。時間はかからなかった。メンバーの表情に、驚きと落胆と怒りの入り混じった苦悶が現れた。

「なるほど……。なるほど、そうですか。在庫とEPA問題について、すでに取締役会に指摘なさっていたのですね」

「それだけではありません。そのずっと以前から、口頭や文書でも申し上げてきました」

竹中はファイルに閉じた控え書類の束をそのまま差し出した。相手はぱらぱらとめくったあと、「ふむ……」、とちょっと言いよどんだが、教育を受けた大銀行のビジネスマンらしく、振り上げたこぶしを引っ込める気まずさに打ち勝つ潔さがあった。

「いや、よく分かりました。知れば知るほど、なぜもっと早くから銀行が入らなかったのかと、後悔します。クラウンさんのことを非難したりして、申し訳ありませんでした」

竹中は聞きながら、安堵とともに、すでに心は次の善後策のことへ向いていた。銀行との協力のもとに、どういうふうにマツダアメリカの再建をすればいいのか。これこそが会計士としての自分の務めであり、腕の発揮のしどころだと、自分に言い聞かせた。そのことをこの場で協議したいと思っている。

マツダアメリカのEPA問題が起こる少し前の、まだマツダが繁栄の絶頂期にある一九七三年春のことである。竹中の身に大きな変化が起こった。入社八年目三十一歳のとき、クラウンの組織ピラミッドの頂点であるパートナーに抜擢されたのだ。これは日本人初の快挙であり、過酷なUp or Outシステムは竹中の努力に味方したのだった。

パートナーとは組織の代表者のことをいう。Upで最終的に生き残った中から選ばれるエリートだが、それでも普通十三年はかかるところを、八年で達成したのだ。クラウン・アメリカのパートナー二千三百人のグループに超特急で仲間入りしたのである。

竹中の実績と働きぶりは誰もが認めるところで、社内に不満を表す人はいなかった。

「あのマッダはタケナカが持ってきたんだよ」

実力者への賞賛を隠さない声が社内に満ちた。もう人種差別の感情は竹中の前ではすっかり消えていた。

しかし竹中は決しておごることはない。妻の昭子には自戒を込めて、こう語っている。

「時勢が味方してくれたんだろうな。日本企業のアメリカ進出は年々、増える一方だ。そのことを考慮してくれた面もあるんじゃないかな」

運というものはつくづく分からないものだと思う。自分が不遇な時期、他の白人たちは次から次へと日の当たる仕事をやっていた。だが基礎が出来ていなかったから、いざ問題にぶつかると、うまく処理できなくて、結局、評価を落とした。自分は遅れて出たけれど、一線に出た頃には十分な経験を積んでいたのは幸運だった。「人間万事塞翁《さいおう》が馬」という諺があるが、禍福というものは予測できないものだ。不運の時こそ幸運の種まきをしているのかもしれない。そのことを身にしみて感じたのだった。

4　アドバイザリーで頭角を現す

大山電器といえば、大山善夫が一代で築いた巨大電気器具メーカーとして、世間で広く知られている。以前、彼らはアメリカでADRを発行して資金調達するため、監査法人にクラウン・ジャパンを指名した。それがきっかけとなり、大山、クラウン両者の良好な関係は今も続いていた。

他の多くのメーカーと同様、大山も円高苦境を乗り切るため、眼を皿のようにし、耳と鼻を最大限に研ぎすませ、虎視眈々、対米進出を狙っていた。その目玉として、一九七四年(昭和四十九年)、アメリカの大手電子通信機器メーカーであるメタル・エレクトリック社から、北米のテレビ・ラジオ事業部門を買収することになった。この巨額の資金を使ったM&Aに世間は驚き、大山の未来志向の野心をいたく賞賛した。

だがその賞賛の陰で、ひそかに大きな葛藤が生じていた。それは買い手の大山と売り手であるメタルとの衝突である。一旦は合意した条件に解釈の相違が生じたのだ。

メタルはダラスに本社を置き、会計事務所にクラウン・ヒューストンを起用している。奇しくも大山と同じクラウンだ。一方、大山側の買収交渉はニューヨークにあるアメリカ大山が担当した。彼らはデラウェア州にある中堅会計事務所から、一時アドバイスを得ていた。

発端は買収の合意事項を記したMOU（覚書、メモランダム・オブ・アンダースタンディング）の解釈の違いにあった。そもそもMOUにはその効力において二種類あるとされる。一つは拘束力のあるBinding、もう一つは拘束力のないNon-bindingである。

大山とメタル両社は、ぜひ今回のM&A交渉をまとめたいと、前者のBindingの方を選んだ。大山は買いたいと思い、一方、メタルも売りたいと思い、他社の介入を防ごうと、Bindingにしたのだった。

そこまではいいのだが、その後、大山がデューディリジェンス（DD、Due Diligence）を行った結果、問題が生じたのだ。DDとは、買収先の企業価値を評価する調査活動のことをいう。

そのMOUにはこう記載されていた。メタルの機械設備はすべて簿価で売却することとし、その解釈はアメリカの会計原則に基づく、「Going concern basis」によるとしたのである。

これはつまり、メタルの監査人であるクラウン・ヒューストンが監査し、そこで決まった簿価を売値とすることを意味する。ビジネスが継続するという前提での簿価なのである。だから例え機械設備に値打ちがなくなったとしても、或いは事業が倒産して清算されたとしても、あくまでも簿価が売値となるのだ。ただ同然の時価まで下がるということはない。「簿価イコール値段の高止まり」を意味した。

といっても、このMOUの内容が一方的だとか不公平だとか言うのではない。両社は議論の末、この方式に納得の上で合意したのだった。

ところがDDをやるうち、大山の眼から見て、その簿価に実際の価値がないことが分かり、大騒ぎとなった。大山本社から財務の専門家や技術者が来て、帳簿と工場を詳細にチェックしたところ、機械設備の多くが使い物にならないことが判明したのである。

大山は憤慨した。

「簿価で買うなんて、とんでもない」

メタルも気色ばんで反論した。

「何を言っているんです？　MOUにはそう明記しているじゃないですか。機械に価値があるのは間違いありません。今、この瞬間も我々は次々とテレビを作っています。機械は正常に動いていますよ。何の問題もありません」

もとを正せば、機械設備について、両社のあいだに大きな誤解があった。当時アメリカのテレビは、映像を見るという機能だけでなく、一つの「家具」とみなす習慣があった。品のいい木工家具にテレビ機能が付いていると言ってもいいだろう。テレビは家具の一部なのである。

したがって生産ラインもテレビと家具の両方を作れるようなレイアウトになっていて、また機械設備もそのように設計されている。そのためメタル社は立派な木材工場を持っていて、テレビ・ラジオ事業部の全従業員七千人中、十数％の八百人がここで働いていた。

一方、日本ではテレビはテレビ、家具は家具と、完全に住み分けられていて、メーカーも異なっている。大山の日本工場も当然ながらテレビだけの製造ラインである。大山としたら、まさか家具まで作る機械設備になっているとは想像さえもしなかった。

「木工など、とんでもない。自分たちの設計コンセプトとは根本的に異なる。こんなラインではテレビは作れない。何の役にも立たないよ」

そう言って、自分たちの正当性を主張し、価値はゼロだとして、買収価格の見直しを迫った。このように一方は機械を「使えないから価値がない」と言い、他方は「今も使っているから価値がある」と主張して譲らない。

両社の論争は泥沼に突入した。MOU締結まで主導した大山ニューヨーク事務所の人たちは、契約や技術のことをあまり知らずに、功を焦ったところがあった。焦ったというよりも、本社の海外進出への熱い意欲に沿おうとするあまり、思わず猪突猛進したのか。その真偽は分からないが、いずれにしても後の祭りである。

泥沼状態は続き、そのうち両社から、監査人であるクラウンへ非難の矛先が向かい出した。大山にはクラウン・ジャパンがついていて、一方、メタルはクラウン・ヒューストンである。顧客である大山、メタルの両社から、クラウンのジャパンとヒューストンは責められた。

「君らは俺たちの会計事務所なのに、いったい何をしているのか」

と、彼らは弁護士も巻き込んで非難した。ジャパンとヒューストンは、同じ会社なのに、何だか敵同士のような位置に置かれ、論戦してもどうも煮え切らない。

当事者である大山とメタルも、互いに役員まで出てきて論争するのだが、自己の立場を主張するばかりで、大局的な判断が出来ないのである。事態の先行きがさっぱり見通せず、両社は焦った。

「バイヤーとセラーのあいだで、もっと話し合うべきではないか」

期せずして両社からそんな声が上がり、トップ同士で腹を割って会議の場をもつことになった。大山からは会長の田村博、メタルからは社長のスチュアート・ホスカーが出席することになり、ヒューストンにある弁護士事務所の会議室で顔を合わせた。会議室に隣接して、二つの控え室も使われた。この田村博は大山電器創始者である大山善夫の大番頭といわれている大物である。

この会議に先立ち、メタル側の弁護士から或る提案があった。今回はクラウン・ジャパンもヒューストンも出席すべきではない。むしろクラウン社内に、会計原則や法律に精通した日本語の話せる第三者的な会計士はいないのかどうか。できれば日米両国のことが分かっている人が望ましい。もしいれば、その人物に両社から質問し、中立の立場で厳正に見解や解釈を述べてもらう。それに基づいて両社で議論して、判断し、裁定しようではないか、というのである。

大山は賛成した。何とか早く決着をつけたいと、心から望んでいる。クラウンも異論はない。

クラウンはすぐに行動し、それなら適任者がいると、その日のうちにロス事務所の竹中を指名した。マツダをはじめ、片っ端から日本企業の顧客を発掘してくる営業の猛者《もさ》の名を、社内で知らない者はいない。経験も豊富だし、すでにパートナーに昇進しており、対外的にも責任ある発言ができる。つまり社外の信用が得られる立場にいた。

このような経緯の後、ようやくヒューストンの弁護士事務所の一室で波乱含みの会議がはじまった。

定刻がきて、控え室から皆がぞろぞろと隣接の会議室に移ってきた。自分の名札が置かれた場所に着席するのだが、広い室内は妙に静かで私語はなく、じゅうたんにこすれる椅子の音だけが天井にはね返り、控えめな響きをたてた。その張りつめた静けさはこれからの議論の紛糾を十分に予感させ、誰もが平静を保つのに苦労している。

午後の弱い陽光が透明の窓ガラスを通して射し込んでくる。入口近くにある大きな花瓶に赤と白のランの花が活けられていた。豪華な部屋の中央にマホガニー製の長テーブルが置かれ、それぞれ十名近くが向かい合って座っている。それを左右に見るような格好で、テーブルの短い辺《へり》のところに竹中が座った。弁護士は双方に一名ずつついている。

――何だか落ち着かないな。

竹中は妙な気分だった。裁判官の真似事のようなことを強いられるのか。営業活動やM&A監査で感じる緊張感とはまるで違う種類のそれだ。

目立たぬよう深く息を吸い込み、落ち着かせた。中立とはいうものの、どうもジャパンやヒューストン事務所の知っている会計士の顔が浮かんできて、困った。アメリカでのビジネスを考えれば、メタルは大事だし、一方、自分の中の血は百パーセント日本人であり、大山にはアメリカでぜひ成功してほしい、と思っている。

だがこれもいい経験だ、と思いなおした。日米のトップ企業とオールクラウンが、この会議を注視しているのだ。やるからにはどちらかの肩を持つのではなく、徹底的に公平に対処しようと自らに誓った。

冒頭で両社の弁護士が竹中に注文をつけた。

「言わずもがなのことですが、ミスタータケナカには公平な見解ないしは解釈を述べていただきます。どちらかに偏《かたよ》った発言は不可です。また一方の会社しかいない時は答える必要はありません。話す時は必ず両社がいる前に限って下さい」

その後、双方の事務当局からこれまでの経緯の説明があり、議論がはじまった。大山側のスピーカーは田村博会長が、メタル側はホスカー社長が務めた。二人とも口調は穏やかだが、中味は辛らつで、相手の論旨を突き刺し、崩すような鋭い言葉を臆面もなく言い放つ。

意見が衝突するたびに、竹中の見解を求めた。竹中が答えると、両者は部下たちとひそひそ声で相談をする。もっともスピーカーが指名した場合に限り、担当部下も意見を述べた。

二時間ほどが過ぎた。事務局から休憩が提案され、双方が隣接した別の個室に引き下がった。そこで、あでもないこうでもないと真剣な内輪の議論が繰り広げられるのだ。その間、広い部屋に竹中一人だけが取り残され、ぼんやりと時が過ぎるのを待つ。こんなことだったら、本でも持ってくればよかったと、淡い後悔がせりあがってくる。

小一時間が経ったころ、全員がテーブルに戻り、また議論がはじまった。そして一、二時

間すると、小休止だ。こんな繰り返しが一日中続き、ようやく夕刻になった。すると事務局が、

「さあ、場所を変えて、ディナーにしましょう」

と何だか人が変わったみたいな明るい口調で言い、メタルが予約しておいた外のレストランへ車で全員が移動した。

竹中はそこでも議論の続きをするのかと、少々、気が滅入ったが、期待もないわけではない。むしろ非公式の場だからこそ本音が聞ける場合もある。これは日本でもアメリカでも同じことだと、しばらく様子をみることにした。

「今日はご苦労様でした。両社の繁栄を祈って、乾杯！」

と音頭があり、たちまち和やかな雰囲気に一転して、食事がはじまった。

幾つかのテーブルに両社の社員が混在して座り、先ほどまでの激しい衝突は何だったのだろうかと思うほどの打ち解けぶりだ。予想に反し、レストランではまったく仕事の話が出る気配はない。

途中でアコーディオンやバイオリン、チェロなどをかかえた正装の楽士が現れた。セレナーデ（Serenade）を奏でながら、優雅な足取りでテーブルを回る。次々とイタリヤ料理が運ばれてきて、さすがの健啖家の竹中も、満腹になった。

あくる日の会議も前日と同じパターンで進んだ。少し議論したかと思えば、別室へ引っ込む。引っ込めば、竹中は一人にされ、相変わらず時間を持て余した。

質問には誠実に、公平に答えた。両社の誤解を解き、理解を深めることに力を注いだ。論点はやはり「Going concern ベースでの簿価」についての解釈だった。大山側は繰り返す。

「家具製造なんて、考えてもいません。設備はまったく役に立たない代物《しろもの》です。資産価値はありませんよ」

「それは大山さんの一方的なお考えでしょう。ここはアメリカですよ。もし我々と同じように家具的なテレビを製造されるなら、まったく問題はないのです」

「その意図はないと、何度も申し上げたじゃないですか」

「設備を使うか使わないかは、御社の選択でしょう。私たちのリコメンドではありません。MOUは生きています」

こんな応酬と豪華なディナーがほぼ二週間も続いた。そして結局、大山は簿価で機械設備を購入することになった。だがさすがは天下の大山電器だ。いや、田村博の器量というべきか。最後は快く合意の握手をし、調停役を務めた竹中の労苦に感謝の意を表したのだった。

竹中は田村博に会ったのはこの時が初めてだったが、彼がネゴーシエーションで見せた人物の大きさに、終始、圧倒されていた。大山の利益擁護が最上位にあるのは当然だが、それに眼がくらまない公平な尺度をたえずもち、議論の相手の発言を最後の語尾まで聞く忍耐を忘れない。

天下の大山という力で立ち向かおうとするのではなく、理性と道理で判断するその沈着なバランス感覚は、日本の一地方で育った商人というよりも、アメリカ産業界のトップ経営者と比べても遜色がない。この男がいるから大山電器がここまで伸びたのだと、まるで大山の何十年もの成長過程の縮図をこの人物の中に見た思いがした。

さてＭＯＵ問題は落着したが、大山の本当の苦難は後で待っていた。工場設備の更新のみならず、厄介な労務問題をも抱えてしまったのだ。不要になった木材工場を閉鎖するにあたり、八百人もの従業員を解雇しなければならない。

立地場所が小さな町だけに、解雇がはじまった初期の段階だけでも失業者があふれ、大ごとになった。地元の新聞は騒ぐし、ストも起こるしで、大山の名誉に傷がつく。しかしこれ以上の評判悪化は避けねばならないと、大山は焦った。結局、名誉を守るために余計に補償金を支払う必要が生じ、ようやく騒動を終結させたのだった。最初のほんのちょっとした不注意が、巨額の損失につながるのがＭ＆Ａの恐さなのである。

竹中は突然舞い降りた指名だったが、貴重な体験をさせてもらったと、不謹慎だとは思うけれど、こんなめぐり合わせになった自分の運命に感謝した。このＭ＆Ａではいろいろなことを学んだが、とりわけ木材工場の教訓、つまり事前ＤＤの重要性はしっかりと胸に刻まれた。

買収時には、汚いもの、臭いもの、不要なものは、多少高くても、すべて金を払って売り手に処分させねばならないということが肝要だ。「様子を見る」というのは禁忌《きんき》である。買収は時間を買うことであり、建て直しにエネルギーを使うことほど愚かなことはない。その教訓を胸に、以後、竹中はＭ＆Ａアドバイザーとして成長していくのである。

その後の大山の展開は目を見張るものがある。このメタル・インダストリーから買った工場設備を舞台に、全米で家電製品の全国展開に乗り出し、大成功する。木材工場の一件は前向きの授業料として大きなお返しをした。

そう考えれば、あの時の田村博が見せた度量の広さは、将来の果実の大きさを見通していたのかもしれないと、竹中は崇敬《すうけい》の念を伴いながら、当時の光景を懐かしく思い出すのだった。

◇　◇　◇　◇　◇　◇　◇　◇　◇　◇　◇　◇

午後、コーヒーを飲みながら一息ついていると、ミネベアの石塚専務から電話があった。社長の高橋高見も一緒にいるという。竹中はちょうど仕事が一段落したこともあり、何か急ぎの匂いもしたので、すぐに相手のロス事務所を訪ねた。何事かと思っていると、アメリカで新たな企業買収をしたい。協力してくれないかという。業務範囲を広げたいのだと高橋は言った。

「突飛な業種に参入するつもりはありません。あくまでも現存製品の関連分野へ進出するつもりです」

「それが賢明ですね。で具体的にはどんな業種をお考えですか」

「私たちが作っているのはメカニカル、つまり機械製品です。これにエレクトロニクスを加えたいと思っています」

「なるほど、メカトロニクス企業を目指すわけですね」

高橋は希望をたたえた眼を全開し、大きくうなずいた。ちなみにメカトロニクスというのは和製英語で、これより少し前の一九六九年に安川電機の技術者森徹郎が唱えた。高橋はいち早くこの考えに着目したのである。

「竹中さん、技術の進歩は日進月歩ですよ。例えば飛行機の計器類。これなどあっという間にアナログからデジタルに代わってしまいました。それまでは一機の計器に二百個ほどの極小ベアリングが使われていたのですが、今は何個くらいだと思います？」

「いやー、皆目、見当がつきませんね」

「たったの二個ですよ」

竹中は息を呑んだ。それほど大きな変化が起こっているのか。技術革新の速さを今さらながら実感させられた。次の言葉を催促するように高橋を見た。高橋は一呼吸おき、確信を秘めた決意の表情で語った。

「構造転換です。これをやらねばなりません。今は栄えていても、すぐに陳腐《ちんぷ》な製品に成り下がるでしょう。やはりこれからはエレクトロニクス、中でもとりわけ半導体の時代が来ると思いますね。でも私たちは一足飛びにそこへ行こうというのではありません。先ずは周辺分野へじりじりと広げていくつもりです」

「分かりました。当たってみましょう。エレクトロニクス関係……ですね」

竹中は張り切った。天命が下ったと思った。自分の手でグリーンフィールドから手がける買収だ。やりがいがある。しかも尊敬する高橋高見からの依頼なのだ。これほどのチャンスはない。

今までにM&A実行メンバーの一員として、大きな傘の下でデューディリジェンスや調査などに随分と携わってきた。ノウハウを積み上げてきたという自負はある。しかし今度は自分がチームの先頭に立って走らねばならない。そんな自信と意欲に支えられ、翌日から寝食を忘れて全米を奔走した。

あちこち探した結果、アリゾナ州にある電子機器メーカーのIMCマグネティックス社に候補を絞った。アメリカ証券取引所の上場会社であり、製造設備も問題はなく、利益もそこそこに出している。労使関係も過去に何度かストライキがあったが、今は順調である。

つぶれかけた会社なら安く買い叩けるが、健全な場合はそうはいかない。だが日本と違い、正当な、というか魅力ある金額を提示すれば、話を聞いてくれるのがアメリカの会社なのだ。竹中は誠意を尽くしてIMCと交渉にあたった。

高橋も時間を買うという信念には変わりなく、一九七五年、ハードネゴの末、IMCマグネティックス社はミネベアの傘下に入った。これでミネベアは、本業の極小ベアリング以外に、モーターやバルブ、ファン等の電子機器分野へも翼を広げたのだった。

この頃、竹中はクラウン上層部からカリフォルニアだけでなく、北米全土をカバーするよう命ぜられていた。日本企業の対米進出に加速度がつき、会計事務所としても、それを支援するビジネスをもっと取り込もうというのだ。

竹中も会社の期待が分かるだけに、ナショナル・パートナーとして、部下を率いて全国を駆け回った。以前、高橋がアメリカ中を行商して歩いたことを思い出し、自分も今、その後を追っていることが、まるで互いの心が合体したかのようで、何だかうれしくもあった。

そんななか、竹中と高橋との絆はますます深まり、二人三脚で次々とミネベアの企業買収が進んでいく。一九七七年、多国籍企業マロリー社のモーター部門であるハンセン社を買収し、IMC社の傘下に入れた。

それから二年後の七九年、今度はイギリスの冷却ファン・メーカーのAKファンズ社を買収、八二年にはアメリカ三大プロペラ補修メーカーのパシフィック・プロペラー社に狙いを定め、交渉は紆余曲折したが、巨額の買収を成立させた。

竹中と高橋の快進撃はまだまだ続く。八三年、コンピューター用キーボードを作っているハイテック社を買収。さらにスピーカー、小型精密モーター、精密軸受、電算機用電源装置と、買収企業の分野を次々と広げていくのである。なかでも八四年に行ったニュー・ハンプシャー・ボール・ベアリング社の買収は一億ドルを大きく上回り、世間の注目を浴びた。

この頃、二人のあいだでこんな会話を交わしている。

「ミネベアは成長し続ける会社ですよ、竹中さん。これからもどんどん隣接分野のM&Aをやっていくつもりです」

「足し算ではなく、掛け算の効果を狙っておられるのですね」

「おっしゃる通り。でも横の拡張も忘れていません」

地理的拡張のことである。一九八二年（昭和五十七年）、タイの農村地帯アユタヤ県に工場を建て、ベアリング生産をはじめている。シンガポール進出から十年後のことだ。

それには理由があった。シンガポールは予想以上に早い発展を遂げ、人手不足が顕著になってきた。それにこの工場では多くのタイ人が働いているのだが、勤務態度が非常にいい。陰日なたなく働き、その勤勉さは日本人と似たところがある。

「そろそろこのシンガポールも頭打ちになりそうだ。次はタイへ出ようかと考えています」

「えっ、タイへ？　あそこは恐ろしく未開じゃないですか」

そんな会話から一年ほど経ったころ、竹中に会計士の立場から現地を見てほしいと、急に依頼があった。

竹中はさっそく高橋と一緒にタイへ飛んだ。ただでさえ暑いなか、ちょうど雨季と重なっていて、想像を超えて蒸し暑い。肺の内側まで蒸れてくる感じがする。道も悪く、舗装のないところはぬかるみというよりも、むしろ泥沼の中の行進である。幸い雨はやんでいるものの、摂氏三十五度を超える高湿度の中での長時間にわたる車の移動は、きついの一言だ。冷房しているとはいえ、所々で、というより頻繁に車を止めて休憩せねばならず、エアコンがない路傍の茶店の中はうだるようで、肉体への拷問《ごうもん》だった。

「雨がやんでいるあいだに急ごう」

高橋の一言で再び車に乗り込み、走り出した。

ところが間もなく急に辺りが暗くなった。遠く前方に見えていた雨脚が最初は駆け足のようだったのが、みるみる目前に迫り、恐ろしい勢いで走ってきた。黒雲があっという間に真上まで広がって、上空を厚くおおっている。手づかみできそうな、頭を包み込むほどの近くまで重そうに垂れ下がっている。

と、いきなり雷を思わせる豪雨が車のフロントガラスを叩きつけてきた。パシッパシッと、ガラスの割れそうな音がし、水が滝のように流れ落ちる。スコールだ。一寸先さえも見えず、とても進めそうにない。やむなく停車した。

幸い黒雲の逃げ足は早い。しばらく待つうち、滝の流れが徐々に緩やかになり、少し前方が見えてきた。運転手は苛立ちから解放されたらしく、明るくなった顔を上げると、「よしっ」と小さな掛け声をかけ、車を発進させた。減速したスピードで用心深く進んだ。目的地が近づくにつれ、急速に視界が広がり、雨脚もずいぶんと弱まってきた。スピードも普通に戻っている。

「もうすぐですよ」

前席に同乗しているミネベア社員がほっとしたように言った。あれほどの豪雨が今は嘘のように、しとしとと静かに落ちる細い雨の糸に変わっている。

竹中は一心に車窓の景色を眺めている。急に取り戻した明るさの中で、雨に洗われたばかりの田畑や林が鮮やかな緑の原色を後ろに残し、次々とページをめくるように無言で過ぎ去っていく。眼が覚めるようなすがすがしさが、激しく網膜に打ちつけられた。見渡す限り、人っ子一人見えない広大な風景が延々と続いている。

「えらい田舎ですね」

そうつぶやいたが、本心ではない。言葉とは裏腹に、それは壮大な自然に対する心の感慨であり、屈服であり、賞賛であった。

それからしばらく走ったところで、社員が前方を指差しながら、元気のいい声を出した。

「さあ着きましたよ。アユタヤ工場です」

バンコックから北方へ六十キロほどは走っただろうか。へんぴというよりも、陸の孤島である。バラック小屋の小さな集落の先に、白いスレート屋根の近代的な工場が忽然《こつぜん》と現れた。広々とした敷地で、気持ちがいい。

雨にかからないよう屋内の駐車場に車をとめた。小雨になったので建築工事が再開されたようだ。重機のエンジン音や作業員たちの声が聞こえる。仮設事務所で概略説明を受けたあと、まだ建設途上の建屋内に入った。

機械設備を見て、竹中の眼が釘付けになった。アメリカの工場など比較にならないほどの最新鋭機が、開梱途中のものも含め、ずらりと並んでいる。

「いやあ、驚きました。日本よりも立派ですね」

「ハハハ。ここはね、竹中さん。特に高品質ボールベアリングの世界の生産拠点にするつもりです。輸出専用のね」

竹中は感心するように高橋にうなずきながら、同意を求める調子で言った。

「ここも、すべて徹底した内製化なんですね」

「もちろんです。十年前のシンガポール以上の未開発地ですからね。だからこそ魅力があるのです」

高橋節は健在である。この時代、タイへ工場進出してくる日本企業など、ほとんどいない。しかも信じられないことに、工業団地のあるバンコック周辺を避け、わざわざインフラ設備が皆無である田舎のど真ん中を選んだ。何もかもが常識の逆を行く。異端を行く。いつも世間の先の先を見つめているのだ。

竹中は脇に立っている高橋の横顔をそっと見た。自分などはつい目先の数字だけに固執してしまい、会計士としての矩《のり》を超えられないところがある。まだまだ経営については遠く及ばない。勉強途上の生徒だ。この大先輩からはもっともっと学ばねばならないと思った。

アユタヤに続き、バンパイン、ロップリと、次々と新工場を建設した。ますますバンコックから遠ざかっていく。そのたびに高橋の意表をついた経営采配に感銘し、脱帽するのだった。工場には独身寮のみならず、家族寮、それにクラブハウスやプールなど、従業員たちが生活できる経済単位をまるごと作っていくのである。果たしてこんなことをやって、ペイするのだろうか。

だがカンのいい高橋は訊《き》かれる前に竹中にこう説明している。

「だから工場は、最低でも従業員一万人単位の規模にしています。五百人や千人では機能しませんからね」

常識を潔《いさぎよ》しとせぬ反逆の思想がそこにある。

はじまりがあれば終わりもあるのが世の常だ。気力、体力ともに充実し、西に東に快進撃を続ける高橋だったが、或る日、運命は非情な選択をした。とうとうその日が来た。死である。高橋高見の死である。

それはあまりにも唐突な訪れだった。一九八九年五月十日、新緑の若葉が茂る薄曇りのなか、急性肺炎のため、東京の病院で五十歳の幕を閉じたのだ。丈夫で長持ちが自慢の疲れを知らない男だったのに、不意の病で命を奪われた。早い死だった。

ビジネス界を一気に駆け抜け、M&Aの最先端を走ってきた壮年の実業家が、志《こころざし》半ばで、まだ多くの仕事を後ろに残して無念の旅立ちをした。いよいよこれからと、腕まくりをして、意気を新たに飛躍に向けた助走をしていたのに違いない。

現場主義に徹した仕事一筋の男であった。常にリスクを力の限りに背負い、それを承知の上で経営に邁進してきた炯眼《けいがん》の男であった。病床で最後の息を引きとるとき、何を考えていたのだろう。朦朧《もうろう》とした失いつつある意識の底で、まだまだやり遂げたいM&A案件や工場進出に、かなわぬことと知りながら、未練の思いを馳《は》せていたのだろうか。次の世界へ移る夢見心地の中で、もはや意表をつくアイディアを実践できないもどかしさに、寂しさを覚えていたのだろうか。

いや、そうと決めるのは早計であろう。彼が残した足跡《そくせき》はあまりにも大きく、偉大だ。短かかったとはいえ、全速力で駆け抜けた企業人生に、悔いのない満足感をかみ締めていたのではなかろうか。時間ではなく密度の濃さなのだと、彼ならではの切り口で、思い残すことなく、人生の区切りをつけたのか。

　だがそれも今となっては分からない。しかし一つだけはっきりしていることがある。それは高橋が残した価値ある無形の遺産だ。彼の教えは副社長になっている石塚巌をはじめ、公認会計士竹中征夫らに確実に受け継がれていくのである。

　それにしても死を知った時の竹中の悲しみは、いかばかりだったろうか。今でも竹中は高橋のことを思い出すとき、ロスにある瀟洒《しょうしゃ》な日本食のレストランが頭に浮かぶ。高橋が余技で開業した日本料理店で、よく誘われて刺身や寿司を食べた。

　生来、竹中は生魚が苦手だった。しかし、

「魚は体にいいんだよ」

　という高橋の優しい言葉に誘われるうち、いつの間にか生魚を食べられるようになったという。

5　即席麺を売れ

「ユニマル」ブランドの即席麺で知られる東亜水産社長の森和夫は、このところアメリカ進出に余念がない。

アメリカでは大阪に本拠を置く大映食品が大きく先行しているが、遅ればせながら、それに対抗しようというのだ。一九七二年五月頃から即席麺の対米輸出をはじめ、順調に推移していた。それを見て、同年十二月にロスに現地法人「ユニマルＩＮＣ」を設立した。続いて翌年七月には南カリフォルニアのアーバインに七千坪の工場用地を購入している。

ところがその三ヵ月後の一九七三年十月、突然、石油危機が勃発し、日本経済が大混乱に陥った。アメリカ進出どころではない。アーバイン工場建設は先送りされた。だがその後、「ユニマルのカップうどんきつね」が大ヒット商品となり、会社業績は急回復した。業界シェアも三十パーセントを超えて、二位に躍進したのである。

その勢いに乗り、一九七六年（昭和五十一年）四月、いよいよアーバイン工場の建設工事がはじまった。現地にいる工事関係者たちへの激励と、現地会社のゼネラルマネジャー（総支配人）を決める目的も兼ねて、森は渡米した。

候補者はすでに絞り込まれている。名をラリー・パーカーといい、日本の音響機器メーカー、トランス社の米国法人で元ゼネラルマネジャーをしていた人物だ。東亜水産と付き合いの深かった日本の大手広告代理店D社の強い推薦があり、森もあそこが言うのなら問題なかろうと、ほぼ最終確認の意味で面接に臨んだ。

一目見るなり、好感を抱いた。太ってはいないが、堂々とした押し出しだ。青く澄んだ鋭い眼と鼻下にたくわえた豊かな髭が、角ばった顎の上で意思の強さを主張している。話し方も流暢《りゅうちょう》で、人の心をとらえる術を心得ているようだ。

——さすが年俸十万ドル以上を要求してくるだけのことはあるな。

事前にD社からこの金額を聞いたとき、その高額要求に、森はまだ見ぬ相手の人間性に疑問符を抱いた。だが今、目の前で見て、感覚的に合点がいった気がした。それでも一応、幾つかの質問をしている。

「私の代行として、ユニマルＩＮＣを取り仕切ってもらうわけですが、自信はありますか」

「自信がなければ、今回の責任あるポジションに応募いたしません。私はトランス社で売上を大幅に伸ばしました。そのことはＤ広告代理店からもお聞きだと思います。それに日本企業の経営のやり方はよく心得ていますので、どうかご安心下さい」

「販売だけではなく、経営管理も出来るということですね」

「もちろんです。でも最も重要なのは、ユニマルラーメンを全米で売りまくることです。今回の食品と、トランス社で扱っていた音響機器とは商品の違いはありますが、大衆へのマーケティングという点では同じだと思っています」

そう言って、自分はこれまで失敗したことはないのだと、自信たっぷりに言い添えた。

翌日、森は日本を出発する前にD社から聞いていたパーカーの人物照会先を数社、駆け足で訪問した。優秀な経営者だと、どこも口をそろえてほめ、森は何か大事を成し遂げた後のような安堵と充実感を味わった。

その夜、待ちきれないという気持ちで東京のD社の担当者に電話をかけ、採用することを伝えた。そして数日後にパーカーと雇用契約を交わしたのだった。

時は少しさかのぼるが、東亜水産はロスへ進出してきたとき、銀行の紹介でクラウン・ロス事務所に経理のサポート業務を依頼している。日本企業ということで、竹中の担当となり、ユニマルＩＮＣ設立や経理、税務などの面倒を竹中のチームが見ていた。その関係で森と竹中は仕事上の面識を深めていた。

パーカーと契約した翌日、森がふらっとクラウンの事務所に竹中を訪ねてきた。ゼネラルマネジャーも決まり、いよいよユニマルＩＮＣの船出がはじまる。そのことを報告しようと、鼻歌でも歌い出しそうな明るい希望で足取りも軽くやってきた。

竹中は森からパーカーの名を聞いたとき驚いた。最初は聞き間違いではないかときょとんとしたが、やはりそうだということを知り、露骨に顔をしかめた。信じられないというふうに、白眼が大きく見開かれている。

「まさか、本当にラリー・パーカーを雇われたのですか」

「は？　どうかしたのですか。もう契約を交わしましたけど」

森は怪訝《けげん》そうな表情で言葉を返した。その剣幕に竹中はあわて気味に、

「いえ、たまたま彼のことを知っているものですから……。どうも賛成できかねますねえ」

と森のためを思い、率直に申し述べた。

パーカーは誠実性に疑いがある人物だと聞いている。トランス社のゼネラルマネジャー時代、テレビコマーシャルなどの宣伝で広告代理店から常習的にキックバックを受け取っていたらしい。一般には知られていないが、会計士という職業柄、そんな裏情報も耳に入ってくる。証拠を握っているわけではない。真相は分からないけれど、火のないところに煙は立たないというではないか。

しかしいくら相手が森とはいえ、自分で調べたわけではないので、そこまで話すのをためらった。

森の眼に、意外なことを言われたというふうな狼狽《ろうばい》と、それを打ち消す強い意志力がのぞいた。

「ふうむ、そうですかね。反対されたのは竹中さんがはじめてです。いろんな人たちの意見を聞きましたけど、皆、ほめてくれました」

顔にかすかな反発の色が浮かんでいる。万全を尽くして採用したのだという自負が、そうさせているのか。竹中は迷った。森はもう決めたと言っている。だが、やはりキックバックのことに触れておくべきなのかどうか。いやいや、ひょっとして仮にその情報が本当だとし

ても、パーカーは改心して、森の指導のもとで頑張るかもしれない。竹中は逡巡《しゅんじゅん》ののち、別の言い方をした。

「彼はトランス社では日本式の堅実経営にはついていけなかったようですよ。なんせ売上高を上げさえすれば何でもいい式でしたから。誠心誠意がモットーの森社長と、肌合いが合うのかどうか……」

森は聞きながら、パーカーの自信に満ちた艶々しい表情を思い浮かべていた。ここはアメリカなのだ。大映食品が大きく先行するなか、多少は暴れん坊的な強引さがなければ、市場開拓など出来ないのではないか。広告代理店のD社をはじめ、皆が皆、彼を肯定している。それにもう正式に雇用契約を交わしてしまっているではないか。

「ご忠告は有難いのですが、私はアメリカへ来る以上、経営はアメリカ人にまかせなければ、うまくいかないのではないかと思っています。パーカーのヤル気に賭けてみたいと思います」

竹中はうなずいた。森なら、ひょっとしてうまく調教していくかもしれないと思った。だがそのヤル気への賭けは、やがて東亜水産本体をも揺るがすほどの大失敗を招くのである。

新工場での生産開始は一九七七年初めを予定している。パーカーはヤル気満々で、その前年の秋、早くもマーケティング開拓に乗り出した。ロス市内の一流ホテルに顧客百人ほどを招待し、豪華なパーティーを催したのである。南カリフォルニアにある大手スーパーの幹部やバイヤー、ユニマルＩＮＣ所属のブローカーらを招待した。

招待客を前に、これから製造する袋麺のラーメンとカップ麺のサンプルを手にし、長いスピーチをぶった。そして最後に、

「このユニマルラーメンは、必ずや近いうち、全米一のブランドになるでしょう」

と大風呂敷を広げた。

横で聞いていた森は頼もしさを覚えるとともに、それよりもはるかに弱くはあるが、どうしたことか、ふっと淡い不安を抱いた。少し地道さが足りないのではないかと思わぬでもなかった。しかしすぐにそれを打ち消して、そのうち忘れてしまった。

それから二ヵ月ほど経った年の暮れのことだ。ユニマルＩＮＣとは深い取引関係があり、経営にも関与しているＭ物産米国社長から、夜、日本の自宅にいた森に国際電話がかかってきた。ユニマルＩＮＣが連日、派手なテレビコマーシャルを流しているが、森は知っているのかと訊いてきたのだ。非難するような響きがある。森は驚きを抑えながら答えた。

「いえ、初耳です。それに、まだ工場は動いていませんよ。商品が店先に並ぶのは、あと二、三ヵ月のちのはずです」

「そうでしょう。それなのにマリー・アルバゲッティという美人歌手を使って、ユニマルラーメンのイメージ宣伝が毎日、全米のテレビに流れています。相当なギャラだと思いますね」

工場も完成していないのに、もうコマーシャルとはどういうことなのか。しかも高額のギャラを払っているらしい。意気込みは買うけれど、費用対効果を考えた上でのベストタイミングの宣伝を打ってもらいたい。そのためのゼネラルマネジャーではないのか。

——いや、ちょっと待て。

ふと竹中会計士の言った言葉を思い出し、あわてて打ち消した。今さらそんなことがあってはいけないのだ。

「一体、いつ頃からやっているんですか。とんでもないですな」

「そうですね。もう一週間くらいになると思います」

「皆さん方、そちらにおられる日本人幹部に事前相談はなかったのでしょうか」

「少なくとも私は聞いておりません。パーカーの独断でしょう」

「困りましたな。テレビＣＭはすでに契約済みのはずですから、途中で打ち切るわけにはいかないでしょうし……」

森はそう言って、苦い思いをかみしめながら、情報を知らせてくれた礼を述べ、電話を終えた。

アメリカは今、昼である。泡立つ心でロスの会社へ電話を入れた。あいにくパーカーは外出していて不在だった。秘書に何時ごろ帰るのか尋ねたが、分からないという。仕方なく日本人マネジャーを呼んだ。ＣＭの見切り発車も問題だが、それよりスーパーなどの店頭で混乱が起こっていないかどうか、こちらも心配である。Ｍ物産米国社長から聞いたと前置きし、

「君たちがいながら、どうしてパーカーに勝手な真似をさせるのですか」

と思わず口走ってしまい、その直後に後悔した。ゼネラルマネジャーの監督責任は自分にあるのだと気づき、森はあわてて電話の向こうのマネジャーに詫びた。

「いやいや、申し訳ない。パーカーの監督責任は私にある。これから彼とはもっと緊密に意思疎通していかなくちゃ」

「あのう、CMのことは森社長もご存知だとばかり思っていました。でも、それよりも社長、今、スーパーマーケットからの問い合わせが殺到して困っています。現場は大混乱です」

危惧《きぐ》していた通りだ。それにパーカーと部下たちとの関係もうまくいっていないような感じがする。先が心配だなと思ったが、そのことは口にしなかった。パーカーが戻ったら、自宅へ電話をさせてほしいと頼むと、困ったようなくぐもった声が返ってきた。

「あの人……いつ会社へ出て来るか、分からないんですよ」

「何？　出社していないの？」

「時々は見かけますけども……」

「おかしいな。今は忙しい時期のはずだけど……。どこかへ出張してるのかな」

瞬時、間があいた。

「あのう、こんなことを言うのはイヤなんですが、彼はほかに何か仕事をもっているんじゃないかという気がするんです」

「何だって？　他に仕事を？」

「ええ。どうも音響機器のブローカーをしているんじゃないか、と思います」

「証拠があるのかね」

「いえ、証拠はありませんが、皆も同じような印象をもっています」

「分かった。ともかく彼と連絡がとれ次第、こちらへ電話をかけさせてくれ。昼でも夜でも構わないから」

翌朝、パーカーから会社へ電話がかかってきた。ブローカーのことを除き、日本人マネジャーから大体のことを聞いているらしく、森が多くをしゃべる前にやんわりとさえぎり、巧みな弁解を口にした。

「社長のご懸念はよく分かります。でも考えてもみて下さい。ユニマルＩＮＣはかなり後発です。アメリカは日本と違って広いですし、今から宣伝をはじめて、ちょうどいいんですよ。国によってマーケティング手法は違いますからね。アメリカのことはアメリカ人の私におまかせ願えませんか」

アメリカ、アメリカと言われ、森は何だかバカにされているような不快さを覚えたが、今けんかをして得することは何もないと気づいた。

「分かった。そちらの日常のことは君にまかせよう。だけど重要な案件については、社長である私に相談してくれませんか。例えば今回のテレビＣＭだ」

「またそのことをおっしゃるんですね。お言葉を返すようですけど、その程度のことはゼネラルマネジャーである私にまかせてもらえませんか。重要なのは結果でしょう。経営は結果です。売上を伸ばして、先行する大映食品に追いつき追い越すことこそが、私の務めだと思っています」

それからも会話は続いたが、返す言葉がうまく咄嗟《とっさ》に出てこない。こういう弁護士のような丁々発止は、はなはだ不得手である。魚や食品の工場現場で育ってきた無骨な自分にとって、微妙な感情の調整を、外国語を使って、しかも国際電話でするなんて、困難極まりない。近いうちに渡米して、じかに話そうと思った。

しかしその一方で、経営は結果だと断言した心意気に、一縷《る》の望みを抱いた。自信があふれたその言い方には有無を言わさぬ強さがある。やはりこの男は頼りになるのではないかと、ふとそんな楽観的な思いが心に湧き出た。憤慨、不安、楽観、期待などの入り混じったすっきりしない心境で電話を終えた。

一ヵ月、二ヵ月はあっという間だ。一九七七年三月上旬、待ちに待ったアーバイン工場が完成した。いよいよ月産十三万二百ケースの即席麵が市場に出荷されることになる。それに合わせ、これまで以上の派手さで、テレビやラジオ、新聞の宣伝広告が全米で展開された。これには森も賛同している。

三月十五日の夜には盛大な竣工披露パーティーがとり行われ、アルバゲッティだけでなく、日本からも、東亜水産のテレビコマーシャルで起用されていた女優の水沢アキが参加した。パーカーは上機嫌で会場内を回ってホスト役をこなした。楽団も入り、まるで映画などで見る満艦飾《まんかんしょく》の軍艦を思わせる華やかな船出であった。

だがその船出はいきなり転覆の危機にさらされた。二週間後に締め切られた三月期決算で、ユニマルＩＮＣは百四十四万八千ドルもの欠損を出したのだ。パーカーの派手な宣伝費をはじめ、乱費とも思えるほどの荒い経費の使い方が先行し、ずさんな経営がもろくも露呈した

のである。それでもパーカーは強気だった。張りのある声を上げ、

「社長、これからですよ。今までの広告宣伝は投資です。効いてくるのは、これからですから」

と強弁し、生産を継続していくのだが、翌年以降も赤字は増え続けた。控えめな販売計画でさえ達成できず、在庫がどんどん積み上がる。

しかしここにきて、さすがに森も、もう辛抱できなくなり、パーカーの解雇を決心するのである。

会社の経理をみている会計士の竹中は気が気ではない。在庫増は命取りだというのはイロハのイなのに、どうしたことか。縮小するよう経理の日本人責任者に口酸っぱく進言するのだが、逆にふくれ上がっていくばかりだ。総支配人のパーカーが首を縦に振らないらしい。工場長をはじめ、日本人幹部たちは皆、すっかりヤル気をなくしている感じである。同じ日本人同士でも、生産部門とパーカーが主導する販売部門が対立するという複雑な様相を呈している。

——問題はパーカーだ。

竹中は思案した。彼に直言するかどうか。だがトランス社での行状を聞いているだけに、本性が治ると考えるのは難しい。頭の中にはコスト意識などほとんどなく、広告宣伝への際限ない意欲と、計画性のない上面《うわつら》の販売活動のことでいっぱいのようである。しかもどうやら会社と関係のない内職までやっていると囁《ささや》かれている。

ふと一年あまり前、森からパーカーを雇ったと聞かされた日のことを思い出した。あのとき断固、反対すべきだったのかもしれない。森の「もう決めたんですよ」という自信と高揚を宿した表情を前にして、パーカーのキックバックの噂のことは口に出せなかった。それが今となっては悔やまれた。

他社の人事に口出しするなど、差し出がましい行為かもしれないが、やはりパーカーにではなく、今度森社長がロスへ来た時に解任を進言しようと考えた。

危機の限界は森も感じていたのだろう。一九七八年七月、森はもう待てないとばかりに重い腰を上げた。人事問題にも通じている英語の巧みな常務を連れて、夏の暑い盛りの日本を立ち、ロス入りした。そして難産の末、パーカーを解雇したのだった。自分の判断ミスで招いた経営の失敗だが、それにしても大きな損失をもたらした。その責任の重大さと、自身への嫌悪《けんお》で気分が重い。

しかし次にやるべきことは知っている。遅い昼食をとったあと、森はクラウン会計事務所に竹中を訪ねた。直前に秘書に電話を入れさせたら、幸い在社していることが分かり、アポイントをとった。パーカーのことでは今さら竹中に会わせる顔がないけれど、逆に彼に感謝したい気持ちが重い足を運ばせた。

日本から持参した土産の草加煎餅を秘書に渡し、応接室へ案内された。コーヒーに一口つけたところで竹中が入ってきた。森はその元気あふれる顔を見て、滅入っていた心が急に軽くなった。

——この男はいつ見ても前向きだ。

年下ではあるけれど、竹中から元気をもらった気がした。挨拶を終えるなり、パーカーの解雇について報告した。

竹中は一通り聞き終わると、何もかもを受け入れるような、年に似合わない包容力のある微笑でしんみりと言った。

「人生の先輩にこんなことを言うのはおこがましいのですが、『やり直すのに遅すぎることはない』という諺がありますよね。よく解雇なさったと思います」

「いやいや、そう言っていただいて、有難う。私はね、あなたに本当に感謝しているのです」

「はあ？」

竹中はぽかんと口をあけ、相手の眼を見入った。意味が分からない。

森は眼鏡の奥の細い眼をしばたかせながら、

「あのとき、パーカーの雇用に反対したのは、竹中さんだけでした。広告代理店のD社や他の会社の人たちは皆、口をそろえてほめていましたからね。この年になって、いい人間勉強をさせてもらいました」

「照会をされた人たち、本当に無責任ですよね。でも、不思議です。どうして皆が皆、パーカーなんかを推薦したのか……」

森はちょっと考えるふうに天井を見上げたが、ふと向き直った。

「ひょっとして、主犯はD社かもしれませんな」

「といいますと？」

「照会先は皆、D社の担当者から教えてもらった人たちでした」

「なるほど。狡猾《こうかつ》なパーカーならではの根回しですね。彼はトランス社にいたとき、広告宣伝にのめり込んで、恐らくD社の懐深く食い込んでいたんでしょうね」

「あんな人物にだまされるようでは、まだまだ私は甘いですわ。『遅すぎることはない』という言葉、今の私に勇気を与えてくれます」

「それにしてもパーカーの人間性を知っていながら、よくものうのうと褒《ほ》めたもんですな。はっきり言って、彼はただのセールスマンに過ぎません。マネジメントは荷が重いです。販売網も出来上がっていないのに、しかも製品もまだ一ケースでさえ出来ていないのに、何十万ドルも払って、テレビでイメージ広告をばんばん打っていましたからね」

　森は聞きながら、竹中とは何でも腹を割って話せそうな、無警戒な信頼感が湧き出てくるのを心地よい意識で放置していた。

「それはそうと、森社長。大映食品との特許係争問題ですが、ここは一つ褌《ふんどし》の紐《ひも》を締めてかからなくちゃいけませんね」

「ああ、それなんですよ。竹中さんには引き続き、全面的にバックアップをお願いしたいと思っています」

　特許係争問題の発端は、アーバイン工場建設にとりかかった二年前の一九七六年六月十三日にさかのぼる。突然、某大手新聞全国紙朝刊に、業界トップの大映食品に関し、

「大映食品、米国で特許確立。輸入差止め権も。東亜水産など大きい打撃」

との見出しが躍り、詳しい解説がなされていた。

続く九月三十日付け朝刊でも、「大映食品『カップ即席麺製法』でも米国新特許確立」、さらに十月二十二日に半ページ大の記事広告が載り、「アメリカで二つの特許。アメリカでカップ麺を製造販売する場合、この特許を避けて通ることは至難とみられている」と、暗に東亜水産を狙い撃ちした大キャンペーンが展開された。ちなみにすでに大映食品はアメリカで製造販売をしている。

「大映の米国特許なんて、存在するはずがないじゃないか。何と見え透いた悪意なんだ。みな公知の事実だよ」

森の怒りはおさまらなかった。ユニマルＩＮＣがアメリカでカップ麺生産を開始するにあたり、それを妨害するために、大映食品が虚構の米国特許を持ち出したとしか考えられなかった。

後日談だが、この露骨な妨害工作は、二年九ヵ月後、大映側の実質、全面敗訴の形で両社の和解が成立している。

さて先の大映食品の一連の特許ニュースは、彼らの狙い通り、東亜水産を直撃した。アーバイン工場建設の出鼻をくじかれた。建設資金として日本貿易銀行から総額六十万ドルの融資を得て、すでに二回目の外貨送金が実施されていたのだが、最初の記事を読んだ銀行は驚き、次の六月下旬の三回目の送金を急遽《きゅうきょ》、停止したのだった。

ショックはそれだけではない。さらなる追い討ちがかかった。ユニマルＩＮＣが計画していた増資について、幹事となる証券会社の幹部が来社し、

「諸般の事情を考えると、東亜水産本社が増資引き受けをするのはやめた方がいいでしょう」

と森に一方的とも思える調子で忠告してきたのだ。大映食品は幹事証券会社にまで圧力をかけていたのである。森は怒りを抑え、懸命に日本貿易銀行に説明をして、一ヵ月遅れでようやく送金してもらった。

——まったくの濡れ衣《ぎぬ》だ。

こんなことでユニマルＩＮＣをつぶされてなるものか。森はさっそく米国連邦裁判所に、大映食品の米国特許の無効と非侵害の確認を求める訴訟を起こした。

そもそも大映食品が製法特許をアメリカで登録したのは、某新聞に載ってしばらく経った一九七六年十二月である。ところがこの特許に相当する日本での特許出願については、新聞掲載より前に東亜水産の異議申し立てが成立していた。正式には後の一九七七年五月十日付けで特許庁が拒絶査定するのだが、すでに決着がついていたのである。技術に進歩性がないという認定だった。

日本で認められてもいないのに、大映食品はただこけおどしのためにアメリカで司法の場に持ち出した。そう森は主張した。

そんな経緯もあってか、一ヵ月後、大映食品の米国第一特許に対する判決が出て、東亜水産の主張通り、非侵害だと認定された。ところがその四日後に、大映食品は新たな攻勢をか

けてきた。

「ユニマルＩＮＣは大映食品の米国第二特許を侵害しているので、二百万ドルの賠償金を支払え」

と連邦裁に提訴したのである。続けてその五日後にまた今度は労務問題で裁判所に訴えた。

「ユニマルＩＮＣは米国大映の従業員を不正に採用し企業秘密を盗用した」

というのだ。矢継ぎ早に畳み掛けてくる。何という執念深さだろう。森はあいた口がふさがらない。よくもここまででっち上げが言えるものだとあきれた。徹底的に争う決意を固めたのは述べるまでもない。だが油断はしていない。

予想通り、大映食品は老獪《ろうかい》だった。訴訟を進める一方で、和解を打診してきた。打診というよりも、業界ナンバーワンという強者の立場を笠に着て、強引に迫ってきたという感じである。二ヵ月弱のあいだ、東京のホテルで両社の上席役員が立て続けに五回も会談をもった。

東亜水産側には妥協する意思など毛頭ない。その方針はアメリカにいる弁護士や竹中会計士らとも相談済みである。会談は結論が出ず、最後に大映はとんでもない提案をしてきた。

「打開策ですが、米国大映がもっている二つの特許を、一億円でユニマルＩＮＣに供与するという線でどうですか」

即座に東亜水産は拒否した。一億円とは大きく出たものだ。言いがかりをつけて金をぼったくろうなんて、まるでヤクザまがいである。厚顔無恥《こうがんむち》も甚だしい。ますます不信感が募った。

一方、アメリカでは着々と双方の弁護士によるディポジション（宣誓証言）が進行していた。法廷がはじまる前に当事者同士で手の内を明かし合う、ディスカバリーとよばれるプロセスである。双方の弁護士が関係当事者に尋問するもので、証言者は宣誓した上で証言を求められ、大きなプレッシャーを感じる。文書開示も要求される。

法廷ではないが、裁判所の管理下におかれ、いわば予備裁判のようなものだ。たいていはこのディスカバリーの段階で和解が成立し、実際に公判（Trial）まで進むのは十％に満たないといわれている。

そしてこの時期、大映食品の創業者社長の安田大順はロサンゼルス連邦裁判所から召還を受け、二度、訪米した。ユニマルＩＮＣ側の弁護団の尋問を受けるためである。弁護団の中には竹中がコーディネーターとして、同席していた。

席上、安田は多くの矛盾点をつかれ、しどろもどろの答弁になった。発明者だと言いながら、カップに入れる麺の数量さえパテントに記載されていない事実を追求され、米国特許の正当性が揺らいだ。某新聞に出た勇み足的ともいえる特許確立の記事も取り上げられた。

「あれは新聞の独走だった」などと答え、心証を悪くした。

役員まかせだけでなく、安田自身も森に何度もコンタクトをしている。電話やじかに会ったりして、和解を持ちかけた。相当焦っていたのだろう。

「何かイロをつけてくれませんかな。そしたら大映食品としても、今すぐにでも降りてもらえんですわ」

森自身もディポジションに出た。その前に弁護士と竹中から細かい注意を受けている。余計なことは出来るだけ発言しないようにと釘を刺された。日本人はどうしても説得しようとする癖がある。そうなると、情報が出てしまう。訊かれたことだけに答えればいい。「イエス」か「ノー」は極端としても、しゃべり過ぎると墓穴を掘ることになるというのだ。「But（しかし）」や「No, because（いいえ、なぜなら）」もよくない。「I think（私はこう思う）」なら、後で取り消せる。

「それから英語ではなく、必ず日本語で答えて下さい」

と付け加えることも忘れなかった。

森は何度かのディポジションを無難にこなし、いよいよ状況は東亜水産に有利に展開してきた。一方、日本では両社役員による交渉も続けられ、相手は「挨拶料《あいさつ》」さえ払ってもらえれば和解に応じたいと、しつこく迫ってくる。だが森は断固はねつけた。

「裁判で白黒をつける以外にありませんな」

ところがここで急に森の弁護団が意表をつく提案をした。内部打ち合わせの席で、森に和解を進言したのである。多少の挨拶料を払ってでも和解した方がいいというのだ。

今回の特許係争で、東亜水産はすでに数千万円の経費を要していた。大映食品はたぶん一億円は超えていると思われる。だからこそ相手はそれに見合う額として一億円の挨拶料を欲しがっているのだろうと、弁護団は説明した。

「ただそんな高額なものではなく、ほんの名目的な挨拶料でいいんです。たとえば先方の顔を立てる意味で、千ドルくらいを払ったらどうですか。これで決着をつけた方が、東亜水産にとっても利益になるでしょう」

「私はね、金の問題じゃない。正義はこちらにあるんです」

「ミスターモリ、我々が勝つのは明白です。そのことは大映もよく分かっています。だけど彼らは自分たちのメンツを維持しようと、あれがダメならこれと、とことん訴訟合戦を続けていくでしょうね」

そうなると、裁判にやたら時間がかかり、儲かるのは双方の弁護士だけだと、冷静に説いた。

森は味方の弁護士からこんなことを提案され、その驚きと不満とを内心で調整できず、気持ちは屈折したが、一先ず和解交渉を進めることにした。ただ挨拶料はたとえ千ドルでも気持ちが許さない。そこで竹中に相談し、交渉には同席を頼んだ。

対決の日がやってきた。勇み立つ心を知ってか知らずか、空は穏やかな快晴である。カラスが数羽、のんびりと舞っている。

ロスのダウンタウンにある法律事務所には、森と竹中、パテント弁護士の三人が先に着き、先方を待った。やがて大映食品の日本人弁理士と米国大映の工場長、アメリカ人のパテント弁護士数人らからなる大所帯の一団が現れた。

恰幅のいいその日本人弁理士は団長を自認し、その体格をいっそう引き立たせようとしているのか、窮屈なほど姿勢を正している。初対面なのに、パイプをくわえたまま、時に言葉がこもる感じの横柄《おうへい》な口のきき方をした。それが何となく不自然で、頭から相手を飲み込もうとする虚勢が丸見えである。竹中はかえってその中に弱みを見出した。立場の弱さを隠そうとしているのではないかと直感した。

　その日本人弁理士が相手側のスピーカー役を務めた。時折りパテント弁護士らとヒソヒソ声で相談をしている。やはり最初から挨拶料でもめた。弁理士は狡猾で用心深そうな人物である。一億円が頭の中にあるはずなのに、自らは額には触れず、

「具体的な金額は東亜水産さんからご提示願えませんか」

　としつこく求めるのである。相手からの自発的な提案だという形にしたい魂胆が、丸見えだ。森はそのたびに反論した。

「何度も言いますけど、理由のつかない挨拶料なんて、支払うつもりはありません」

「困りますなあ。これでは和解は困難ですよ。ゼロ回答はないでしょう。とても受けられませんな」

　そんなパンチの応酬が、根気よく鋭い語気を伴いながら部屋の空間を行きかった。森は節を曲げる気は毛頭ない。弁理士の眼をかっと見据え、立てた指先で静かに机をたたいた。

「挨拶料、挨拶料とおっしゃいますが、まさか天下の大企業である大映食品さんから要求されるなんて、夢にも思いませんでしたよ。こんな商慣習が果たして日本にあったんでしょうかねえ。ヤクザの世界なら別でしょうけども」

　さっと相手の顔色が変わった。「ヤクザ」が効いたのか。反発で光った眼の奥に、反論を

整理できないもどかしさも相まって、不用意な狼狽《ろうばい》がにじんでいる。年配の工場長も神経質そうに目をしばたたかせ、噛み締めた薄い唇をかすかに震わせた。

と、それまでずっと黙っていた竹中が初めておもむろに口を開いた。

「ちょっと待って下さい。挨拶料ですが、もし支払った場合、これは問題ですね。日本の商法違反になる恐れがありませんか。たとえ千ドルであったとしても、会計士の立場として、お勧めできませんな。はなはだ心配です」

「いやいや、挨拶料というのは、まあ、言葉のあやみたいなもんですよ。深い意味はありません」

「あやかどうかは訊いていません。法律違反かどうかを尋ねているのです」

弁理士は言葉につまり、

「まあ、それについては、日本へ帰ってから……専門家に訊いてみましょう」

と応じたが、忌々《いまいま》しさに耐えられなくなったのか、手に持っていたパイプを乱暴に灰皿に戻した。コツンという場違いな高い音が、弁理士の心中を代弁している。だが竹中は追及の手を緩めない。

「私はとてもあやとは思えませんな。御社の代表取締役の専務さんが、先日、私どものアメリカ人弁護士と国際電話で話したとき、はっきりと挨拶料のことを口にしておられます。何ならその時のテープをお聞かせしましょうか」

弁理士はじゃけんに手を横に振り、拒絶した。劣勢を立て直そうとするしぶとさを見せた。

「いや、それには及びませんな。挨拶料であろうと何であろうと、名前なんかどうでもいいんですわ。挨拶料がよくないのなら、パテント・ライセンス料に戻してもかまいません」

「どうでもいいってわけにはいかないでしょう。この種のお金はアメリカの法律でもどうなのか。お互い、当地には米国大映とユニマルＩＮＣがありますからね。会計士として精査してみるつもりです」

森はちらっと竹中を横目で見たあと、一息入れ、その勢いを引きとった。

「今日、私は和解するつもりでここへ来ました。ただ間違ったことで譲歩するつもりはありません。裁判を続けるのは一向に構いませんが、御社が主張されている米国特許なるものは、いずれ必ず特許庁から取り消されると確信しています。実施料等の支払いに応じるつもりはまったくありませんから」

相手は困惑を隠さない眼で、仲間同士互いに顔を見合わせ、何やらヒソヒソ相談しはじめた。竹中は腕組みしたまま目をつむり、しばらく間を置いていたが、頃合いを見て一同を見渡した。

「どうやら議論は出尽くしたようですね。そろそろ閉会にしませんか。今日はお互いに率直な意見を交換することが出来たと思います。次は東京へ舞台を移しましょう」

と矢継ぎ早に言って、次回へつなげようとする提案をした。

弁理士は急に弱気な表情に変わった。

「いや、それは困ります。何とかこの地で和解交渉をまとめられないものでしょうか。これは安田社長の強い希望でもあります。そのために我々がここへ来ているのですから」

その声は哀願すら帯びている。虚勢が崩れたのか。

竹中が何か言いかけたが、森がちょっと右の手のひらを向けてさえぎった。

「皆さん、いいですか。繰り返しますけど、私の考えは変わりませんからね。安田さんにそうお伝え願えませんか。以上です」

ぴしっと突き放し、会議の終了を強く示唆した。結局、これで幕となった。

そのあと、両者でこの日の交渉経緯と双方の主張を文書に盛り込み、代表者が署名してロスでの和解交渉は打ち切りとなった。

東京でも代表者間で数回、協議が行われ、一九七九年三月、ようやく和解が成立した。某大手新聞に記事が載って以来、二年九ヵ月ぶりである。もちろん挨拶料は支払われない。大映側の大幅譲歩であり、事実上、東亜水産側の勝訴といえた。

だがそれはそれとして、さすがは業界トップツーの大企業だけのことはある。両社とも大人の分別を示した。訴訟を取り下げ、今後は共存共栄をめざして協調するとの声明を発表した。東亜水産は大映食品の米国におけるカップ入り即席麺の製造特許を無効としないことに合意し、相手の顔をたてた。同時に大映食品もその特許に関し、東亜水産と再び争うことはないと表明したのである。

訴訟の決着は朗報であるが、肝心の業績の方がぱっとしない。この年、ユニマルＩＮＣの三月期決算は散々の数字に終わった。百五十七万六千ドルの欠損を出し、累積赤字は五百万ドルを大きく超えた。過去二度の増資にもかかわらず、大幅な債務超過である。すっかり東亜水産にとっての厄介者になり果てた。

「本社でいくら稼いでも、ユニマルＩＮＣで垂れ流している。これじゃあ、たまらんな」

そんな社内の声が森の耳にも聞こえてくる。

パーカー解任のあと、支配人を日本から何人か送り込んでみたが、どれもうまくいかない。もう六人目である。対米進出を強力に推進してきた森は社内で苦境に立たされた。パーカーを採用した独断の後遺症はあまりにも大きい。

森の気持ちは揺れた。この半年ほど撤退と存続のあいだで行ったり来たりしている。時には外資への売却も考えた。それとも竹中が提案している減増資に踏み切るべきかどうか。そんな迷いを引きずりながら、しかし何とか頑張ってみたいという気持ちも捨てきれず、というよりも心の中に強くあって、そんな追いつめられた心境でその年の九月上旬に渡米した。

着いてすぐの翌朝、まだ時差ぼけの真っ最中であるが、竹中ら関係者を交えて緊急会議をもった。竹中の考えははっきりしている。あくまでも会計士としての第三者の立場であり、ああしろこうしろという指令を出すつもりはない。森が決めることだという構えだが、判断の助け船は出した。

「今は確かに瀕死《ひんし》の状態です。でもやりようによっては、ユニマルＩＮＣは立ち直れると思いますね」

「ほう、再建のチャンスはありますか」

と森はうれしそうに言い、しかし半信半疑の眼を崩さずに、むしろすぐに落胆さえ示して後を続けた。

「いえね、昨夜、ちょっと時間があったんで、近くの日系スーパーの食品売り場をのぞいてきたんです。うらやましい限りですわ。棚を見ていて、がっくりきました。大映食品の商品はどっさり並べられていますが、当社のは片隅に、何だか申し訳程度にしか置かれていませんでした。彼らのマーケットでの独走ぶりには本当に勢いがあります。それに比べて、当社のは勢いといっても、マイナスの勢いですからね」

「残念ながら、それは認めざるを得ませんねえ。でも、ここは踏ん張りどころですよ。御社もそろそろ大映食品の後追いをやめる時期が来たんじゃないでしょうか」

「後追いをやめる？　それはどういう意味ですか」

「長くなって恐縮ですが、私は常々、コア、つまり主流と交わるということを信念にして、ここまでやってきました。就職にしてもそうです。同じ会計事務所に入るのなら、世界最大のクラウンに入りたい。或いは人と交わるにしても、日系人だけの付き合いではなく、アメリカ人の主流の人たちと交わり、競争したい。そうすることで自分を磨きたい。そう自分に言い聞かせ、その時その時を頑張ってきました」

そこまで言って、手元のコーヒーを一口含んだ。

「社長もご存知のように、大映は早くからアメリカへ進出してきて、日系問屋と東洋系問屋の両方を、がっちり押さえています。今さら後発の東亜水産が入り込む余地はありません。だからシェアを取るのは難しい」

「じゃあ、どうすれば……」

「長くなって、ごめんなさい。私が申し上げたいのは、東亜水産もアメリカの主流を相手に商売をしてはどうなのか、ということです」

「主流、といいますと？」

「アメリカ人消費者です。主流であるアメリカ人相手に売るのです。どの店でも、大映の商品が置かれている棚は『東洋食品コーナー』でしょう。隅の方の小さな棚です。あんな場所は日本人などの東洋人しか目にしませんし、買いに来ません」

「なるほど。言われてみれば、その通りですな」

森は半分わかり、まだ半分わからないといった、おさまりのつかない眼を返した。

「そろそろ『東洋食品コーナー』は捨てませんか。主流である『スープ置き場』の棚へ並べてもらいましょう」

「ほう、スープへ？」

「ええ、スープです。アメリカ人はよくスープを飲みます。ま、日本人の味噌汁みたいなものでしょうね。だから彼らはしょっちゅう『キャンベル』のスープ棚に手を伸ばします。その隣へ並べてもらうのです」

「天下のキャンベル商品の隣に、東亜のカップ麵ですか……」

「ええ。主流にチャレンジするのです。アルバートン、セイフウェイ、ボンズ、ラルフスなどの大手スーパーに、販売攻勢をかけませんか。いくら日系問屋に置いてもらっても、仕方ない。マイナープレイヤーに過ぎません」

「なるほど、大映とは違うマーケティング戦略ですな」

森はそうつぶやきながら、何度もうなずいた。まだ輪郭《りんかく》はうっすらとしておぼろげだが、眼前に希望の陽が昇るような気がした。

「もし森社長がご決心されるなら、私は全力を尽くして再建に協力をさせていただきます」

この瞬間、竹中は森の眼の奥に、失意から一転して闘志に変わる経営者の迫力を見た。この人のためならとことん尽くすのに悔いはない。そんな若い血が込み上げてきた。

森の行動は迅速だった。その月の下旬にはユニマルＩＮＣの減増資を実施した。二百万ドルの減資と三百万ドルの増資を行い、資本金は六百万ドルになったのだった。


それ以降、血の滲むような努力が続けられた。戦略は決まったといっても、一朝一夕で王者大映食品のシェアを奪うなど、不可能である。それは誰もが承知していることだが、かといって、相変わらず赤字を垂れ流したままで止まらないのはこたえる。

だが一歩一歩、前へ進んでいることだけは誰もが肌で感じていた。アメリカ人という主流への浸透が、徐々に、しかし確かな数字となって現れ出したのだ。キャンベルスープの横の棚に置いてくれるスーパーが増えていった。そして減増資から二年後の一九八一年九月期、ついに黒字に転換したのである。

それから大きく年月が過ぎた今日、アメリカ市場における東亜水産のカップ麺シェアはトップを占め、二位以下を大きく引き離している。それはメキシコでも同様だ。竹中が唱えた主流へのチャレンジは、ユニマルＩＮＣ、ひいては東亜水産の行く末を上昇気流へと大きく変える契機となった。けだし時代を見据えた炯眼《けいがん》であったといえる。

ただ竹中自身には炯眼というふうな意識はない。遠くまでの将来像を予測していたなどとは思っていない。元来、竹中は目前の困難、問題点に直面したとき、その刹那《せつな》の解決に向けて全力で立ち向かう。人生に立ち現れた節《ふし》のところで、悲観をする前に闘志を燃やし、どんどん自分を前へ引っ張って、それを乗り越える。そしてまた次の節に遭遇すると、同様に解決し、成長し、また新たな節に挑戦するのである。ちょうど青竹が節々を経て上へ上へと伸びていくように、節で立ち止まり、また伸びて、人生街道を走っていくのである。

換言すれば、決して大きな遠い夢に向かって走るのではない。将来、大金持ちになろうとか、世界平和を達成したいとかの遥か先の夢ではなく、目の前にある身近な夢を達成し、それを紡《つむ》いでいく生き方だ。クラウン・ロス事務所でも、最初は日本から進出してきた会社の小さな会計事務を引き受け、それが次第に工場進出とかＭ＆Ａビジネスへとつながっていった。本人は意識していないとはいえ、このように結果としては、遠い夢の実現と等価の果実を得ているのだった。

その後森は、竹中の貢献に心の底から感謝し、恩に報いたいと常々、考えていた。だがその機会がないのが苦しくて仕方がない。そんな状況で年月が過ぎていたのだが、一九八九年、竹中はクラウンを辞め、タケナカパートナーズLLCという自分の会計事務所を立ち上げた。

このとき挨拶に訪れた竹中に森はこう申し出ている。

「竹中さん、うちは従来通りクラウンさんとの関係は続きますが、せめてこれを機会にあなたの会社に顧問料を払わせてくれませんか」

「は？　顧問料、ですか。それは申し訳ないですよ」

「いやいや、私の気持ちです。ぜひ受け取って下さい」

竹中は一瞬、森の心中に、古い日本人がもつ義理人情の純な気風が流れているのを見た。年齢差にかかわらず、ビジネスを超えた友情で結ばれている感覚が鮮烈に伝わってきて、ひそかにうれしさをかみしめた。経営のアドバイスを続けることを条件に、有難く受け入れた。

ふと何年か前の森の怒った顔を思い出した。

――ああ、そう言えば、こんなこともあったな。

と思わず心の隅で微笑んだ。いつの時だったか、ちょうどその日は森の誕生日にあたっていて、ロス郊外のステーキハウスへ彼を招待した。食事が進み、ハッピー・バースデイ・トゥ・ユーのピアノ演奏が終わったとき、森が切り出した。

「実は近く関連会社の新規株式公開を予定しています。その前に、そこの株式を少し持っていただけませんか。利益が出るはずです。竹中さんにはお世話になってばかりですから、少しは恩返しをさせていただこうと思いまして……」

竹中は思わず森を見返した。

「いや、それはちょっと困ります。ご好意は有難いのですが、受けるわけにはまいりません」

「ほう、どうしてですか。うちの会社の将来性が信用できないとでもおっしゃるのですか」

森の顔が赤く染まり、珍しく眼に抑えきれない不信の怒りをたたえている。こんな森を見るのは初めてだ。竹中は狼狽気味に答えた。

「信用しないだなんて、とんでもありません。法律があるんです。会計士は顧客から便宜を得ることが禁じられているんです」

「でも、日本では皆、株を引き受けてくれていますよ」

「それはたぶん日本の商法ではまだ許されているからかもしれません。でもアメリカでは不可能なのです」

「ほう、そんなに厳格なのですか」

「ええ。会計士には最も厳しい倫理が求められています。森社長のお気持ちだけで十分です。有難く、感謝しています」

「なるほど、そうですか。まあ、法律なら仕方ありませんね」

森は納得したのか、温和な表情に戻った。そしてビールのグラスを持ち上げ、今しがたの短気を恥じているふうに、竹中に乾杯のしぐさをした。

それから何年かの年月とともに、ユニマルＩＮＣは順調に発展し、竹中がアドバイスする必要性が薄れてきた。シェアも利益も上方傾向が続いている。

そんななか、竹中が独立して五年が過ぎた一九九四年春の或る日、森は好業績を背に、比較的心にゆとりをもって東京を立ち、久しぶりにロス入りした。緊急課題を片付けると、雑談がてら自ら竹中の事務所を訪ねた。

和やかな挨拶のあとの互いの近況報告が終わったとき、竹中がやや居住まいを正し、

「森社長、実はちょっとご相談があるんです」

と思案を終えたあとの吹っ切れた、しかしいつになく笑顔のない表情で切り出した。

「は？　何ですか。恐ろしく真面目そうな顔ですね」

「いえ、他でもないんですが、ユニマルＩＮＣも、社員の方だけで十分にやっていける力がつきました。もう私の出番はなさそうに思うのです」

「おや、何のことかと思ったら、そんなことですか。私はまだまだあなたのお知恵を借りたいと思っていますよ」

竹中は森の言葉の中に減ずることのない暖かみを感じたが、はっきりと意思表示をしなければと思った。

「顧問料のことですが、そろそろこの辺で辞退させていただきたく思います」

「いや、それはいけませんよ、竹中さん。少なくとも私が現役のあいだは、払わせていただく所存でいますから」

「でも……もう、アドバイスを……」

森は首を大きく横に振り、さえぎった。

「竹中さん。これはね、私の気持ちなんです。過去に受けたお世話への感謝の気持ちなんです。ぜひ受け取ってくれませんか」

この顧問料は森が会長を退いて相談役になった一九九九年まで続いたのである。

パッションと信念の男だった森も、日ごとに体が弱ってきた。それでも毎日、相談役として会社へ出、経営への口出しは控えているものの、ここで過ごしているのが最大の楽しみになっている。八十歳を過ぎた或る日、来日していた竹中に冗談交じりに、

「月曜日が来るのが楽しみでしょうがないんですよ。週末は家で嫁と一緒でしょう。これが苦手でね」

と言って、ハハハと笑った。趣味を訊かれ、途端に嬉しそうな顔をした。

「ほれ、あなたもよくご存知の、仕事でお世話になった三井物産の後藤達郎さん。彼と毎週、ホテルオークラで碁を打っています。たまには二人で料亭へも行きますよ」

そう言って、手で盃をあける真似をした。そのとき後藤達郎は九十歳を超えていたが、矍《かく》鑠《しゃく》として、元気いっぱいである。

二〇一一年七月十四日の東京は、風は強かったが朝から快晴で、とても暑かった。その日、森和夫は港区の病院で、肺炎のため眠るようにして九十五年の生涯を閉じた。波乱の道程からは考えられないほどの穏やかな死に顔だったという。

竹中は真夜中にロスの自宅で国際電話を受け、訃報に接した。

――森さんが……逝った……。

不意の衝撃に頭がからになり、しばらく目をつむったまま、ぼんやりと立ち尽くしていた。深い悲しみと懐かしい思い出の数々が胸に去来し、今さらながら失った盟友の存在の大きさに、心の中から空気を抜かれたかのような虚脱感を味わった。

ああ、こんなこともあったな、と思い出した。森が会社から退職金を受け取るとき、

「俺はこんなにいらん。七分の一でいい」

と言って、経理担当者に減額を命じた。役員たちは翻意させようと説得につとめたが、そのたびに追い返されたという。またたびたび打診された勲章の授与も、すべて断ったし、財界活動もいっさいしなかった。愚直に事業一筋に生きた男であった。

竹中にとって、森は事業の教師、同志であるよりも、人生の先輩であり、生き方の教師であったと思っている。森和夫という人間と、虚飾のない純な交わりが出来たことに、悔いのない満足感をかみしめた。

二ヵ月後の九月十四日にホテルオークラでお別れの会が開かれた。鮨《すし》懐石弓兵衛などによる手づくりの料理が振る舞われ、大勢の参列者が森の在りし日をしのんで別れを告げた。

竹中もその一員として、森の遺影の前に立ち、無言で語りかけた。そしてその顔に重なるように、ふと会長時代に森の部屋で撮った時の写真を思い出した。森はノーネクタイのラフな背広姿で写り、体は弱っていたが、意気は軒昂だった。

「俺には背広は似合わん。菜っ葉服にゴム長靴が一番、性に合っているよ」

いかにも現場育ちの男というふうに、竹中の眼を見て、磊落《らいらく》に人懐っこく笑った。その時の元気な声が今、遺影の前で耳に聞こえてきたような錯覚に打たれた。

竹中はその写真をいつまでも大切に保管している。雑誌「Accountant's Magazine」の二〇一二年四月号に「会計士の肖像」というタイトルで竹中が紹介されたとき、森と二人で写ったこの写真を、先輩への今も変わらぬ憧憬と濃密な懐かしさを込めて、載せている。

6　社内戦争勃発

このところ竹中は超多忙だ。それがまた楽しくて仕方がない。現場に足を運んで生《なま》の問題点にぶつかり、自らの目と皮膚を通して学ぶのがこの男の真骨頂なのだ。智恵と汗の限りをぶつけ、解決に向かって、チームを引っ張りながら自分の足で奔《はし》るのである。

ナショナルパートナーとして全米を統括し、日本企業が対米進出する時の先兵として奔走するだけではない。進出したあとも、そのアドバイザーとして、さらなる発展に向けたエンジン役となっている。今や監査実務で培った力をバネにし、M&Aや工場進出する企業のアドバイザリー業務でも忙しい。クラウンの顧客リストの中に、日本企業の名が倍々ゲームのようにどんどん増えていく繁盛ぶりである。まさに日の出の勢いだ。

そんな業績を前にして、クラウン幹部は異例の決断をした。一九八一年（昭和五十六年）、三十八歳の竹中を筆頭パートナーに大抜擢したのである。人より五年早くパートナーになってから、まだ八年しか経っていない異例の昇進だった。

竹中の超人的な頑張りは言を待たないけれど、時代背景も彼に味方し、背中を押したのは幸運といえよう。日米貿易摩擦と円高の果てしない進行が、否応なく日本企業の対米進出をうながしたからである。或る意味、時代の申し子でもあった。

だがその幸運を自己の成果に引き寄せたのは、竹中自身の頑張りであろう。運というのはすべての人に公平に配剤される。しかしほとんどの人はそれに気づかず素通りしていくのだが、竹中は確実にその手でキャッチした。

日本製の家電製品や自動車がアメリカで売れに売れ、日米自動車戦争に代表されるように、ますます摩擦が深刻になる。

そんな中の一九七九年はじめ、第二次オイルショックが起こり、ガソリン価格が暴騰した。消費者は我先にと小型車へ走った。ホンダはいち早くその年にオハイオ州に二輪車工場を建てて製造に乗り出している。そして三年後の一九八二年にはそこで四輪車アコードの生産もはじめた。

その翌年には日産が出、それからまた一年遅れでトヨタが試験的にＧＭと乗用車生産の合弁会社NUMMI《ヌーミ》を設立し、うまくいったのを見届けた上で、一九八六年、ケンタッキー工場を作って本格的な生産に入ったのである。

自動車産業と歩調を合わせ、その系列部品会社もこぞってアメリカへ出た。自動車関連だけではない。様々な分野の製造メーカーを巻き込んだ巨大な産業移動がはじまったのだった。この上昇気流のうねりに竹中は乗ったのだ。

日本企業の海外進出先はアメリカだけではない。東南アジアをはじめ、ヨーロッパ、中南米にまで及んでいる。それらをクラウンの各国事務所が個々ばらばらに対処するのではなく、筆頭パートナーとして、竹中に統括させようというのだ。この方がはるかに効率がいい。新組織、プロジェクト・ジャパンの誕生である。

竹中は今や全米だけでなく、これを機に、日本企業が進出する世界の国々へ足を運ぶようになった。ロスへ進出してきた企業から、ヨーロッパやアジア進出の情報を得たり、税務問題が起こったのを知ると、迷わず現地へ飛んだ。

しかし日本企業には特殊な文化がある。何事につけ本社が力をもっている。そのため何よりも日本へ足繁《しげ》く通い、本社トップとの人間関係を深める努力をした。

だが努力といっても、ロスですでに彼らとは深い面識があった。この時期、アメリカへ来て重要な交渉をするのは、今日とは違い、会社のトップや役員クラスが多かった。日本語と英語が堪能な竹中は、彼らと共に走り、倒れ、立ち上がり、苦楽をともにした。虚飾を忘れ、無防備な安心感と親密さを共有し、心の中を見せ合っていた。

「竹中さん、日本へ来たときは必ずお声をかけて下さいよ。食事をご馳走しますから」

と心のこもった声をかけられていた。竹中は素直に感謝した。

まだ四十にもならない若造なのに、懇意にしてもらえるなんて、自分は恵まれている。と同時に、これを糧《かて》としてもっと彼らの信頼を得て、外へ出る手伝いをさせてもらいたい。そう願うのだった。日本企業が発展するのは、同じ日本人としてこんなにうれしいことはない。そう思っている。

クラウンの東京事務所は地下鉄銀座線赤坂見附駅近くの古いビル内にあった。さすが世界の八大会計事務所の中でも最大といわれるだけあって、立派なオフィスかと思いきや、とんでもない。受付を通ったとたん、薄汚れた壁と使い古したじゅうたんが眼に飛び込んでくる。さらにそれに追い討ちをかけるように、色あせた机やキャビネットが広い部屋の中に窮屈そうに並んでいる。

知的サービスを商品としている会社なら、訪問者に多少でもいいからインテリジェンスを感じさせるような配慮があってもいいのだが、それがないのはどうしたことか。クラウン・アメリカ各地はもちろん、世界各国の事務所は、中味の重要性はもちろんだが、顧客の眼に映る外観にも気を配っている。知的な重圧感が静かに満ちているのである。東京だけが違っていた。

事務所にはマネジング・パートナー（総支配人）とパートナー一人の計二人のアメリカ人がいて、あとは百五十名ほどの日本人が黙々と働いている。見るからに大所帯である。日本人のうちでパートナーは十名足らずで、残りは会計士やその卵、経理担当者らであった。他に大阪事務所にはアメリカ人パートナーが一人と何人かの日本人がいた。

――何とかならないものか。

竹中はこの赤坂事務所へ来るたび、不快な思いに見舞われた。外観もそうだが、肝心の中味に失望している。会計事務所としてのやるべき仕事の方向が違うのではないか。何のための日本事務所なのかと、つい考え込んでしまうのだった。

元々は日本にいる外資系企業の監査や税務などの仕事をするために設立されたのだが、今はもうその時代ではない。海外へ出る日本企業の勢いは止まらない。彼らこそが主たる顧客になるべきなのだ。

それなのに、いつまで経っても関心は在日の外国企業にしかなかった。日本企業については、たまにADR（米国預託証券）を発行する時の手伝いをするくらいである。それが不満で、竹中はジャパンのマネジング・パートナーであるトム・ハリスと何度も議論した。

「ミスターハリス、ご存知のように今、日本企業の目は海外へ向いています。私はプロジェクト・ジャパンの統括責任者として、ぜひこの赤坂が彼らのセンターになってほしいのです」

「いや、そうは思いませんな。それはあなたの勝手な論理でしょう。ここのマネジング・パートナーは私です。いくらあなたがプロジェクト・ジャパンの筆頭パートナーだからといっても、あなたの指図を受けるつもりはこれっぽっちもありません」

いつも喧嘩腰ではね返された。それに対する竹中の答えは決まっている。負けてはいない。義憤《ぎふん》は体の中でマグマのようにたぎっている。

「私はマネジング・パートナーの職務権限をおかすつもりは毛頭ありません。ただジャパン事務所が得た利益が、ジャパンのために使われていない。この現状があまりにも情けないのです」

「おや、異なことをおっしゃいますね。使われるとか使われないとかは、あなたに関係ないでしょう。ジャパンが得た利益をどうしようと、構わないでくれませんか。事務所運営は私の権限内ですよ」

「それは分かっていますが、ただ……」

「ただ？　ジャパンはね、しっかりと利益を出しているんですよ。そのどこが悪いのですか。ほめられこそすれ、けなされるとは心外ですな」

ハリスは勝ち誇ったような力強い声で言い放った。が苛立ちを抑える苦しさを隠しきれないらしく、唇がややゆがんで見える。竹中は正論から来る余裕を心にしまい、真正面からキッと見据えながら言い返した。

「じゃあ、言わせてもらいましょう。ジャパンの利益はいったい誰のものですか。あなただけのものじゃない。クラウン全社の所有でしょう。それなら、もっと将来に役立つ投資、先を見据えた投資に使ってくれませんか」

「よく分かりませんなあ。あなたはいったい何を言いたいのですか」

「簡単なことですよ。ジャパン事務所の発展のためにも使ってほしい。ただそれだけです。例えば国際感覚をもつ日本人会計士をもっと養成するとか……。今のままではジャパン事務所はアメリカの植民地と何ら変わりませんよ」

竹中はそう言い返し、反論を許さないという強い眼でハリスをにらんだ。まさにこの植民地政策が今、自分の出身国である日本で堂々と行われているのだ。

利益はハリスにごっそり吸いとられてしまう。これではまるでジャパンは奴隷ではないか。もっと現地事務所を発展させ、現地企業に貢献できるような組織にもっていくのが、クラウンが目指すところのはずである。

ところがここではそうはなっていない。それなのに従業員は皆、日々、忙しくして、何の疑問ももっていないのだ。こんな理不尽な利益の吸い取りが、何とハリスの前の代から二代も続いている。これ以上、許すわけにはいかない。

——問題の元凶はすべてハリス、お前なのだ！

竹中はそう叫びたかった。あまりにも利己的で恥ずべきことだが、マネジング・パートナーの懐に入る報酬がけたはずれに高い。ジャパンを私物化していると言っていいほどの高額になっている。

しかしそのことは、表立っては口に出せない歯がゆさがある。なぜならジャパンの経理が公開されていないからだ。ハリスの秘密主義は徹底していた。しかし竹中自身は本社経由でひそかに情報をつかんでいた。

ハリスは金に細かい。あらゆる面で経費を切り詰め、それで浮いた分を気前よく自分の報酬へ注ぎ込んだ。人材育成面で手を抜くだけでなく、事務所の改装や備品への投資にもいっさい興味がない。私的欲望を満たすためには考え得る限りの努力をした。そんな人物だった。

もちろん不正に金銭を吸い取るのではない。智恵の回る男だ。報酬規定はしっかり文書化し、アメリカ本社の正式な承認を得ている。合法的な私物化だった。

ただすべてにケチなのではなく、使うべきところには大盤振る舞いをした。情けないことに、その大盤振る舞いの行為そのものがハリスの主な仕事であった。それは海外からやってくるクラウン・パートナーたちへの接待である。

　彼らが成田空港に着けば、運転手付きの自家用車でうやうやしく迎えに行く。ホテルへ案内したあとは、夜の豪華接待だ。連日、神戸ビーフのステーキハウスや一流料亭で食事をし、それから時にはナイトクラブへ繰り込むのである。もちろん在日外資系企業のアメリカ人幹部との食事セットも忘れない。むしろこれが、来日したパートナーたちを錯覚させるトリックの役割を果たした。パートナーは顧客と良好な関係を築いているハリスを見て、いかにも仕事熱心な人物と思ってしまう。

　昼間は会議をするが、その間、もしパートナーが夫妻で来ていたら、妻の方はハリスら駐在員の妻が手分けして、京都や奈良、鎌倉、日光などへ観光案内をする。そこへ土産もつく。もちろんほとんどが会社の経費で支払われた。

　至れり尽くせりの接待を受け、気を悪くする出張者は誰もいない。むしろハリスに好意を抱いた。それに何といってもジャパンは利益を出しているのだ。仮に赤字を計上していたのなら、異を唱える者もいるだろう。本国からは何の文句も出なかった。

　所属先も関係している。ハリスらアメリカ人たちはクラウン・ニューヨーク事務所から派遣されていて、経営をまかされていた。赤坂はニューヨーク事務所のいわば「領地」なのだ。それをロス事務所の人間がとやかく言うのは怪しからん。そんな縄張り的な発想も根底にあるのか。

　竹中は情けなかった。自分が一度も空港へ迎えに来てもらったり、接待を受けたことがないのが癪《しゃく》なのではない。会社の看板が泣いているのが悔しく、腹立たしいのだ。

パートナーシップ、つまり共同経営といいながら、実態は米人マネジング・パートナーの私服を肥やすための独裁経営である。彼の持ち物に成り下がっている。パートナーのほとんどは日本人会計士だが、彼らの多くはハリスの言いなりといってもよく、反抗することはない。いつの時も「イエス」としか言わない素直な人間ロボットだった。年月をかけ、そういうふうに仕立て上げられていた。

実際、名刺には「共同経営者」と恭《うやうや》しく書かれているけれど、会社方針の決定にはいっさい関与させてもらえないし、財務内容も教えてもらえない。ただ日常の仕事を処理するだけの実務マシーン、ありていに言えば、こき使われる使用人に過ぎなかった。家族を養わねばならない彼らの立場も分かるけれど、竹中は残念で、歯がゆかった。

何度か彼らを飲みに誘い、まともな経営を目指そうではないかと説くのだが、効果がない。それどころか、翌朝出社すると、ハリスから嫌味を言われることも何度かあった。告げ口されたのかもしれない。

日本人パートナーたちは皆、個人的には優秀なのだが、多少聞こえのいいパートナーという地位を手放したくないのか、何度訴えても素通りだった。彼らにとって、日本企業は関心がなく、眼中にないので、仕事はというと、身体的な忙しさは別にして、内容的にはすこぶる気楽である。ただ在日の外資系顧客だけを定型的に相手にしていれば、ハリスの機嫌をとりもて、会社として一定の利益を計上できた。日本企業相手といえば、せいぜいＡＤＲを発行する時くらいしか仕事がなかった。

　これはクラウンだけの話ではない。ビッグエイトといわれるアーサー・アンダーセンなど、他の七社も同様だ。外国企業に対するサービス提供を主な目的にして事務所を置いていた。日本企業は片手間にしか過ぎなかった。片手間の顧客であった。

　そんななか、竹中だけが多忙である。出張で来日したとき、寸秒刻みで仕事が待っている。パートナーになるずっと以前からやっていることだが、会議や顧客訪問の合間をみてはロスで知り合った顧客に電話をかけた。ランチやディナーの設定も重要な仕事の場だ。人間関係構築だけでなく、耳寄りな情報も聞ける。

「もしもし、クラウン・ロサンゼルス事務所の竹中と申します。今東京にいるのですが、副社長の山田様はいらっしゃいますか」

　竹中の声は明るく大きい。部屋中に響く。個室にいるとはいえ、自然とハリスやアメリカ人パートナーの耳に入る。彼らは一様に嫌な顔をした。れっきとした会社の社長や副社長、専務、常務などのトップクラスへ、竹中が気安く電話をかけるのが、癪でたまらない。

　山田副社長といえば某電機メーカーの実力者で、たとえハリスといえども面会することなどかなわない。ジャパンの会計士たちが接触できるのは、最高で経理部長や財務部長までなのだ。彼らは何だか自分たちが出し抜かれたような不快感に見舞われ、それを露骨に表した。ニューヨークから出張で来日したアメリカ人パートナーやマネジャーらに、ねちねちとクレームをつける。

「ロス事務所から来た変な日本人、どうにかなりませんかねえ。若いのに生意気で、本当に困ります。大企業の副社長や専務らと、電話で食事セットの話をしているんですよ。相手に失礼で、はらはらします」

事情を知らないアメリカ人出張者たちは、本気で竹中を異常者だと誤解した。人間社会というのは不思議なもので、一人だけが言えば疑問を抱く人もいるだろうが、全員が口をそろえて言えば、その瞬間からそれは真実になる。

ただ、ハリスが接待する相手は限られている。来日するアメリカ人会計士なら誰でもいいというのではない。マネジング・パートナーとしての自分の立場を維持するのに役立つ人物を選んでいた。それはクラウン・ニューヨークで、日本事務所を統括管理する部門長や担当者たちであった。竹中はそういう内情もすべて知っていたので、いよいよ許せないと、高まる義憤を持て余すのだった。

これより少し前、竹中がプロジェクト・ジャパンの統括責任者に抜擢されたとき、彼は主要進出国にあるクラウン事務所にそれぞれ担当責任者を任命した。アメリカ国内はもちろんだが、シンガポール、マレーシア、台湾、ホンコン、オーストラリア、イギリス、フランス、ドイツ、アイルランド、カナダ、ブラジルで、最低でも一人以上の会計士が日本を担当できるようにした。

仕事の繁閑があるので専任ではないが、いざ日本のプロジェクトが出た時には対応できる体制作りである。竹中がアメリカで成功したのを見て、世界各国のクラウン事務所からも期せずしてその要望が出ていたのだった。

当然、この赤坂事務所にも専門の部門を置こうとした。各国の日本担当会計士たちが賛同してくれ、彼らが経費を分担することで、どうしても日本に専門組織を置こうということになったのだった。ところが案の定、ハリスが猛反対した。

「そんなことに日本人会計士をあてるなんて、真っ平だね」

じゃあ、せめて事務員を置かせてほしいと竹中は頼んだが、これも反対された。結局、ジャパンからは人員をあててもらえないので、とりあえずは連絡用の事務員一人であるが、自力で雇うことにした。しかも赤坂事務所は使わせてもらえず、外部のオフィスを探さねばならない。

そこでクラウンがアライアンス（提携）を結んでいる昭栄監査法人に相談したところ、千代田区内幸町にある竣工して間もない日比谷国際ビルを紹介された。このビルは川鉄の所有で、昭栄監査法人も入っていた。

ハリスに反対されたのが結果的には吉と出て、竹中はかえって清々した思いでここに入居した。少なくともプロジェクト・ジャパンだけでも植民地からの脱出が出来たのだ。引っ越しが一段落した日、未来に広がる可能性に希望をふくらませながら、事務員とビールで乾杯した。

実際、その可能性の実現にはそんなに時間がかからなかった。ベース（基地）をもったプロジェクト・ジャパンに勢いが出た。日本企業が海外進出する際の相談室となり、顧客対応も一段と効率的になった。本格的な日本企業開拓がはじまったのである。

竹中だけでなく、世界中からプロジェクト・ジャパンに関わる会計士がやってきて、意見を戦わせ、情報交換《おういつ》をする。広いオフィスではないけれど、赤坂事務所では見られなかった冒険的な活気が横溢した。


日本企業の対外進出はますます活発になってきた。もう勢いは止まらない。今やジャパンのプロジェクトはクラウンの主要な収益源となる。

しかし物事は順風満帆にはいかないものだ。相変わらずそこに立ちはだかる大きな障害が残っている。クラウン・ジャパンである。依然としてマネジング・パートナーのハリスは日本の方を振り向こうとしない。むしろ竹中への敵対視を加速させ、ことあるごとに出身のニューヨーク事務所に誹謗《ひぼう》中傷を送りつけた。実際、竹中の存在はハリスにとっては深刻な脅威であった。自分の地位を脅かす獅子身中の虫なのだ。

このことは竹中の憂いをますます深く沈殿させ、憤慨をもはやこらえられないほどに発酵させた。

——このままでは日本事務所の発展は望めない……。

この日もまたハリスとの論争がはじまった。ちょうどニューヨークからパートナーが出張で来ていて、二人の横に控えている。いい機会である。

「ミスターハリス、どうかお願いしますよ。ジャパンが協力してくれないことには、どうにもなりません。ここにおられる日本人会計士に日本企業を担当させてもらえませんか」

「もう何度言ったら分かるのですか。ジャパンは利益を出しています。経営の邪魔をしないでいただきたいですな」

　竹中は不退転の決意を内心に増幅させながら、大きく見開いた眼を相手にしっかりとあてた。何度同じ台詞をぶつけ合ってきたことだろう。そろそろ決着をつけねばならないという気になった。「ふむ」と小さくうなずいて、自身にケジメをつけた。

「これを見て下さい」

　と言って、ジャパンの利益推移の表をカバンから取り出した。来日前に自ら情報収集して作っておいた資料だ。

「利益、利益とおっしゃいますが、どうなんですかね。ここ何年間、ずっと横ばいではありませんか。顧客数もそうですよ。日本経済はうなぎ上りで上昇しているんです。この波に乗れていないのは、それこそ経営の怠慢だと思われませんか」

　こんな応酬がしばらく続いているうち、ふとした拍子に議論がやんで時間の谷間が出来た。その機に乗じ、それまで黙っていたニューヨークのパートナーが、満を持していたかのような刹那の勢いで、話に割って入った。息が荒く、頬の肉が興奮で引きつっている。

「ミスタータケナカ、ちょっといいですか。私はね、ジャパンのやり方には満足していますよ。ロスはそんな考えかもしれませんけども、ニューヨークはこれまで通りで結構です」

それから数週間後、ニューヨークの筆頭パートナーからロスへ強烈なクレームが来た。

「ミスタータケナカはどうかしていますな。ジャパンの組織が乱されて、困っています。彼はマネジメントとして不適格ではないでしょうか」

そう言って、大胆にも解雇を迫ってきたのである。ロスはクラウン内ではニューヨーク、シカゴ、ヒューストンと並ぶ全米四大事務所の一つである。ロスはすぐさま反論した。竹中の実績と頑張り、さらにはその人格を目の当たりにし、応援するパートナーは大勢いた。

「それは明らかな誤解ですよ。解雇なんてとんでもない。彼は日本という時勢を読んで、的確に手を打つ有能な会計士です」

「とてもそうは思えませんな。ジャパンのマネジング・パートナーを無能呼ばわりしているというじゃないですか。私たちはね、ジャパンの安定した経営には敬意を表しているくらいです」

弁護に立っているロスのパートナーは、竹中の言動には心底、賛同している一人だ。すかさず返した。

「安定ですって？　とんでもない。今の日本の経済成長を見たら、横ばいで満足というのはむしろ敗北だと思いますがね。在日の外資系の顧客だけじゃなく、もっと日本企業へ目を向けてくれませんか」

「それは現実を知らないから言えるんです。東京にある八大会計事務所をご存知でしょう。皆、外資系企業に重点を置いています。うちだけじゃないんですよ。これこそ効率経営だと思いますな」

　こんな不毛の議論が電話や対面で延々と続いた。これに世界各地にいる竹中のシンパたちが参戦し、竹中のクビをかけた戦いはいよいよ先が見えない。

　だが竹中は立ち止まる男ではない。論争を尻目に、着々とビジネスの手を打っていた。それはグローバル化だ。会計士のグローバル化がこれからのキーワードだと考えた。世界の主要なクラウン事務所に英語と日本語の両方を話せる日本人会計士を駐在させる。そうすることで、現地へ進出する日本企業とのパイプがいっそう深まるだろう。竹中はそう考え、人材発掘に乗り出したのだった。

　自身で赤坂のジャパン事務所にいる若手会計士を説きくどき、積極的に海外へ派遣した。クラウン各地のアメリカ事務所に当たって日本人会計士を探し出したり、他の地域でも日本語を話す日本人や外国人の会計士を雇っている。

　その当時のジャパン事務所の反応が面白い。古くからいるベテラン会計士は、使用人としての気楽な社風に慣れて、波風を立てたくないのか消極的だったが、若手は将来のことを真剣に考え、迷いもなく冒険の道を選んだ。

　竹中の努力が実り、時とともに次第に海外へ派遣される人数が増えていく。それに伴い日比谷国際も三名に増員した。ちなみにここでの人数が少ないのは、実際の仕事はあくまでも現地で行われているからである。現地の責任者はその国の人だが、その下には日本人会計士を配した。

後日談になるが、他の会計事務所もかなり遅れてこのコンセプトを取り入れ、クラウンの後を追った。竹中が生んだコロンブスの卵は、以後、それを模倣した八大会計事務所の活躍を通じて、日本企業の海外進出に大きく貢献したのだった。

竹中は会計士の数だけがすべてとは考えていない。あくまで質とヤル気だと思っている。そのためには先ず日本を好きになってもらうのが手っ取り早い。そこで毎年、プロジェクト・ジャパンに関わる世界中の会計士たちを東京に呼び、会議をもった。

そこで行う情報交換は予想以上の効果をもたらした。だがそれ以上の狙いは、人間関係の構築であり、宴会、飲み屋、さらには日光や信州などへの温泉旅行であった。竹中は古い日本のよき伝統を上手に使う人事管理者でもあった。

竹中自身も忙しい。たびたび日比谷国際へ来て、そこを根城にしてアジア各地へ飛んだ。アメリカ国内、日本、アジア、そしてヨーロッパ、中南米と、たえずどこかを移動している。それでも健康だ。よく食べるし、時差は気にしない。いつでもどこででも、あっという間に眠ってしまう特技をもっていた。

そんな超多忙のあいだにも、ジャパン対竹中、ニューヨーク対ロス、そして世界各地も巻き込んだ論争は続いていた。論争というよりも対決といった方が正確だろう。とりわけニューヨークとロスは組織をバックにしているだけに、引くに引けないところまで来ている。スミスが去るか竹中がクビになるか。喧嘩両成敗ではおさまりそうにない。まさに社内戦争の観を呈していた。

しかし実績は何よりも、誰よりも雄弁である。プロジェクト・ジャパンは破竹の勢いで伸び続け、クラウンの利益に大きく貢献していた。誰の目にも正当性はどちらにあるのか、明らかである。

そしてついに決着の時が来た。暗くて長い戦いだった。赤坂のジャパン事務所からアメリカ人マネジング・パートナーが退去させられ、代わってイギリスで国際経験を積んできた日本人会計士の重田修が代表についた。竹中の強い推薦が受け入れられた。これでようやくジャパンは植民地から脱し、世界の他のクラウン事務所と同等の扱いになったのだった。ちなみに重田はその数年前、ハリスの反対に会いながら、竹中に口説かれてジャパン事務所からイギリスへ赴任していた。

竹中は勝利を得たが、そんな高揚に浸っている暇はない。日比谷国際のプロジェクト・ジャパンはせっかく定着しているのでそのままにし、重田が率いるジャパン事務所と協力しながら、これまで以上の闘志で世界を駆け回るのである。

「重田さん、これからは国際意識をもった日本人会計士が主役です。力を合わせて意欲のある若い人たちをもっと発掘しましょう」

重田はうなずいた。自分自身が海外にいたので、その重要性の認識は共有している。千人力の竹中が味方になってくれるのは有難い。二人は固い握手を交わした。

仕事が一段落したあとのその日の夕方のことである。竹中が帰り支度をしていると、重田がおかしさをかみ殺した表情で、

「おや、竹中さん、今から何かうれしいことでもあるのですか。ひょっとして、これ?」

と右手の小指を立てて、おどけ気味に尋ねた。いつになく、竹中の顔が自然と笑っているというのだ。

「えへっ、ばれましたか」

竹中はこれまた童顔の少年のような瞳になり、頭をかいた。これから久しぶりに昔の豊岡中学時代の恩師に会う予定になっている。

7　いやいや渡米する

鬱蒼《うっそう》と茂った杉の巨木を両側に見上げながら、一四二五段の石段を登ると、巨大な崖を背にした鳳来寺が目前に迫る。一九五七年七月、愛知県湯谷《ゆや》の鳳来寺山にあるこの宿坊で、中学二年生の少年竹中征夫は剣道部の合宿に明け暮れていた。

ぽっかり開《ひら》けた早朝の山間《やまあい》に、目の覚めるような夏の青空が切り絵のように貼り付けられ、蝉の合唱が高い旋律で辺りをうずめている。澄んだ空気がほのかな風とともに宿坊の窓から流れこみ、風鈴が蝉声の忙《せわ》しなさに対抗するかのように、控えめで涼しげな音をかなでている。

朝食の後片付けを終えたあと、剣道防具を身に着けて皆と一緒に道場に集合しようとしていたとき、引率の剣道部顧問の鈴木一仁教諭に呼びとめられた。

「おい、竹中。お母さんが来られてるよ」

「えっ、何だろう、こんなに早くから……」

皆目見当もつかず、剣道着のまま来客用の書院へ急いだ。母のよそは額に浮き出た汗の玉を手の甲で拭《ぬぐ》いながら、忙《せわ》しそうに言った。

「さあ、今から急いで服に着替えなさい。名古屋のアメリカ領事館へ行かなくちゃいけないから」

「何？　それ……」

竹中はわけも分からず、急《せ》かされるままに身支度をして、母の後に続いて建物を出た。父の松造が来週帰ってくると聞き、思わず歓声を上げそうになった。だが次の瞬間、

「ビザをとってね、みんなで一緒にアメリカへ行って、住むんだよ」

と言われ、思わず「ビザ？」と返し、その理解が追いつかず、ぽかんという思考の抜けた顔をした。がすぐに「ああ……」と意味が分かり、急に目の前が真っ暗になった。聞き間違いではないかと、尋ね返したが、答えは変わらない。竹中はごねた。

「イヤだ。アメリカなんて、俺はイヤだよ。剣道がやれなくなる。皆と一緒にいたいんだ。豊岡中学へ行けなくなるじゃないか」

「聞き分けのない子だねえ。もうこれは決めたことなんだから」

そう言ったきり、よそは書類や写真の入った風呂敷包みを大事そうに抱え、もう一方の手で着物の裾を手繰り上げながら、ところどころ朝露にぬれた石段を滑らないよう用心深く下りていく。

竹中の父松造は進取の気性に富む冒険心豊かな男だった。養鶏場や果樹園を経営するかたわら、豊橋市の市会議員も務めていた。それなりに地域の小さな成功者であったが、二年前の一九五五年、何を思ったか、妻子を残し、新天地を目指して単身で渡米した。もともと明

治時代に松造の父も渡米経験があり、カリフォルニア州やユタ州で農業や鉱業の日雇いをしたことがあったという。そんなチャレンジングな血を引いていたのかもしれない。

　実は松造の今回の渡米は二度目で、戦前にも短期間アメリカへ渡った経験がある。英語にも親しんでいたので、終戦後は進駐軍の通訳をしたこともあった。

　お陰で物のない時代だったのに、家にはチョコレートやチュウインガムなどが戸棚に置かれていた。幼児だったにもかかわらず、竹中は当時のことをはっきりと覚えている。味覚は五感の中でも最強のようだ。

　松造はユタ州のソルトレイクシティへ行き、そこでレストランやホテルのボーイなどをして当座の日銭を稼いだ。だが定職が見つからない限り、家族を呼び寄せるのは無理である。そんなとき知人が経営するコロニアルホテルがうまくいっていないのを知った。経営に興味を失っているらしい。

——よしっ、これだ！

　早速、その知人に自分の置かれた実情を話し、経営を任せてくれないかと頼んだ。

「給料はいくらとは申しません。成功報酬ベースで結構です……」

　もしうまくいって利益が出だしたら、受け取りたいと申し出た。これを機に松造は代理でホテル経営に乗り出し、軌道に乗せるのである。そして収入が安定したところで、妻子を呼び寄せたのだった。

　竹中は心底、アメリカなんぞには行きたくなかった。剣道部の生活が楽しくて仕方ない。

県大会にも優勝し、将来の夢はバラ色に染まっている。

そんなところへ、いきなり父の一言が飛び出して、邪魔が入った。邪魔というより、一朝にして有無を言わさず運命の転換を迫られたのである。友達とも別れねばならない。彼らの一人一人が次々とまぶたに浮かぶ。なぜ母が反対してくれないのか。どうして自分の気持ちを分かろうとしてくれないのか。そのことが子供心に不満であった。

後日談だが、剣道への思い入れは竹中の心の奥に深く刻まれていたようだ。恩師の鈴木一仁顧問とはアメリカへ渡ってからも交信を続けている。豊岡中学創立五十周年にあたる二〇〇〇年四月、五十七歳の竹中は鈴木から、

「記念に何か生徒たちに話をしてくれませんか」

と暖かい誘いを受け、日本への出張にあわせて母校へ寄っている。講演後、お礼に何がほしいのかと尋ねられ、竹中は頭をかきながら咄嗟にこう答えた。

「私はここで卒業を迎えることが出来ませんでした。もし可能なら、私を〝名誉卒業生〟にしていただけませんでしょうか」

鈴木は校長にかけあい、その後、立派な証書を作成してアメリカへ帰った竹中へ贈った。それは竹中の数少ない自慢の一つである。額に入れられて、今も事務所に飾られている。

出発前夜は両親と一緒に横浜の旅館に泊まった。母には文句を言えたが、なぜか父に口が出せない。頭から押さえ込まれたようで、不承不承、従った。父からアメリカの話を聞かされても興味が湧かず、顔ではうなずきながらも、剣道のことや友達のことばかり考えていた。

　翌朝早く旅館を出て、桜木町の港に向かった。太陽がじりじりと照りつけてきて、次第に汗が吹き出てくる。いよいよアメリカへ行くのだが、どうも実感が湧かない。運命の急展開に気持ちがついていけないでいる。どこからか岡晴夫の流行歌「憧れのハワイ航路」が、スピーカーに乗って、やけに高い音量で聞こえてくる。

　途中の道端に浮浪者たちが、汚れた衣服なのか毛布なのか分からないものを身に付けて、ゴザの上に寝転んでいた。すえた臭いがゆるい風に乗って運ばれてくる。これが日本で見る最後の風景になるのかなと、漠然と考えていると、

「アメリカの浮浪者は背広を着ているんだよ」

と松造が面白おかしく言った。浮浪者が背広を着ているなんて、竹中はいよいよアメリカという国が分からなくなった。

　港に着いた。乗船のための手続きをしていると、「ボーッ」という底力のある低い汽笛が何度か鳴り響き、やがて巨大な客船が白い波を立てながら港に入ってきた。

　ねずみ色の船体に頑丈そうな太い煙突が二本、突き立っている。煙突は上から青、赤、青の順で鮮やかに彩られ、赤色の中央に鷲のマークが白く描かれている。アメリカン・プレジデント・ラインのプレジデント・ウィルソン号だ。時間をかけながら、ゆっくりと岸に近づき、停泊した。

　竹中は初めて見る船の壮大さとその豪華な外観に目を奪われた。近くから見上げると、何階建てかのビルのように聳えている。ホンコンから着いたばかりだが、数時間停泊した後に、

ここ横浜を出航する。そしてホノルルを経由して、二週間ほどでサンフランシスコ、それからロサンゼルスに着くという。

かなり待たされたが、やがて乗船がはじまった。客たちはなぜか皆、急いでいる。後ろの人から背を押されるような慌《あわ》ただしさで、竹中らも船へ乗り移った。船員や事務員たちが忙《せわ》しく動き回り、肩が触れ合う。竹中もわけも分からず気が急《せ》いた。桟橋は見送りの群衆でぎっしりうめられ、異様な熱気を立ち上らせている。

出航のとき、竹中は皆と同じようにデッキに立った。上体を突き出して、見送りに来てくれた親戚の人たちに勢いよくテープを投げた。それから空《あ》いた方の左手を派手に振って別れを告げ、いよいよこれが最後の日本の景色になるのかと、今はゴザ上に寝転んでいた浮浪者の記憶を捨て、切なさに満ちた感じの、善意の人々の一団をまぶたに焼き付けた。

群集の中の誰かがバンザイを叫んだ。竹中の隣にいる老夫婦たちにエールを送っているらしく、それにこたえるように、付き人から教授とよばれている夫らしい白髪の紳士が、これまたテープを持っていない手を高く上げて派手に振っている。

船はゆっくりと岸から離れ、徐々にスピードを増した。海面から塩の匂いが風で運ばれてきた。どこかうら悲しく響く汽笛とともに、桟橋にいた人たちの顔の輪郭が次第にぼやけ、ひとかたまりの群集となって遠ざかる。持っていた皆の紙テープもやがて切れて波間に沈み、船は沖に向かって勢いよく滑り出した。

——いよいよ日本を離れるのだな……。

不意に深い悲しみと喪失《そうしつ》の感傷が竹中の胸にあふれ、涙が瞳をぬらした。日本に残してきたいろんなことへの未練と後悔が、頭の中で渦巻いている。何か取り返しのつかないことをしているような気がし、それを力ずくで振り払うように、もう小さな影絵と化した群集にしきりに手を振り続けた。

三等船室に落ち着くと、松造もよそもどっと疲れが出たのか、こっくりこっくりしはじめた。竹中はやはり少年だ。若くて心が柔軟なのだろう。いつの間にか先ほどの感傷から立ち直り、何もかもが珍しい。きょろきょろ辺りを見回している。日本人によく似た顔つきの人たちが大勢乗っていて、辺り構わず、腹の底から吐き出すような大声でしきりにしゃべっている。

——ああ、これが英語なのか。

竹中は意味も分からないまま、初めて聞く生の外国語に圧倒されていた。後で父から中国人が話す中国語だと聞かされ、じゃあ英語はどうなんだろうとふと思い、これから待ち受けている生活に漠然とした不安を覚えた。

しかし食事はうまかった。初めてコーラを飲んだ時のことだ。変な味がし、これが世にいう酒なのかと思った。フライド・チキンのおいしさには舌がしびれた。鶏肉をこんな味付けで食べたのは初めてで、アメリカまでの船旅も悪くない。退屈せずに行けそうだ。

だが時間が出来るとそうはいかない。気持ちが忙《せわ》しく揺れた。

——今ごろクラスの皆はどうしているだろう。

まだ数日しか経っていないのに、もう何年も会っていないかのような寂しさと郷愁が胸の襞《ひだ》に滲《し》みた。

そんなとき、友達たちから送別に贈られた本のページを繰る。井伏鱒二の「ジョン万次郎漂流記」だ。名前は聞いていたけれど、初めて読んだ。何だか自分の境遇と似ているような気がし、百年以上も前の万次郎に兄弟のような親近感を覚えた。昨夜読み終え、もう二度目に入っている。

一八四一年、十四歳の万次郎は、乗り込んでいた漁船が四国沖で難破し、偶然アメリカの捕鯨船に救助される。船長ホイットフィールドの好意で養子となり、アメリカへ渡ってオックスフォード学校などで英語、数学、測量、航海術、造船技術などを学び、首席で卒業した。そして十年ぶりに祖国へ帰り、幕末の日本で日米和親条約の締結などで活躍したという。

竹中は読みながら、自分と同じ年頃でいきなり未知のアメリカへ行くことになった万次郎に、今起こっている自分の運命を迫真の感覚で重ねあわせた。共感のあまり、涙で目が曇って読めない時もあった。

期待と不安が交互に入れ替わり、ますます激しさを増す中で、万次郎の成功した人生は、一筋の勇気を与えてくれた。万次郎に出来て自分に出来ないということは認めたくない。ひょっとしてこんな自分でも、やれば出来るかもしれない。そんな願望に似た思いにすがらねばならないほど、竹中は心細かった。

サンフランシスコで下船すると、そこから陸路でソルトレイクシティへ向かった。八月だというのに、日本の春のように穏やかで、湿気のない陽気が肌に心地よい。

松造は巧みな英語で、てきぱきと切符を買ったり、鉄道やタクシーの乗り継ぎをしたり、ホットドッグを注文したりした。時々、値段以外に余計にお金を払っている。チップなのだが、そんな存在を知らないので、おかしなことをするものだと思った。しかし異国で物怖じもせず、堂々と振る舞っているそんな父親が、竹中は何だか誇らしく思えた。腹がふくれると、現金なもので、竹中はすっかり元気を取り戻した。

「さあ、着いたぞ」

責任感がもたらす張りのある父の声が、乾いた夏の空気を引き裂いた。

ソルトレイクシティは、街中に立っていると分からないけれど、上から見ると、巨大な盆地らしい。父の説明によると、昔、モルモン教徒が迫害から逃れてきて作った街だという。理屈では分かったが、それがもつ意味は理解できない。ただ区画整理がしっかりとなされたその美しい街並みには、まるで文明の別世界へ足を踏み入れたような、感動に似た違和感にとらわれた。というよりも、不安のないまざった希望の誘惑とでもいおうか。

行き来する自動車の数や高いビル群といい、まだ戦後の荒廃から抜けきれない豊橋の街や名古屋、横浜とはあまりに違いすぎる。日本での進駐軍の豊かな生活ぶりから或る程度想像はしていたが、実際に目にする国力の差は目と胸を圧倒した。こんなところで果たして自分はやっていけるのだろうかと、街に入った時に抱いた希望の灯火《ともしび》は次第に吹き飛んで、不安だけが胸の中にふくれあがった。

やがてその不安は現実の形となって起こった。一年間だけHorace Mann Junior High Schoolという中学校へ通うことになった。その入学式の日のことだ。講堂での長い始業の儀式がようやく終わり、生徒たちは各クラスに振り分けられた。竹中も何が何だかさっぱり言葉が分からないまま、教師の身振り手振りに従って黙って皆について行った。

豊橋中学では学年で一番の成績だったし、英語の科目は得意だった。だが今耳に聞こえてくるのはまったく別の言語の響きである。外国語とはよく言ったものだと思った。外の国の言葉であり、果たしていつか分かる時が来るのだろうかと、不安が増幅した。一時間、二時間、三時間と、ただわけも分からないまま、耳の神経を極端に緊張させて、上の空のような状態で時を刻んでいた。

そのうち体に異変が起こった。我慢に我慢を重ねてきた尿意が、体の奥から熱い焦燥感となって鋭く突き上げてくるのである。こうなるかもしれないという恐れは或る時点から抱いていたのだが、とうとうそれは来た。もう待てそうにない。

トイレはどこかと、休み時間になるのを待ちかね、廊下へ飛び出した。小走りに校舎内を探しまわった。だがどこにあるのか皆目、見当がつかない。校舎や教室の作りが日本の学校とはどうも違うし、見分けがつかない。体の中はもう煮え返るような拷問の火の海である。竹中は我慢ができず、勇気を出して近くにいる男子生徒に尋ねた。

「トイレ、トイレ……」

英語を発したつもりである。だが相手は意味が分からないのか、小首をかしげ、怪訝な顔を返してくる。さらに数度、せっぱ詰まった声で発したが、通じない。「Toilet《トイレット》」と英語式に発音すべきところだが、そんなことを知るよしもない。

もはや一刻の猶予もならず、竹中はきびすを返すと、一目散に駆け出した。眼をむき、夢中で校門を走り出て、近くにある森に向かって疾走した。必死だった。何と時間の長く感じられたことか。やっと木陰に入り、大急ぎで放尿する。ようやく生きた心地を取り戻した。

見るもの、聞くもの、すること、何もかもがカルチャーショックの連続だった。田舎育ちの汚《けが》れを知らない無垢《むく》な日本人少年が、いきなり世界最先端の文明生活の中へ投げ込まれたのだから、無理もない。豊橋の田舎はいうに及ばず、日本の生活様式、常識とあまりにも違いすぎた。

学校の体育の授業で教わるダンスの教科も、そのカルチャーショックの一つだ。普段、体育の時間は、男子は大体、フットボールかバスケットボールをするのだが、金曜日はダンスと決まっている。こんな授業があること自体、理解に苦しむ。

——ああ、また金曜日が来た……。

この日が、はなはだ苦手で憂鬱だ。女子の手を握って踊らねばならない。思春期の竹中にとってこれほどの苦痛はない。イヤでイヤでたまらない。これまで日本では、異性とろくに話したことはなかったし、ましてや手をつなぐなど、想像さえもしたことはなかった。それを大勢の人前で強制されるのである。

――せめて明るい太陽のもとでやってほしい……。

何度そう願ったことか。しかし意に反し、屋内の、しかもムードミュージックが流れる部屋で踊らねばならない。

羞恥《しゅうち》の固まりと化したそんな竹中が面白いのか、女子の中にはダンス中、極端に体を近づける者もいた。中学生といっても、口紅を塗ったりして化粧をほどこしている。胸のふくらみも立派だ。ダンスが終わる頃には、緊張のあまり竹中は喉がからからに渇き、疲労困憊した。まさに苦行そのもので、踊るどころではなかった。

しかし何と言っても、最も困ったことは言葉だった。授業の英語がほとんど聞き取れない。豊岡中学で習ったことで役立ったのは英文法だけである。ちんぷんかんぷんという言い回しがあるけれど、まさにその状態だった。学校側は実情を判断し、両親と相談した結果、竹中をハンディキャップをもった生徒たちの特別学級へ入れた。

だがそこでも話されるのは英語であり、難解さに変わりはない。まるで真っ暗闇の中で、しかもさらに目隠しをされたような無力な状態なのだ。不安と焦りと悲観が負の相乗効果を発揮して、神経をくたくたにした。能力が劣っているわけでもないのに、日々の学校生活についていけない。その厳しい現実は、竹中をひどく落ち込ませ、劣等感の底へと一方的に追いやった。

――俺は敗北者になっていくのだろうか。

いいや、待て。そうはいかない。このまま死んでたまるものか。残った気力を総動員し、あえてそう反論した。

俺には豊岡中学時代に鍛えた剣道の魂がある。友達も、そして鈴木一仁先生もついてくれている。それに、数学があるではないか。これは俺の宝刀だ。竹中はことさら得意の数学を心の中で上位の位置に引き上げ、自分を鼓舞《こぶ》した。

実際、数学はクラスでも常にトップの成績だった。数字と計算力、そして思考力で勝負ができ、英語力はあまり必要ない。だからこの科目の授業は特別学級ではなく、普通クラスで受けた。もともと豊岡中学時代に珠算検定の一級をとっていて、ほとんどの計算は暗算で出来たほどである。

「ユクオ（征夫）はすごい！」

この評価は劣等感で打ち沈んだ心に一筋の光明を灯してくれた。光明というより、むしろたった一点の優越感と言ってもいい。極端ともいえるほどに、この優越感と劣等感とのあいだを激しく行き来する毎日が続いた。

しかし運命というものは分からない。どん底での葛藤は、竹中の場合、敗北よりも勝利への道を歩む下準備の役割を果たしたようだ。絶望に近い困苦は、逆に少年に敢闘の意識を芽生えさせた。

――負けてたまるか！

まるで空気の詰まったゴム鞠《まり》が跳ねるような勢いで、或る日、竹中の心が劣等感に対峙した。敗者になった自分の姿など想像したくない。心底、そう思った。このところ桜木町のゴザの上に寝転んだ浮浪者が、時にはまぶたに浮かんでは消えていたが、今、明確な意思でそれを追い払った。

今は俺のこれまでの人生で最低の時に違いない。言語という武器を失った生活の苦しさは、なった者でないと分かるまい。だがこれ以上の落ち込みようはないのだと、皮膚感覚に過ぎないし、証拠はないけれど、ふとそんな楽観が心に湧いた。何だかふてぶてしさに似た開き直りの気持ちが滲み出てくるのを自覚した。

――よし、明日からは戦いだ。

この戦いに全力でぶち当たってみよう。英語のマスターである。今、あらゆることの中で真っ先に自分がやらねばならないことは、この英語なのだ。ふとジョン万次郎のことを思い出した。彼も同じ境遇にいたはずだ。彼に出来て自分に出来ないはずはない。今、俺は百年遅れで同じことをやっているのだ。

翌日から竹中は弱気が入り込んでくると、意識的に心の奥に閉じ込めた。そして耳の感度を百倍にも千倍にも増幅し、教師や級友の話す言葉に心身のすべてを集中させた。億劫《おっくう》だった口を積極的にひらき、相手の唇の動きを真似て発音した。ダンスにも、目をつぶるようにしてステップを踏んだ。

変化は現れた。三ヵ月経ち、四ヵ月が経つうち、若い少年の脳は次第に未知の言語に順応しはじめた。まだ片言に過ぎないが、意思疎通ができたときの喜びは次の冒険への導火線となり、さらに大胆に話の輪の中に入っていった。

そしてあっという間に一年が過ぎた。高校は地元のWest High Schoolへ進学した。今では話し言葉は大体、理解できるまでに上達している。スラングも覚えた。だが今度はそれがまた苦痛の種になった。人種差別である。白人の中でたった一人の東洋人は目立ったし、有色であるがために蔑《さげす》まれた。同級生たちが話す差別言葉が明瞭に聞き取れ、竹中は傷つけられた。

「あのジャップ野郎……」

ジャップというのは日本人に対する蔑視語《べっし》である。そんなジャップがいい成績をとると、それが許せないのか、休み時間や下校時に聞こえよがしに悪態をつく者がいる。相手の反応を待っているかのように、にやにやしながら余裕を誇示した意地悪な流し目を送ってくる。

しかし竹中は我慢し、無視した。若い血に似合わず、冷静だった。弱腰というのではない。パンチを見舞うくらいはた易いことだ。むしろ剣道で鍛えた腕が鳴り、それを抑えるのがつらいほどである。一発食らわせばどんなにスカッとするか、体がそれを欲していたが、理性は必ず我慢を選択した。

逃げるというのではない。この悔しさを内面の向上にぶつけ、白人に負けない能力を磨くことが、今の自分がなすべきことなのだ。少なくとも彼らと同じレベルに立って、交わっていきたい。コアに追いつきたい。そう思って日々、勉学に励むのだった。

竹中がアメリカへ来てから変わったことの一つに、お金に対する考え方がある。日本では一度もそんなことを考えたことはなかったが、この国では子供までがお金に真正面から向き合っているようなのだ。級友たちはアルバイトをして、たとえ小金であっても、可能な範囲で自分の力で稼ぐということに、自立に似た誇りのようなものを抱いている。がり勉だけでは評価されない風潮があるようだ。

自由の気風は社会のどこにも満ち溢れ、だからこそ競争は激しく、それに耐える力を今から養おうとしているのだろうか。竹中は勝手にそんなことを考え、この面でも皆に追いつこうと、自身も休日にはアルバイトに精を出した。小遣いや参考書を買う足しにし、さらには貯金にも回すほど頑張った。

クラスの中に竹中を無視する連中が何人かいた。今でいういじめであるが、そんな敵対的な感情はあえて意識の外へ置き、そ知らぬ顔をした。この頃には竹中もモルモン教徒たちが迫害を逃れ、ここソルトレイクシティへやってきたという政治的背景を理解していた。

それなのにどうして同じ彼らが今、俺に人種差別の意地悪をしてくるのだろう。それはひょっとしたら人間社会の性《さが》なのかもしれないと、何だか達観したような哲学的な解釈をした。

多数者がいばり、少数者を差別する。クラスには黒人の生徒も何人かいるけれど、自分と同じように不当な扱いを受けている。これがアメリカ社会なのだと、今日ではあり得ない理解を竹中なりにし、それならばと、いっそう自己の能力向上の方へとエネルギーを注いだ。

ただこの一連の差別体験で決心したことが二つある。それは自分は今後、どんな境遇になっても決して人種差別をしない、ということだった。白色であれ有色であれ、人間はすべて平等でなければならないということを、肌身で体得した。この信念は、時点はそうとう下るが、竹中が後に自分が主宰する会計事務所を設立し、国際会計士として世界中を駆け巡るようになってからも、社是の真っ先に掲げている。

そしてもう一つは決して弱音を吐かないということだ。最悪という暗闇のあとには必ず夜明けがある。その夜明けを信じて、絶えずプロアクティブに、積極的に努力を続けること。それが生きるということなのだと言い聞かせている。

いずれにしても学校時代、そして後の就職後も竹中が受けたこの人種偏見は、彼の人間を鍛える上で重要な役割を演じた。偏見が強ければ強いほど、より強固に鍛え上げられたといえよう。

ここで一つ疑問が浮かぶ。まだ価値観も定まらない少年が、いきなり異文化の大河に投げ込まれ、翻弄《ほんろう》された。それなのに溺れもせず、壊れもせずに生き抜いていき、確固とした自己の信念を築いていくのである。それは意思の強さ故《ゆえ》なのだろうか。竹中個人の本来的な気質の強さ故なのだろうか。

否である。確かにその面もないとは言わないが、その陰には或る女性の存在があったのだ。その名を鈴木昭子という。今の妻、竹中昭子なのだが、彼女の支えがなければ、今日の竹中は存在しなかったと言っても過言ではあるまい。

竹中は高校に入ってすぐに文通をはじめた。相手は豊橋中学の同級生にあたる或る女生徒だった。日々の学校生活の葛藤があまりにも苦しく、助けとなるはけ口が欲しかった。支えが欲しかった。欲しいというより、必死に求めていた。そこでアメリカから彼女に手紙を出し、文通をはじめたのである。ところがしばらくして彼女から、自分の代わりに友人の鈴木昭子を紹介したいと言ってきた。そこで昭子との文通が始まったのだった。

当時、昭子は高校を出たばかりで、東海銀行に勤めていた。英語とアメリカという国が好きで、愛知県の高校英語弁論大会に出て優勝している。アメリカ映画のファンだということも文通をはじめてから知った。竹中は自分はアメリカなどへ来たくはなかったのに、こういう人もいるのかと、何か新鮮な思いがし、その一方で頼りになる理解者になってくれるのではないかという甘えた予感を抱いた。

彼女なら、このような自分とでも文通を続けてくれるかもしれない。自信を失った孤独の少年にとっては、まるで天国にでも舞い上がるようなうれしさだ。まだ薄氷を踏む思いながらも、この友情の苗《なえ》を大事に育てていかなくてはと、子供心にしっかりと刻んだ。

つらかったこと、苦しかったこと、新しい発見や悲観、希望など、何でもその日にあったことや感じたことを手紙に書いた。隠す必要もなければ自分を大きく見せる必要もない。ありのままの竹中征夫を、はるか遠い日本から見ていてほしい。昭子に見ていてほしい。ただそれだけだ。

夜、食事を終え、宿題を済ませたあとに書く昭子への手紙は、至福の一時《ひととき》を与えてくれた。疲れも何もかもが吹っ飛んだ。一日、或いは数日の総決算を、万年筆で折りたたみ式の薄い航空便の内側に、小さな字でびっしりと書き込んだ。それが終わると糊付けし、早く着いて早く返事がほしいと、勝手なことを一方的に望んだ。

週に二、三回、手紙を書いた。そして必ず週に二、三回返事が届いた。四、五回書いたこともある。しかもそれを結婚するまで一度の休みもなしに、六年間ものあいだ続けたのだった。手紙を媒介にし、互いの気持ちを六年間、正直に見せ合ってきた。

今やそんな昭子は竹中にとって、相談相手だけでなく、アメリカ社会でマイノリティとして生きていく上での心の戦友でもあった。そして気がつくと、いつかその戦友の位置付けが、友情の域を超え、愛情の対象へと昇華していた。しかしその間も一度として会ったことはない。ただ残された文通の便箋の山だけが、互いの心の純粋さと清らかさを示す無言の証人だった。

昭子に手紙を書くにつれ、一方、アメリカ社会に根を下ろすにつれ、竹中はいったい自分は何者なのかと、考えることが多くなった。

——俺は日本人なのだ。

そう思う一方で、つい、

——いや、俺はアメリカ人なのか。

とも迷う。学校へ行き、アルバイト先へ行き、そこで瞬間、瞬間の生きる戦いをしていると、ついアメリカ的な思考で物事を考え、決めようとする。それは間違ってはいないし、その方が楽なことが多い。しかし心底から満足してそうするのではなく、いつも心の隅にひっかかりが残るのである。そして夜になり、昭子に手紙を書いているうち、

――ああ、俺は日本人なのだ、やはり日本人の血が流れているのだ。

と再確認し、気持ちが落ち着くのだった。時として薄れかかる日本人魂が、手紙を書くことで目覚めさせられ、それがうれしかった。

人生の起伏に出会ったとき、人には支えになる杖《つえ》が必要だ。竹中は困ったことが起こるたび、自分の杖は日本なのだと言い聞かせ、通してきた。それは国際会計士となって、M&A案件で世界を駆け回る平成の今日でも、ますます太い杖となっている。よき日本の心を土台に置き、他方、アメリカのいいところを意識的に取り込んで、その上に乗せた。いわば日本人のアイデンティティをもったハイブリッド人間なのだった。

この心の土台は歳をとった今も変わっていない。或る意味、無菌のように純粋で、汚《けが》れを知らないと言っても大袈裟ではなかろう。日本を離れた十五歳時点での道徳や倫理、価値観が、そのままそっくりアメリカへ移され、まるで氷の中で保存されたように経年変化を忘れて透明に保たれている。母国を離れることで、かえってその純粋性が保持された。

卑近《ひきん》な例でいえば、人は泥棒をしてはいけないとか、嘘をついてはいけないなど、今日の日本人がすっかり忘れてしまっている価値尺度を、心の基準の引き出しに純粋培養的にしまっているのだ。

「少年のような幼稚さだ」

と笑われるかもしれない。だがそれでもかまわないと竹中は思っている。少年のような土台をもっているからこそ、現代の日本人や日本企業を見るとき、よりはっきりと見えることがある。

——俺は意識的に日本を美化しているのかもしれないな。

そんな嘲笑《ちょうしょう》も心のどこかから聞こえてくるが、気にしない。むしろそうありたいとさえ思っている。

8　公認会計士をめざす

　そろそろ大学進学のことを考えなければならない時期になった。志望校はユタ州立大学に絞っている。地元の子弟なので学費が安い。問題はどの学科を選ぶべきかで迷っていた。

　アメリカの月面着陸が実現するのは一九六九年だが、それより八、九年前のこの時期、アメリカとソ連は月をめざした宇宙開発競争でしのぎを削っていた。その影響もあり、生徒たちはエンジニアリング部門への進学に熱を上げていたが、竹中は自分は理工系ではないと、あっさり諦めている。数学は出来たが、化学と物理が苦手だった。

——残るは文科系だな。

　法律は弁護士志望者で人気があるけれど、これこそ最も相応しくない学部である。なぜなら人前で英語をしゃべって商売をしなければいけないからだ。弁論でやりあうなんて自分の英語力ではとても無理で、これを使う学科は避けたいと考えた。

　そこで浮上したのが会計学だった。数学は得意だし、その基礎となる数字を扱う学科なら、勝負をするのに自信がある。それにソロバンで鍛えた暗算も健在だ。こうして導き出された結論が商学部であった。

この思考パターンはまさに今日、経営のツールとして使われているSWOT分析にほかならない。Strength（強み）、Weakness（弱み）、Opportunity（機会）、Threat（脅威）を自分なりに分析し、己の実態を知った上で結論を導いていた。

さて希望に燃えて入ったユタ大学商学部会計学科であるが、早速、苦戦した。最初の一年間は一般教養科目を履修せねばならない。ここでは数字は関係なく、教科書にせよ論文提出にせよ、すべてが英語の世界である。やはり成績は苦しいものとなった。しかし二年目に入って会計の専攻になってからは、オールAで通している。結局四年間、成績優秀で奨学資金をもらい、これは大部分を貯金に回した。

さらにアルバイトにも精を出している。レストランの皿洗いやウェイター、ホテルの夜警、デパートの検品係、時には工事現場の人夫などもやった。勉学とアルバイトという二本立ての生活は、きつくはあるけれど、こたえない。一晩寝ると、翌朝にはすっかり体は元に戻って爽快である。

——まるで守銭奴だな。

就寝前の一息ついたとき、日銭の貯まった貯金通帳を見て、にやりと笑う。でもこの程度では守銭奴に怒られるかもしれないぞ。もっと頑張らなければと、自分をからかった。文通相手の昭子との結婚の日が、いよいよ現実のものとして近づいているのだ。学生の身分ではあるが、一家の長となるうれしさが、きつさや疲労を忘れさせた。

だが両親は反対である。

「よく考えろ。お前はまだ学生の身じゃないか」

「でも周りの友達も大勢結婚しているよ」

「人は人だ。生計のあてもなしに踏み切るのは無謀だな。卒業してからでも遅くはないだろう」

そんな親の反対を押し切り、竹中は強行することに決めたのだった。というのも昭子の側で急に見合いの話が持ち上がったからである。中学時代に母が他界し、今は父と暮らしている。これまで昭子は何度か見合い話を断ってきたのだが、年老いた父を前に、ここにきてとうとうその熱意に押し切られそうな気配になりつつあった。相当いい条件らしく、父や親戚がしきりに結婚するよう説得するのである。

竹中は状況を手紙で知ると、即座に結婚のプロポーズを決意した。

——昭子を失ってなるものか。

まだ告白はしていないけれど、自分の妻には昭子をと、随分前からひそかに心の奥に決めていた。わざわざ言わなくても、気持ちは十分に伝わっているという自信がある。

生計なんて、この体力と気力でぶち当たれば、何とかなるだろう。一足す一は二ではなく、きっと三になるはずだと、このとき竹中は悲観よりもはるかに楽観の方へ気持ちを置いた。

そしてその日のうちに返事を書き上げ、率直に結婚を申し込んだのだった。

数日後、速攻で昭子から返事が届いた。夜警の仕事から帰宅すると、いつものように机の上に薄い航空便が置かれている。弾む胸を抑え、急いで目を走らせた。読み進むうち、次第に失望と不安がふくらんできた。受諾の文字がない。どうしたのだろう。それどころか、逆に昭子からは、「学生の立場で結婚生活は大丈夫なのか」という意味の、やや引いたトーンの文章が、乱れのない筆致で書かれている。

竹中は食い入るような鋭さで、一文字一文字をもう一度読んだあと、静かに目を閉じた。網膜にくっきり残ったその文字に、心が騒いだ。自分の独りよがりな思い込みだったのだろうか。ひょっとして昭子は日本を離れるのをためらっているのだろうか。

いやいや、そんなことはあり得ないと、強くかぶりを振った。昭子を信じる気持ちに変わりはない。二人の心はしっかりと結ばれているはずだ。

――いや、ひょっとしたら……。

ふと思い当たることがあった。彼女の親も自分の場合と同じような疑問を呈したのかもしれない。それは考えられる。

可愛い娘を異国へ嫁に出すのだ。北海道や沖縄の遠さならともかく、一足飛びに地球の裏側へ行ってしまう。それなのに相手はまだ学生の分際である。経済保証のない学生結婚に不安を抱いて当たり前ではないか。しかも当人同士は会ったこともなく、父親は自分のことをまったく知らない。そんな見知らぬ相手と娘との結婚なのだ。

だが会ったとか会わないとかは、一方的な解釈かもしれないが、瑣末《さまつ》なことだと竹中自身は思っている。六年間の文通で、互いの心の中の隅々まで見せ合い、相手の呼吸の強弱までもが分かるほどに知り合った仲なのだ。

確かに手を握ったこともなければ、並んで歩いたこともない。しかしデートでの面と向かって交わす感傷に満ちた言葉よりも、よほど責任ある思考のやりとりを積み重ねてきたという自負がある。会っていないことに対する抵抗感は、昭子の方でももっていないはずだ。これは石のような固さで確信している。

むしろ問題があるとすれば、自分に対する父親の不安感だろう。これについては明らかにこちらの方に落ち度がある。手紙で一度も父親に語りかけたこともなければ、当然ながら結婚事情について、事前に話していない。急に起こったことだから仕方ないというのは、人の気持ちを解さない詭弁《きべん》というものだろう。

竹中は己《おのれ》の配慮不足にあきれ、腹を立てた。もっと前に説明して安心してもらっておくべきだったと、机に置かれた昭子の写真に向かって謝った。今、自分がやるべきことはただ一つ。アメリカの結婚事情についてしっかり書くことだ。父親に対する自分についての紹介は、きっと昭子がやってくれる。彼女の努力を信じよう。そう決めると、急いで引き出しから万年筆と便箋を取り出した。

ソルトレイクシティはモルモン教徒の街だ。過去の迫害の歴史から、出来るだけ子供を多く産んで団結を守りたい。そんな伝統があって、周りでは高校時代に結婚する人も少なからずいる。妻が働いて夫を大学へ行かせるのも珍しくない。ましてやユタ大学では、妻帯の学生を多くみかける。学費は安いし、奨学資金やアルバイト料も入り、生活は十分にやっていける自信がある。自分も彼らの一員になることに何の迷いもないと、そんな意味のことを力みのない冷静な文章で綴った。

　再び速攻で返事が届いた。父親の賛同を得たと、率直な喜びの言葉で伝えてきた。信じていたとはいえ、やはり読むまでは不安はあった。本来なら、昭子経由ではなく、自分の方から先方を訪問し、じきじき親に挨拶をすべきところだ。日本とアメリカという距離の問題ではない。それなのに娘を出す決心をしてくれたのだ。改めて父親宛に別途、丁重な礼状を書かねばと思った。


　話はこれより三年前にさかのぼる。ちょうど高校卒業の直前で、十八歳になった時の一九六〇年。連邦徴兵登録庁から自宅に一通の通知が届いた。

――いよいよ来たか。

　徴兵検査である。まだ市民権は持っていないけれど、アメリカで生きていく以上は逃げるわけにはいかない。父の松造は竹中の手から真新しい書類を受け取ると、ちょっと不安そうな影をその目に宿した。が竹中はむしろ歓迎である。これでアメリカ社会の一員にさらに近づけるのだ。松造はそんな息子の気持ちが分かっているのか、彼の方ではなく、妻のよそへ目を移してつぶやいた。

「ベトナムが……どうも、心配だな。アメリカがのめり込みそうだ」

　当時、アイゼンハワー大統領は南ベトナムを軍事支援し、日々、北ベトナムとの内戦が激化していた。そして恐れていたように、その年の暮れには現地で南ベトナム民族解放戦線

（ベトコン）が結成され、南北の戦争に突入したのだった。

竹中は戦争など遠いアジアの果ての出来事だという意識があり、あまり気にしていない。軽い気持ちで検査場に指定されている役所の体育館へ車で向かった。十二月といっても、日本の冬とは違い、昼間は摂氏二十度ほどで暖かい。汗ばむほどで、窓から入る風が心地よかった。

会場に着くと、顔見知りの高校の同級生や、先輩でユタ大学の学生たちがかなりいた。およそ三百人くらいはいるだろうか。皆、男性の若者である。書類と顔のチェックが終わり、全員、体育館へ集められた。点呼のあと整列させられ、いきなり衣服を脱いで全裸になるように命じられた。

竹中は面食らった。驚きと羞恥《しゅうち》で誰もが互いに顔を見合わせたが、誰かが笑ったのをきっかけに、急に空気がやわらいだ。一堂に会した三百人の全裸は実に壮大だった。

前列に幾つか机が置いてあって、脇に白衣の医師たちが控えている。若者たちは順番に移動し、立ったまま前かがみになって机に手をついた。すると如何にも事務的だというふうに、一定の速度で医師が局所を握り、それから肛門に指を入れて検査をした。その繰り返しが延々と続く。皆、もう好きなようにしてくれという諦めの表情である。性別確認と梅毒のチェックをしているのかもしれないと、竹中は思った。

一九六一年にジョン・F・ケネディが大統領になってから、ますますアメリカはベトナムへのめり込んでいく。その二年後に彼が暗殺されると、副大統領だったリンドン・ジョンソンが後を継ぎ、半年後に米爆撃機六十四機の編隊が、北ベトナムの四基地を空爆したのだった。あとはなし崩し的に関与を深め、とうとう一九六五年三月、海兵隊がダナンに上陸し、大規模な空軍基地を構築した。今やブレーキの効かない車輪と化して、どんどん泥沼の底へ向かって驀進していくのである。

当初は徴兵から大学生は除外されていたのだが、戦況が厳しくなるにつれ、次第に条件が緩められて、とうとう大学生も対象になった。父の松造はいつ息子に通知が来るのかと、不安で仕方がない。

そんなとき、朗報が舞い込んだ。大学の成績がC以上の学生は除外するという決定がなされたのだ。成績はAからEまで五段階あって、竹中はAなので問題ない。

しかし、戦況には誰もが神経を尖らせている。ユタ大学でも何名かの学生が戦地へ駆り立てられた。時とともに悲しいニュースも届いた。知り合いの学生が戦死したり、重傷を負ったという知らせもぼつぼつ入ってきている。竹中は複雑な気持ちだった。

一方、大学生の除外条件はどんどん厳しくなった。そのうち成績優秀者も例外ではなくなり、ただ家族を持つ既婚者ははずれることとなる。この時点で竹中は結婚していたので、ここでも免れるのである。そして今度は既婚者でさえも徴兵されることに改変され、最後に子供のいる場合だけが免除となった。この時もちょうど子供が一人いたので、竹中は又もや戦地へ行かずにすんだのだった。

意図したわけではないし、ましてや政府の方針など予測できるものではない。しかしどのハードルも一つずつかわす結果となり、いよいよ竹中は運命の不思議を感じた。時代は異なるけれど、ジョン万次郎が奇跡的に難破船から助けられたのと、つい重ね合わせてしまう。

彼は攘夷《じょうい》か開国かで揺れる幕末の日本へ帰り、開国へ踏み切ろうとする日本国の大きな転換に貢献した。だが帰途、もし薩摩藩に服属していた琉球に上陸していなかったなら、違う運命を歩んだかもしれない。開明派で西洋の文物に興味があった薩摩藩主島津斉彬だったからこそ、一命を助けられた。下手をして他の藩に捕らえられていたら、即座に打ち首獄門の刑に合っていたこともあり得る。ところが彼は生かされる運命にあった。

——では自分はどうなのか。

ふとそんなことを竹中は考えてしまう。もちろんジョン万次郎とは格が違うのを知りながらも、意気あふれる青年の若さと、社会経験の浅さの両方を引きずる成長途上の中で、漠とした期待と不安を交錯させるのだった。

しかしその後に刻まれた年月は正直だ。運命の出番を確実に用意した。竹中に日本との関わりのある仕事をたっぷりと準備するのである。本人はまったく意識していなかったが、後に日本企業のグローバル化を先導し、さらに海外へ出たその企業の後押しもして、今なお世界を駆け巡っている。

企業が日本立地という鎖国から脱皮し、海外へ目を向けざるを得ない時代の到来を背に、一人の日本人会計士がアメリカに現れた。そしてその肩に、まさに江戸の開国に匹敵すると言っても過言でないほどの高邁《こうまい》な役割を担わせたのである。

さて、結婚を前にした竹中は、アメリカ国籍の取得にとりかかった。コアへの仲間入りをめざすからにはぜひ必要だし、まだ決めてはいないが、もし将来、公認会計士の方へ進むとしたら、やはり取っておいた方がいい。忙しいなか時間を見つけ、必要書類を作成して移民局へ提出した。ちなみに当時は今日とは異なり、会計士や弁護士、医師になるにはアメリカ国籍が要求されたのだった。

国籍を得るためには、アメリカ市民権テストを受けて合格しなければならない。面接でごく簡単な質問がなされると聞いていた。アメリカの歴史、政治、憲法などに関するもので、例えば「アメリカ合衆国の首都はどこか」とか、「初代大統領は誰か」、「大統領選挙で投票できるのは何歳からか」、或いは「アメリカ国歌の名前は?」などである。

そして実際、あまりにも簡単だったので、いささか拍子抜けしたくらいだった。がこれでいよいよ結婚への準備万端が整ったのだと思うと、未来への希望が不意に胸に込み上げ、それが喜びを伴った責任感の重さを呼び覚ました。何だか世の中は自分と昭子のためにあるみたいな大きな気分になった。

とりわけアメリカ人用の真新しいパスポートを手にした時は感無量で、何度も指でなでて感触を楽しんだ。と同時にいまだに結婚に消極的な両親にはいっさい迷惑をかけまいという、自己の独立心への限りない自信が湧いてくるのを心地よく放置した。もちろんこれらはすべて航空便手紙でこと細かく昭子へ報告しているのはいつものことである。

一九六四年、大学三年を終えた長い夏休みの終わりころ、竹中は単身、ロサンゼルスから東京へ向かう飛行機の中にいた。昭子との結婚式は故郷の豊橋で挙げることになっている。――もう七年になるのか。

横浜の桜木町埠頭から船に乗った時の光景が、明確な記憶の断片となって、色鮮やかにまぶたを流れる。コーラもフライドチキンも、懐かしい思い出だ。

あれからあまりにも多くの出来事が身の上に起こった。英語、環境、文化、友人、大学、アルバイトなど、どれもが初物として何の整合性もなく、三百六十度の方向からいきなり田舎者の頭の中へ飛び込んできた。まったく用意もなく無防備だったが、今もまだ途上ではあるけれども、結果的に一つ一つ着実に乗り越え、今日に至っている。

遠い理想や夢を追い求めるというふうな緻密な計画性も余裕もない。ただ目の前にある近い夢をひたすらつかもうと、手を伸ばし、日夜、頑張ってきた。そして何よりもそれを可能にしたのは、昭子という日本人女性の存在だ。時として折れそうになる心の支えになってくれた。その彼女と結婚できる喜びは、言葉では言い尽くせない。

まだ一歩も足を踏み入れたことのないこのアメリカへ、しかも一度も会ったことのない相手のところへ、たった一人で来てくれる。その心細さは並大抵ではないだろう。ただひたすら相手を信じることだけが彼女に出来るすべてであり、確証のない未来の賭けにすべてをまかせるその勇気は、悲壮であるがゆえに強い覚悟で竹中の胸に迫ってくる。

それに年老いた父親を日本へ残していくことの惜別にも耐えねばならない。それなのにそのつらさを一度も手紙に書いてきたことはない。よほどの固い決意に違いないと、それがかえって鋭い刃《やいば》となって竹中の胸に刺さってきた。自分の一生と命をかけて昭子を守らねばならないと心に誓った。

長い飛行時間ののち、ようやく日本に着いた。不思議によく眠れた。頭はすっきりし、疲れもない。

羽田空港から東京駅行きのバスに乗った。まだ早い夕刻だけれど、無数の工場煙突から吐き出される黒い煙で、川崎の空はいっそう薄黒く染まり、どんよりと曇っていた。工業化の代償を払いかねているようだ。

鼻をつくようなきつい匂いと煤煙が、バスのスピードに負けじとばかりの勢いで、窓から入ってくる。我慢できなくなり、急いで閉めた。通りすぎる車窓から見える空間には高いクレーンが林立して、ビルや工場など、高度経済成長を引っ張る建設の足音があちこちで聞こえる。

途中で少し渋滞したが、余裕を残して東京駅に着いた。季節はもう秋で、ロスよりもやや肌寒い感じがするけれど、気分は快適だ。何はともあれ、思いっきりリラックスしたいと、とりあえずカバンを両脇に置いた。人目もかまわず、狭いので両肘を曲げたまま腕を左右に広げて胸を張り、大きく息を吸いこんだ。

これが日本の空気なのか。人いきれなど気にならない。うまいと思った。生まれた古巣というのは、無条件に気持ちを解放してくれる。やはり自分は日本人なのだと、何の混じりけもない澄んだ気持ちでそう確信した。

駅の構内は想像以上に人でごった返していた。ちょうど東京オリンピックが終わった直後だからなのか。まだ興奮と喧騒《けんそう》を引きずっており、大勢の外国人や日本人の観光客が土産物を手に四方八方、目まぐるしく動いている。

丸の内側にせよ八重洲側にせよ、真新しいビルが増え、こうこうと明かりを灯らせて、日本経済の活気を無言で誇示している。この七年のあいだにずいぶん発展したものだと感心した。

人混みを避けながら、新幹線の改札口へ向かって移動した。

——ほう、これが東海道新幹線なのか。

大きな荷物カバンを横に置き、ホームに立った。手荷物も二つあり、かっぱらいに用心した。だがすぐに、「いや、もう七年前の日本ではないぞ」と苦笑する。

人に押されそうになり、顔をぶつけそうになりながら、そこに突っ立ち、あちこちで停車している列車の長い列を飽きもせずにながめた。つい数週間前の十月一日、ちょうど東京オリンピックがはじまる十日前であるが、それに合わせて開通したばかりのほやほやだ。列車は豊橋駅で停車しなければならず、こだま号の指定席をとってある。

やがて待っているホームに、列車が吸い込まれるように一直線に滑り込んできた。あまりのその静けさに耳を疑った。それにホームにあるどの列車を見ても、寸秒の遅れもない。定刻に着いて定刻に発車している。アメリカではとても考えられないことだ。日本の技術力はここまで来ているのかと、自分の目で確認し、誇らしく思った。

　定刻になり、こだま号はアナウンスとともに、音もなく発車した。走行中、体がまったく揺れず、時速二百キロのスピードとはとても信じられない。横浜の辺りまで来たので左方をみやったが、港が見えないのは残念だった。ふとあそこにいた浮浪者はどうしているのだろうと思った。

　豊橋が近づくにつれ、だんだん心の状態が普通ではなくなってきた。夢遊病者とまではいわないけれど、地に足がつかないというのか、上の空のような気分なのである。落ち着かず、何度も到着予定時刻を確かめた。

　昭子とのはじめての対面は、どんなふうに展開するのだろう。彼女の父親や親族への挨拶はうまくやれるだろうか。不安が入れ替わり立ち替わり現れた。そんななか、ノートに記したキーワードや要点を繰り返し復唱するうち、目的地の豊橋駅に着いた。

　ホームに降り立つと、すぐに一人の女性が駆け寄ってきた。手紙で確認し合っていた通り、白いブラウスにスカート姿の昭子だ。写真で見る顔と同じである。咄嗟に竹中は笑いかけたのだが、顔は笑っていない。自分で何を言っているのか分からないほどの心の高まりに耐えながら、

「昭子さんですか」

　と声をかけ、

「征夫です。出迎えていただき、有難う……ございます」

と、かろうじて挨拶の声を絞り出した。と同時に握手の手を差し出そうとしたが、どうも前へ出ない。アメリカでは日常的にやっている行為だが、ためらった。いかに恋人だとはいっても、初顔合わせの日本人女性にそんなことをしていいのかどうか、迷いが出た。

昭子も固い表情の中にぎこちない笑みを浮かべ、勇気を搾《しぼ》り出そうとする懸命さを隠して、上ずった言葉で道中の疲れをねぎらった。脇に置いた手荷物を両手で持とうとしたので、

「いや、それは僕が……」

と、竹中はあわてて手で制した。その拍子に相手の手の甲に指が触れた。一瞬、電気が流れたような心地よい鋭さが体を貫いた。竹中は顔を赤くし、急いでそれを隠すため、一つだけ小さな方を昭子に持ってもらって先に歩き出した。

だがこの指の触れ合いは、意図せずして二人の距離を近づけた。六年間の文通で築き上げられた信頼と愛の確固とした意識が、それ以上の言葉が不要なほどの密度の濃さと迅速さで、互いの感情を一点で結びつけたのである。それからはまるできのう会っていたその続きであるかのように、スムーズな言葉が二人の口から湧き出た。竹中は話しながら、車中で予行演習などしていた自分がおかしくなった。

結婚式は無事終わった。竹中の両親は不在だが、親戚の人たちが出席してくれ、新婦側も父親をはじめ、大勢出て祝ってくれた。

新婚旅行は竹中の姉が嫁いでいる高知へ行った。ジョン万次郎が生まれ育った土地である。彼と一緒になって幕末の日本を変えた坂本龍馬もいたというその土佐を、見てみたいと思っ

たのだ。

旅行の手はずは昭子が整えてくれていた。新幹線と在来線を乗り継ぎ、岡山県玉野市の宇野駅から宇高連絡線で高松へ渡った。道中、竹中はどれもこれもが珍しく、子供のように好奇心を全開し、目を輝かせている。

「旅行はね、小学校の修学旅行で行った伊勢参りまでが一番遠かったんだ」

そのことは手紙ですでに昭子は知っている。だが夫のうれしそうな顔を見て、はじめて聞くかのように耳を傾けた。


アメリカへの帰りは人数が増え、二人である。飛行時間はあっという間に過ぎた。ソルトレイクシティに戻り、契約してあった大学近くのアパートに新居を構えた。貯金の多くは結婚費用や家具調達などで使ってしまい、余裕があるとは言えない状態だ。再び学業とアルバイトの多忙な生活に舞い戻った。だが一家を支えているという自負心が、これまで以上に張りをもたせている。

四年生になり、そろそろ就職活動の時期に入った。子供も昭子のおなかの中にいて、親となる日が近い。竹中は早く内定を取り付けて安心したいと思った。

「となると、潰れる心配のない大企業で、できるだけ給料のいいところにしたいな」

昭子にも異論はない。このところいろんな企業が学生課へ来て、就職説明会を開いている。中でも八大会計事務所（ビッグエイト）やGE、GM、フォード、ボーイングなどが人気の的だった。竹中はその中でGE一本に絞った。就職説明会に一番最初に出席した会社だ。予備面接も順調である。

人事部へ連絡をとったところ、すぐに正式面接の通知状が届いた。商学部会計学科トップの成績であり、体も頑健そのものだ。面接官との応答も好感触で、すんなりと入社が内定した。競争率は高く、級友たちの羨《うらや》む声も聞こえてくる。

竹中もこれで家族は安泰だなと、これまでの頑張りに思いをはせながら、将来の夢をふくらませた。それにこの会社の社員には一流の人たちがそろっている。コア人材である彼らと交わることで自分も成長できるのだ。そう思うと今から胸がはずみ、これまでとは違う質の闘志に心地よく身をまかせた。

数日後、担当のアーサー・ジョンソン教授へ報告をしようと、軽い足取りで研究室へ出向いた。教授は長い顎ひげを指でさわりながら聞いていたが、途中でみるみる顔色が変わった。あいた方の指でコツンと机をたたき、話をさえぎった。

「いやあ、それはどうなんだい。バカな話だと思うけどねえ。君は本当にGEへ行きたいのですか」

竹中はあっけにとられ、ぽかんとして教授を見上げた。

「はあ、とてもいい会社だと思いますけど……」

「はっきり言って、私は反対だね。君は商学部会計学科を首席で卒業したんだぞ。どうして会計事務所へ入らないんだ。公認会計士の資格をとるのが進むべき道じゃないのかね」

「でも……GEでは、会計をやらせてくれると言っています」

教授は瞬時目をつぶり、大きく首を横に振った。説いて聞かせるような口調になった。

「GEとても所詮は企業だ。知っての通り、リストラやクビ切りはしょっちゅうやっている。もし五年後にGEでクビになったと仮定しよう。一方、会計事務所で五年会計士をやっていて、クビになったとしようじゃないか。どう違うと思う？」

「はあ……どう違うかって言われても……」

「はっきり言おう。再就職する時のことだ。会計士の場合、最低でも二倍の給料をもらえるぞ」

再就職のことまでは考えていなかった。それにクビにされるほどの無能だとは思っていない。しかし教え子を思う教授の暖かい気持ちがひしひしと伝わってくる。こんな厳しい顔を見たのは初めてだ。深い考えもなくGEに決めてしまったが、言われてみれば、そうかもしれない。竹中は改めて会計事務所に連絡をとってみようと考えた。

さっそくGEに丁重な断りの電話を入れた。それからビッグエイトに面接を申し込んだ。ところが一週間待っても、どこからも反応がない。どうしたことだろう。催促を入れてみると、どうにか一応、半分の四社だけが会ってくれることになった。他の四社は明確に断ってきた。門前払いである。

先ずは大学の会議室での予備面接だ。そのうちの三社に会ってはみたが、どの面接官にもあまり熱意が感じられない。いかにも時間を消化しているというふうで、脈がないのを認めざるを得なかった。不安と焦りが胸の中に渦巻き、希望の灯《ひ》がどんどん弱くなる。もう最後の一社だけしか残っていない。

面接の前日、その会社から電話があった。急用でユタ大学へは行けなくなったので、ロサンゼルスの事務所まで来てくれないかと言われ、指定日に出かけた。妻の助言を得て、入念に身だしなみを整え、もうここしかないという悲壮な思いで所在地のロスへ出向いた。

場所はすぐに分かった。最近できた総ガラス張りの大きなビルに入っている。エレベーターを降りると、広々とした空間の中央に正面受付が見えた。知的な感じの受付嬢が明るい色調の木製デスクを前に座っている。その横に待合用の瀟洒《しょうしゃ》なソファーが置かれ、グレーのじゅうたんが格調高く敷きつめられていた。凝縮《ぎょうしゅく》された活気が静かに満ちている。

――会計事務所とはすごいところだな。

竹中はわけもなく圧倒された。ふとこんな環境で働いている将来の自分を想像し、湧き立つ希望で胸が熱くなった。ジョンソン教授にもいい報告が出来るよう、面接を頑張らねばと気を引き締めた。

面接官は最初に一緒にオフィス内を歩き、職場を簡単に案内してくれた。あまり人を見かけない。

「皆、監査や調査に出かけているんですよ」

と、先回りして説明してくれた。机の上の書類もきちんと整頓されて、それらの何もかもが好印象を与えた。

面接がはじまった。相手の質問にはメリハリがあり、これまでの消化じみた流れとは違う雰囲気である。手ごたえがある。だが進行するにつれ、期待と不満が並列するようにして、ともに増幅してきた。採用の可能性の細い糸は見え隠れするのだが、どうやら一、二ヵ月後には日本へ送り込まれることが分かったのだ。要するに日本要員なのである。

竹中は無難に応答しながら、その実、心中では悩んでいた。もしこの会社へ入社すれば、ほとんど最初から日本で仕事をしなければならない。自分はアメリカ国籍を持つアメリカ人だけれど、心は日本人である。日本を愛する気持ちに変わりはないが、アメリカ人のコアと交わる中で会計士として成長したいと念願している。もしすぐに日本へ行けば、その機会を失うことになる。これは困ったことだ。

しかしそんなことを口に出せばきっと印象を悪くし、落とされるだろうと思った。贅沢を言える立場ではない。ビッグエイトでは、もうここしか可能性はないのだ。少しでも冷静な観察をしたなら、取るべき態度は自明である。そう思い至り、ベストを尽くして面接を終えたのだった。

感触は悪くはなかった。だがすぐに日本へ行くことには、やはりためらいが残る。

――受諾すべきか否か……。

その日、あくる日と、迷いを引きずりながら返事を待った。

ところが三日目に、思いがけない速達が届いた。不合格通知であった。ひょっとしてという期待があっただけに、落胆は大きかった。あれほど迷っていたのに、いざ落ちたと分かる

たくなった。と勝手なもので、ひどく落ちこんだ。日本はイヤだと、そんな贅沢を言っていた自分を嗤《わら》い

学校へ行っても、就職先の決まった級友たちの顔がやけに幸福そうに見えた。成績上位の人たちは、いろんな会計事務所から声がかかり、どんどん決まっていった。十五番や二十番の学生でさえ、面接の声がかかっている。

――どうしたのだろう。

焦りはとめどもなく広がっていく。ひょっとして自分が日本人で有色だからなのか。そうは思いたくないけれど、白人ばかりが採用されている。このままでは会計事務所は無理かもしれない。GEを早々と断ってしまった後悔が胸に去来した。

いやいや、自分はやはり会計士をめざそう。ジョンソン教授にも約束をしたことだ。ビッグエイトがダメなら、中小の事務所があるではないか。

ところがそう考える矢先から、又もや未練がよみがえり、振り出しに戻るのである。ビッグエイトへの憧れは大きい。彼らと切磋琢磨《せっさたくま》する機会がなくなるのかと思うと、たまらなく無念で、悔しいのだ。

ああだこうだと迷ううち、時は容赦なく過ぎた。大手会計事務所の入社枠がどんどん狭まってきた。焦りは募る一方である。中小の門をたたくかどうか。

だがどうしても諦めがつかず、堂々巡りが続いたが、そんな迷いと焦りの中から、もう一度ビッグエイトに挑戦してみたい気持ちがふつふつと湧いてきた。一度は断られたけれど、

諦めるには後悔が大き過ぎる。再度、当たってみよう。ダメでもともとだ。

そう決心し、ロスまで出かけた。片っ端から採用担当部門を訪問して面談を依頼した。これまでの就職活動の経緯を正直に話し、それでも会計士になりたい意思を訴えた。

そしてことごとく断られるなか、ついに朗報に巡り合ったのである。ビッグエイトの中でも最大のクラウン会計事務所の担当者が、竹中の誠実さに打たれたのか、或いは境遇に同情したのか、耳寄りなアドバイスをしてくれた。しかしこの会社からは以前、面接の申し込み段階で門前払いを食らっている。

担当者は履歴書と大学の成績表を見ながら、

「一度、国際リクルーティングの責任者と会われますか。ジム・トンプソンというんですがね。アメリカも含めた全世界の責任者です。近くユタ州へ行く予定になっていますので」

ユタ州ブロボにあるBrinham Young Univercity（BYU）へ面接に行く予定だという。BYUはモルモン教の大学で、語学に堪能な学生が多く、宣教師として多数の卒業生が海外へ派遣されている。クラウンは語学が出来る会計士志望者を求めているのかもしれない。もしそうなら、ひょっとして自分にも可能性があるのかもと、竹中はせっぱ詰まった思いで面接のセットを依頼した。

当日はトンプソンとソルトレイクシティ空港の出発ロビーで待ち合わせた。夕刻の遅い時間帯だ。若い同行者が一人いて、チャールス・リーズと名乗った。身長百九十センチを超える大男である。ロス事務所のリクルーティング責任者だという。

立ったままでの挨拶がすむと、近くのコーヒーショップに入った。BYUからロスへ帰る途中でのあわただしい面談である。

ともかく騒々しい。空港のアナウンスや乗降客らの声が、様々な音域と強弱を混ぜ合わせ、しかし不思議に一定のトーンを保ちながら、たえず空間を飛び交う。落ち着いた雰囲気とはほど遠く、猥雑《わいざつ》な忙《せわ》しさが舞っている。外国からやってきたらしい数十名の団体客が、大声でわめき、通路に広がってカバンをごろごろ引っ張っていった。とても面接にふさわしい雰囲気とはいえない。

トンプソンは竹中と対面で話しながら、出発時刻が気になるのか、通路の高い天井からぶら下がった丸い時計に時々、目をやっている。リーズは一言も発せずに、横で控えたままだ。興味がないのだろうか。竹中は強まってくる落胆を押しとどめるのに苦労した。肝心のトンプソンが、どうも気が散っているような感じがしてならないのだ。考えたくはないけれど、そんな気がする。残念なことだが、これまでどの会計事務所の面接官にも同じような傾向がみてとれた。

それに学科のことをまったく質問されないのも気にかかる。日本での子供時代の生活や、大学生活のこと、会計士になって何をしたいのかなど、時々、日本語で話すように指示されたりして、残り少ない面接時間をつぶしている。

どうせダメで元々だ。そんな開き直りのような捨てばちの気分が竹中の中に蔓延し、その勢いに乗って、思いきって尋ねてみた。尋ねたというより、自嘲《じちょう》気味に確認を求めた。

「時期も時期だと思います。もうほとんど採用は終了したのでしょうね」

トンプソンはニヤリと笑った。

「図星だね。今日、BYUで二名、決めてきたところです。実をいうと、もうこれで採用枠五十人のうち、四十九人が埋まっています」

「というと、あと一人……ということですか」

竹中はがっかりした。あと一人だなんて、とても受かりそうにない。宝クジを当てるようなものだ。どうせ今回の面接も冷やかしなのかもしれない、と思った。

ところがどうしたことか、それほど落胆していない自分に気がついた。深刻な失望を覚えていない。悪い知らせにはもう慣れっこになっているからなのか。あまり打撃でないのには我ながら不思議で、負け犬根性に慣れたそんな自分にイヤな気持ちがした。そのくせ相手の反応が気になった。

トンプソンは正面から竹中を見すえた。返事に代えて、目尻に素早くウィンクをこしらえ、残り一人であるのをためらいもなく肯定した。そして脇にいるリーズに快活な声を投げた。張りのある声とともに、ぱっと光が射したようなその明るい瞳に、竹中はおやっと思った。

「日本語はこれからの武器かもしれないな。一つ彼をアメリカで鍛えて、いずれ日本事務所で使ってみるというのはどうだろう。君は使う気はあるかね。あとは君次第だな」

「そうですね。ちょっと考えさせて下さい」

そうリーズは答え、イエスともノーとも分からないような穏やかな笑みをこしらえた。トンプソンは小さくうなずき、再び竹中の方へ顔を向けながら言った。

「ミスタータケナカ。アメリカ人会計士って、皆、高等教育を受けているんだけど、案外、外国語を話せる人は少ないんですよ」

それは竹中にとって心強い援軍の言葉に聞こえた。日本語を話す自分にチャンスはあるぞというサインなのか。

そう思った次の瞬間、リーズの言葉がしっかりとそれを肯定した。

「よっしゃ。決めました。ミスタータケナカにクラウンへ入社していただきましょう」

こうしてあわただしい空港のコーヒーショップで竹中のその後の運命が決まったのである。最後となる五十番目の合格者に辛うじてすべりこんだのだった。

九死に一生を得るとはまさにこのことか。リクルーターのトンプソンが国内ではなく、国際部門の責任者だったことが幸いしたのかもしれない。リーズが同席していたことも幸運だった。竹中は幾つもの思いがけない運命の重ね合わせに感謝した。

それに何よりも、ロスのクラウンを訪ねた時の担当者の配慮が有難かった。トンプソンとの面接情報を耳打ちしてくれた。あのとき国際部門の担当者と会っていなかったら、どうなっていただろう。一番最初に面接を依頼した時は、たぶん国内担当の人だったのかもしれない。あっさりと門前払いを食らっている。人間の運命というのは、ほんの薄紙一枚のところで決まるのかもしれないと思った。

自分がアメリカへ来たことだって、もし父のホテル経営がうまくいっていなかったなら、家族を呼び寄せることはなかっただろう。人生とはこういうものかもしれない。

何か運命という絶対的な人生の大枠が、自分の関知しないところで用意されていそうな気がする。だからこそその絶対的な何本かの枠と枠のあいだに漂う間隙《かんげき》の時間は、大事である。これだけは与えられたものではなく、自分の時間なのだ。わずかだが、自分の意思で制御《せいぎょ》できる自由な時間なのだ。だから自分で絵を描き、自分の意思で精いっぱいこの間隙を生きていかねばならない。竹中は感覚の浮遊するまま、そんなことをとりとめもなく考えた。そしてまだ漠然とだが、先に広がる無限の未来に希望を託すのだった。

その後入社してから竹中は、自分がクラウンで最初の日本人社員だったことを知る。そして以後、会計という武器を手に、五十年近く経った今もアメリカをホームグラウンドにして、日本を思いながら世界を奔り続けているのである。

一九六五年六月、大学を卒業すると、時を移さず妻と子供一人を連れて、ソルトレイクシティから会社のあるロスへ引っ越した。車の頭金とアパート代を支払ったら、手持ち現金はわずか五百ドルしか残らなかった。そのうち出社する日が来たのだが、朝、出かけようとすると、

「あら、もう一ドルも残ってないわよ」

と、昭子のおかしさをこらえた声がして、振り向いた竹中も思わず吹き出した。昭子がカラになった財布をゆらゆら振っている。晴れの記念すべき初出勤は、文無しのエールで送られたのだった。

9　本田宗一郎と語る

一九五九年九月二十六日の夕方から夜中にかけて、巨大な台風が日本の紀伊半島と伊勢湾の沿岸を襲った。伊勢湾台風である。とりわけ伊勢湾に面した愛知県では、瞬間最大風速五十五・三メートルを記録し、高潮、強風、河川の氾濫で、甚大な被害が出た。愛知県だけでも死者行方不明者は三千三百名以上に達した。

ちょうどそのとき、ロサンゼルス市議会の議員たちが名古屋でこの台風に遭遇し、惨状を目の当たりにした。彼らは急遽、日本訪問の日程を切り上げて米国へ帰国し、援助物資を募った。日系人を中心にあっという間に市民からの同情が集まり、物資に加えて見舞いの現金も合わせ、素早く名古屋市へ贈ったのだった。

それが縁となり、名古屋は恩に着て、ロスと名古屋は姉妹都市（Los Angeles Nagoya Sister City Affiliation 略称ランスカ）となる。現在も高校生や教師の相互派遣、両地での祭の開催などが行われている。これらはすべて民間のボランティアがやっていて、行政当局からの資金援助はない。個人や団体の会費と寄付でまかなわれているＮＰＯ（非営利団体）である。

一般にアメリカでは多くの市民がNPOに加入している。社会貢献や慈善活動をする市民団体のことだが、とりわけ大企業のトップや弁護士、会計士、大学教授、医師など、社会の上層部の人たちは熱心に活動をしている。日本のトップ層がゴルフ場で週末を過ごすのとは雲泥《うんでい》の差だ。

竹中も一九六八年、二十六歳の時にランスカの会員になっていた。名古屋は故郷の豊橋に近いし、日系人の一人として進んで加入した。多忙な中の休日をボランティアで組織運営に参加するのだが、そこで付随的にいろんなビジネス上のメリットを得た。

ロサンゼルス市とのパイプが出来たし、地域の有力者たちとも懇意になれ、様々な情報が入ってくる。しかしそれ以上の直接的なメリットは、ビジネスの関係だ。ランスカには東海地区に本拠を置くロス在籍の日本企業が、大勢会員になっている。会員同士は自由に話せるので、竹中も積極的に彼らにコンタクトし、知己を得た。東海銀行やデンソー、ノリタケなどがクラウンの顧客リストに名を連ねたのも、ランスカのお陰だと、竹中は感謝している。

そんなランスカに思わぬ訪問客があった。一九七五年九月末、フォード大統領の招待で、昭和天皇が二週間の予定でアメリカへ来られた。その折、ロサンゼルスへ立ち寄って、ランスカの事務所を訪問されたのである。

ランスカの委員長はロサンゼルス市長が任命することになっている。たまたまその時は竹中が拝命していた。天皇陛下と話す市長のプルーデント・ビュードゥリイの横で、竹中はかしこまった姿勢で会話を拝聴した。その夜、帰宅すると、待ちきれないとばかりに興奮気味

たのだろう。

に妻と母に話したが、母はまったく信じない。

「何をとぼけたことを言ってるんだね。ほらを吹くのもいい加減にしなさいよ」

大正生まれの母にしてみれば、息子が天皇陛下の側に近づけるなんて、想像も出来なかったのだろう。

また、カリフォルニア州が取り持つ縁で、本田技研工業の創始者である本田宗一郎と、直接、四時間ほど話し込んだこともある。一九八三年（昭和五十八年）の夏だった。その時に竹中が受けた衝撃はあまりにも強烈で、宗一郎の言葉の数々が心の中にどっしりと根を下ろした。

そしてその根は消えることはなく、むしろ時とともに心中に次第に張り巡らされ、人生の大きな決断をさせる。会った六年後に長年世話になったクラウンを辞めて独立し、竹中パートナーズを設立したのである。

宗一郎がロスを訪問した当時、大気汚染に悩むカリフォルニア州は、排ガス技術に優れる日本の自動車メーカーが工場進出してくるのを歓迎した。本田技研も前年にオハイオにアコードの四輪車生産工場を建てたばかりで、目はアメリカ、とりわけ排ガス規制に厳しいカリフォルニアに向いていた。

少し前のその年の初夏、宗一郎は十年間務めてきた取締役最高顧問の座から取締役を降り、無役の終身最高顧問となった。それを機に、アメリカで働いている本田技研の社員たちにそれまでの感謝の気持ちを伝えたいと、政治評論家の藤原弘達を連れ、アメリカ訪問の旅に出た。そのときにカリフォルニア州のサクラメントへ来て、ジュリー・ブラウン知事と非公式なランチ会食を共にしている。

ジュリーの父、パット・ブラウンも以前知事を務めていて、宗一郎とは既知の間柄であった。その関係もあり、息子のジュリー・ブラウン知事も宗一郎を歓迎し、ランチの席を設けたのだった。

一方、知事は州商務省のアジア関係のアドバイザーをしていた竹中に、通訳を兼ねて同席するように頼んだ。たまたま秘書が竹中の親友だったこともあり、彼から依頼を受けた竹中に異存はない。こうして知事と宗一郎、藤原弘達、そして竹中の四人のプライベートランチがセットされたのである。

定刻の正午、竹中が待つサクラメントにある高級カリフォルニア料理レストランへ、宗一郎と藤原がやって来た。

年齢から一目で宗一郎と分かった。七十六歳とは聞いていたが、何と若く、生き生きとしていることか。顔には健康色の艶があり、眼鏡の奥に控えたやや下がり気味の眼は、独特の力強い輝きを帯びている。目尻に人懐っこそうな笑みをたたえているけれど、見る角度によっては苦労を凝縮した厳しさと、同時にそれを克服した自信が刻まれている。

大を成した人物とはこういうものかと、竹中は尊厳な威圧に耐えながら、立ったまま、丁重に初対面の挨拶を交わした。それから皆はウェイターに案内されて、予約していた個室のテーブルについた。竹中は日本式に頭を下げた。

「申し訳ありませんが、ブラウン知事が少し遅れるそうです。ちょうどたった今、議会が開かれていまして、もうすぐ参ると思います」

と緊張気味に謝った。宗一郎は気さくに答えた。

「いや、まったく問題ありませんよ。議会ってのはさ、どこの国でも同じでしょ。定刻に終わることは滅多にありませんからね」

藤原もうなずいている。だが竹中は気が気ではない。いったい何を話せばいいのか……。間をもたすのが大変だ。四十歳そこそこの若造には荷が重い。とりあえず日本企業の対米進出の状況とか排ガス規制の問題とか、当たり障りのないトピックスを話してみるが、相手の興味を引いているとは思えない。

二十分が過ぎ、三十分が過ぎた。竹中は「エクスキューズ・ミー」と言い残して電話のところへ行き、小声で秘書を呼び出した。秘書はすまなさそうな声で、まだ議会が終わりそうにないと告げた。竹中は引き返し、宗一郎にありのままを話して謝った。消え入りたい心境である。

「この混み具合だと、仮に今、車で向こうを出ても、半時間はかかるでしょう」

「お気遣い無用にして下さいよ、竹中さん。遅めの朝食でしたから、腹はこの通り、大丈夫です」

そう言って、ぽんぽんとわき腹をたたいた。竹中はまた頭を下げた。こちらの気持ちをさり気なく汲み取ってくれている。感情の機微を読み取る細やかな神経と、先ほどからのべらんめえ口調の磊落《らいらく》さが不似合いで、相手を戸惑わせるが、それがかえって人間の深みと幅を広げているように思った。ウェイターをよび、ビールとつまみを持ってこさせた。

ともかく時間稼ぎをしなければと、今度はランスカの話題を持ち出し、昭和天皇にお会いしたことを話した。藤原弘達が興味を示し、しばらくそのことで花が咲いた。

かれこれ一時間くらい待ったが、まだ現れない。議会が紛糾し、終わりそうにないという。秘書から、見通しがたたないので先に食事をしてほしいと言われたが、三人で相談の結果、もう少し待ってみようということになった。

この時分には三人のあいだの雰囲気も打ち解けたものとなり、竹中もすっかり遠慮が消えて、ずっと抱いていた疑問を宗一郎に尋ねる余裕ができた。

「ぶしつけで恐縮ですが、一つお尋ねしてもいいでしょうか」

「ほう、何かね」

「このたび取締役をきれいにお辞めになられ、びっくりしました。何か理由がおありなのですか」

宗一郎は「ふーむ」と言いながら、遠くを見るような仕草をした。そしてやや置いたあと、急に眼に光をため、力強く竹中を見返した。

「若い人は元気があっていい。確かにぶしつけな質問だな。だから俺もぶしつけに答えようじゃないか」

そう言って、白い歯を見せ、ニヤリと笑った。

「俺はね、元来、機械いじりの職人さ。子供時代は飛行機が好きだったな。浜松高等工業で三年間、金属工学を勉強したよ。それから二輪車をやって、あちこちで起業しては失敗して、そんな繰り返しだったなあ」

そしてビールのグラスを引き寄せ、うまそうに一口飲んだ。竹中はうなずきながら、合いの手を入れた。

「その失敗が今日の成功を呼んだということでしょうね」

「そうなんだ。失敗は成功の母とはよく言ったもんだ。そのことで一つ訊くけど、お前さんは、失敗せずに問題を解決した社員をえらいと思うかね。もし同じ時間で十回失敗した後に解決した人がいたら、どう思う？　俺はね、あとの失敗した人を選ぶよ」

「ほう、それはどうしてですか。失敗しなかった人は、事前に緻密な計画を立てていたからこそ、無駄な労力を使わずに解決したと思われませんか」

「それは理屈というものだろう。同じ時間なら、失敗した方がずっと苦しんでいる。その苦しみが知らず知らずのうちに根性になり、人生の飛躍の土台になると俺は思っている。見たところ、お前さんはまだ若い。これからの人生だ。チャレンジした場合の失敗を恐れるんじゃなく、何もしないことを恐れることだ」

竹中は聞きながら、今の仕事に漠然と重ね合わせていた。少なくとも自分は失敗を恐れてはいない。だが幸か不幸か、あまり失敗なしに成功を積み重ねてきた。ただ人の何十倍も努力をしてきたのは事実だ。その結果、今日の筆頭パートナーという地位を得て、プロジェクト・ジャパンを日々、強化していっている。このことに悔いはない。むしろ意気に感じて、前進また前進の勢いで走ってきた。だが目の前のこの成功者は、むしろ失敗することを勧めている。

――これはどういう意味だろう。

含蓄のある言葉には違いなかろうが、この時の竹中にはまだぴんとこないところがあった。

窓外には花壇が広がり、大小のカリフォルニアローズが、競い合うように深紅やブルー、淡いピンクの花を咲かせ、生の盛りを見せている。宗一郎はローズから視線を戻すと、ふと思い出したように、

「お前さん、『やらまいか』という言葉を知ってるかね」

と言った。

「あ、それ、『やろうじゃないか』という静岡県西部の方言でしょう。何かチャレンジする時に、私もよく使いましたよ。私はその近くの豊橋出身なんです」

「ほう、豊橋？　これは愉快だ。じゃあ、今から遠州弁で話すかな？」

そう言って、また白い歯を見せてハハハと笑った。

「俺はね、エリートという人種は好きじゃない。彼らは何でも頭の中で答えを出しちゃう。人間社会ってのはさ、頭通りにはいかないものだ。やってみなきゃ分からない。だから『やらまいか』精神なのさ。やりながら工夫して考えていけばいい。チャレンジしてダメならま

た考える。失敗してダメならまた考える。それでいいと思うね」

脇から藤原が口をはさんだ。

「で、どうなんですか。竹中さんの質問への答えは……」

「えっ、何だっけ？」

「どうしてあっさり取締役を辞めたのかと……」

「あ、それそれ。思い出すね。最初の頃はさ、俺一人でスパナをたたいて研究開発をやっていた。だけどだんだん部下が必要になって、そのうち会社がどんどん大きくなった。気がついたら経営者に祭り上げられていたよ。そしたらどうなったと思う？」

竹中は分からないというふうに横に首を振った。

「俺は創業者だろう。会長を辞めて顧問になっても、取締役でいる限り、皆はどうしても俺を見上げてしまうんだ。本当は社員も俺も、水平に真っ直ぐ見られるようでなくちゃ、いい議論は出来ないし、いい考えも出てこないよ。だからパイオニアは早く辞めなきゃと、無役になったのさ」

宗一郎はいつになく饒舌《じょうぜつ》だった。故郷も近い竹中に好印象を抱いたようで、この機会に自分の人生のエキスを贈っておきたいと、損得感情などとは無縁の善意の気持ちで接しているふうだ。竹中にもそれが感じられ、知事の到着遅れで宗一郎と時間が持てたことに、今は感謝さえしている。

——でもこの人は、本当は今でもスパナをたたいていたいのだろうな。

宗一郎の時として鋭く光る眼を見ながら、ふとそう思った。そしてその瞳に一瞬、寂しげな影が現れたのを見逃してはいない。恐らく経営者としての現役ではなく、菜《な》っ葉服を着た現場作業所の現役として、智恵と汗を流していたいのかもしれない。その証拠にこんなことも言った。

「皆は社長になりたがっているけど、どうなんだかね。社長なんて、偉くも何ともないよ。部長や課長、包丁、盲腸と同じなんだ。要するに命令系統をはっきりさせる記号に過ぎないんだよ」

竹中はつられて思わず笑ったが、「じゃあ、自分のスパナは何だろうか」と、心の片隅でぼんやりと自問した。

藤原が間髪を入れず、おどけ気味に、宗一郎を見ながらこんなふうに補足した。

「いつだったか勲一等瑞宝章を受けられた時のことですが、その授賞式に、この人は真っ白なツナギ（作業着）で出ると言い張って、きかなかったんですよ」

「ああ、あれかね。技術者の正装はツナギだってこと、誰でも知ってるはずだよ」

「でもねえ、時と場所ってものがありますよ。で結局、周囲が必死で説得して、仕方なく礼服で出席されましたけどもね」

宗一郎が照れくさそうに手のひらを軽く振りながら、

「まあ、そんなこともあったな」

と話を打ち止めた。

会話は和《なご》やかに進んだが、肝心のホストがなかなか現れない。議会が延びに延びて、終わりそうにないのだ。竹中は店のチーフのところへ行き、事情を告げて遅れを詫びた。その腹の出たチーフは知事とは懇意らしく、「ノープロブレム（問題ないよ）」と言って、快く時間延長を受け入れてくれた。

二時間ほどが過ぎたところで、ようやく秘書の意向にしたがい、三人は食事をすることにした。

そして結局、ブラウン知事が到着したのは三時間あまりも経ってからだった。知事は主客を待たせたことに心の底から謝罪し、自身はサンドイッチを注文して話に加わった。宗一郎も藤原も、超多忙の中を馳せ参じてくれた知事に逆に感謝した。

竹中は安堵するとともに、その一方では、雲の上の人のような大事業家から三時間ものあいだ話を聞けたことに、何だか思いがけなく儲けたような幸福感をかみしめた。だがこの三時間の独占的会話とその後の知事も交えた一時間ほどの歓談は、この時点ではまだ竹中は気づいていなかったが、六年後、彼の運命の行く末を一変させるのである。

◇ ◇ ◇ ◇ ◇ ◇ ◇ ◇ ◇ ◇

丸八真綿《まわた》という会社が浜松市にある。相撲取の高見山（引退後、東関《あずまぜき》親方）を起用し、「寝てみーにゃ分からんで」という台詞《せりふ》のテレビコマーシャルで茶の間の話題になった。羽毛布団《ふとん》や羊毛布団などの寝装寝具を製造し、訪問販売をしている。海外進出にも積極的で一九八二年から数年のあいだにかけて、サンフランシスコやサンノゼなどに次々と販売店をオープンした。オーストラリアにも工場をもっている。

竹中がこの会社を知ったのは偶然である。日本へ行ったとき親しかった昭栄監査法人の友人から、

「うちの顧客で丸八真綿という会社があるんだけど、一つ彼らに講演をしてもらえませんか」と依頼を受けた。近く社員が三百名ほどアメリカへ研修旅行に行くので、その時にアメリカ市場について講演をしてほしいというのだ。それが縁で社長の岡本八二やその息子で専務の岡本一八と懇意になった。ちなみにこの旅行は毎年行われている。

最初、大きなスーツケースを引きずってぞろぞろ歩く三百名もの軍団を見て、竹中は目を丸くした。旅行社の添乗員以外に、社長と専務が引率している。こんな散財をやって、果たして会社は大丈夫なのか。講演が終わり、別室で雑談になったとき、専務の一八に訊いてみた。

「この質問、竹中さんだけじゃなく、皆さんからもよく訊かれるんですよ。でも投資効果は絶大です。国際感覚、国際感覚といくら口で唱えても、馬の耳に念仏。実際、海外拠点を見せ、人々の生の生活を見せて実感させるのが一番の教材なんですよ」

この時の竹中の講演が気に入ったのか、社長の八二は翌年から講演のみならず、研修日程のアレンジも竹中にまかせた。竹中も時間が許す限り同行し、誠心誠意それにこたえた。

講演テーマも「アメリカ人といっしょに働く困難さとは」とか、「日本人から見たアメリ

カのライフ・スタイル」、「アメリカにおける中小企業のライフ・スタイル」、「アメリカの消費者像」など、興味を引きそうなものを打ち出した。

社長の八二は或る意味、変わっていた。お世辞がまったく通じず、むしろ露骨に不快な顔をする。対人関係の柔軟さがないというのではない。心にもないほめ言葉や偽りの謙遜を直感的に見抜く恐さをもっているのだ。人間の本質を見通す力とでもいおうか。それに加え、古い日本人魂特有の一徹さと、こうと思い込んだらそれをやり抜く意思の強さがあった。

竹中はそんな強烈な個性に惹かれた。懐かしい人に出会ったかのような郷愁を伴いながら、過去という時間の中に置き忘れられた本来の日本人像を、思い出させてくれるのだ。これという用事がなくても、訪日した時はハワイ産のチョコレートを手土産に、よく横浜の営業本部や時には浜松の本社にいる八二のもとを訪れた。

以心伝心とでもいうのか、八二の方でもいつの間にか竹中の前向きな姿勢と誠実さに打たれていく。この人物を一人前にしたいという男気を抱くようになった。浜松と豊橋という地縁も一役買っているのだろう。一銭の得にもならないのに、会うたびに人生訓や経営のノウハウを説いて聞かせるのだった。

「竹中、お前はいつも前向きでニコニコしているなあ。お前の魅力はそれだ。苦虫を噛み潰した顔を見せるなよ」

そうおだてたかと思うと、説教も忘れない。

「俺はなあ、若い時分には先生が何人もいてな、いろいろ教えてもらったもんだ。だけど皆、年上で、今はあの世におられる」

「先生はいなくても、もう社長は完成されているじゃありませんか」

「たわけたことを言いなさんな。俺はまだまだ未熟だ。だから今は本を先生にしている。お前もせっせと読むことだな」

実際、時間があれば八二は本を読んでいる。或るとき、こんなことも言った。

「あ、そうそう。人間ってのはな、どんな偉い人でも、半人前だってことを知ってるかい？」

「はぁ？　意味がよく分かりませんけども」

八二は如何にもそうだろうといわんばかりに、鼻の両側に小じわを寄せ、前歯を見せて得意そうな表情をした。

「お前もそうやが、お前がこれは優秀だといって連れてくる連中、皆、顔の前に二つの眼しか持ってない。こんな人間は半人前や」

「そりゃあ、三つもあったら化け物でしょう」

「確かに神は二つしか眼をくれてない。でも一人前になろうと思ったら、成功者になろうと思ったら、後ろにも二つの眼を持たなきゃだめだ」

そう言って、ソニーの創業者井深大には盛田昭夫、本田技研工業の本田宗一郎には藤沢武夫らの補佐役がいて、しっかりと後ろの眼の役目を果たしている、というのだ。

「だからお前を見ていると、将来が心配でしょうがないわ。一人でバズーカ砲を打ちまくっているんだから」

脇で黙って聞いていた専務の一八は、にやにや笑っている。彼が八二の後ろの眼なのだろう。竹中は改めて八二の洞察力の深さと経営力を認識するのだった。

これに関しては、こんなことも竹中に言っている。

「人間の本質を知れるようになるのは、並大抵じゃあ出来んぞ。それには三つの体験が必要だ。第一に死ぬほどの病気をしたか。第二に会社を倒産させたことがあるか。第三に刑務所に入って臭い飯を食ったか。どれもつらい経験だが、中でも第二の倒産ってのは寂しいもんだ。人間の心の奥が見えてくる。皆、あっという間に逃げてしまうからな」

「いやあ、とても私はこの三つをクリアできそうにないですね」

「そりゃあそうだろう。お前が刑務所へ入ったら、俺が悲しむわ」

そう言って、豪快に笑った。

いつか竹中は八二から、死ぬほどの病気からよみがえったことがあり、また父の会社を倒産させた経験があったと、聞いたことがある。だが三番目の刑務所については、今、なぜか尋ねる勇気がなかった。

さらに別の機会だが、竹中が驚かされた台詞がある。以前、息子の一八に海外研修の目的を尋ねた時に、横にいた八二が彼に代わって面白いことを言った。

「もちろん目的に社員教育はあるさ。だけどそれだけじゃない。彼らは歩合制で儲かっている。懐にはカネがじゃぶじゃぶ唸《うな》ってるんだ。しかしこのままじゃあ困るのよ」

「ほう、どうしてですか」

「訪問販売の営業マンってのはな。あまりカネを持たせると、働かない。いつもハングリーでなきゃいかんのだ。だからこうしてアメリカへ来て、じゃんじゃん土産物を買って、使わせてるんだよ」

竹中は八二ならではの意表をついた冗談交じりの切り口に、何だか煙に巻かれたような、それでいてすがすがしいものを感じていた。とにかく豪快で素直で発想が面白い。常識からはずれたところで、人間の本性を突くのである。そういえば、竹中が高見山のテレビ宣伝に触れたとき、こんなふうに答え、竹中はさすがだなと感心したことがある。

「宣伝広告はね、布団を売るためにやってるんじゃないんだよ。分かるかい？」

「はあ？」

「ぶっちゃけた話、うちの会社は第二の人生道場なんだ」

「えっ、人生道場？」

「そう。訪問販売のセールスマンってのはな、前の人生で失敗した人たちが多くいる。だから彼らに立ち直ってほしい。俺はそう願っている。彼らが顧客の家を訪ねたとき、胡散臭《うさんくさ》い眼で見られるのは堪らなくつらいことなんだ。だけどな、『あ、テレビで見た布団の会社ですか』と、客から言われた時はうれしいよ。信用されているんだと、セールスマンもほっとして、ヤル気が出るんじゃないかな。俺はそう思っているんだ」

八二は一息ついて、もう一つあると続けた。

「それは求人だ。広告をやっているとな、いい会社じゃないかと、大学生が入社してくれる。

有難いことだよ」

竹中は八二を勝手に自分のメンター、つまり助言者であり、指導者だと思っている。仕事の損得なしで、忙しい時間を割いて、親身になって教えてくれる。いつ行っても、イヤな顔をせず、迎えてくれるのだ。自分ももっと多くを学び、いつかこのような人間になりたいものだと、漠然と将来の姿に思いを馳せた。

◇ ◇ ◇ ◇ ◇ ◇ ◇ ◇ ◇ ◇ ◇ ◇

日比谷国際に拠点を置くプロジェクト・ジャパンの仕事は企業買収だけではない。よろず経営相談でも竹中は走り回っていた。

アメリカ人はピクニックやキャンプなどの野外活動が好きな国民である。バケーションや週末には、キャンピングカーに乗って家族でアウトドア・ライフを楽しむ。そんなとき必ず持参するのがケロサン・ストーブなのだ。

これは日本製の小型ストーブで、持ち運びに便利だと、はなはだ好評である。名古屋に本社を置き、「トヨストーブ」で有名な豊臣工業（現トヨトミ）が製造販売していた。今やアメリカ市場はケロサン・ストーブがほぼ独占している。

その販売代理会社を興して成功させたのは、ロス在住の、元某航空会社のパイロット、トニー・ブライトだった。たまたま日本で買った小型石油ストーブをキャンプで使ってみたら、便利で性能もよい。それを見て仲間たちも欲しくなり、ブライトが日本へ行くたびに買ってくるように頼んだ。ブライトも気をよくし、大量に仕入れてはアメリカで売りさばいた。

「こんなに売れるのなら、いっそのこと販売代理店になってみたらどうか」

家族でそんな声が上がり、ブライトもその気になって、或る日、名古屋の豊臣工業を飛び込みで訪れた。経緯を詳しく話し、

「ぜひ御社の製品をアメリカで売らせてくれませんか」

と懇願した。応対していた営業課長はあわてて部長を呼びに走り、部長はまた上席の役員を呼んだ。そんなうまい話があるのだろうか。役員は半信半疑のまま、しつこくブライトに尋ねた。

「困りましたな。にわかに言われても、答えようがありませんね。本当にそれだけの需要があるのですか」

ブライトは大きくうなずくと、アメリカのレジャー別人口の表を見せ、項目ごとに詳しく説明した。長身の堂々とした体躯で、声も大きく、自信に満ちている。

脇にあった白紙の上にアメリカの地図を素描し、そこに主なキャンプ地やキャンピングカーの宿泊所などをびっしり書き込んだ。数字もそらんじていて、すらすらと出、頭もよさそうである。

「アメリカは広大な国です。日本の面積の二十六倍もあるんですからね。これだけの広さの中を二億四千万人が旅行するのですよ。小型ストーブはいくらあっても足りませんな」

ブライトの帰国後、社内で討議した。答えはすでに出ていた。わざわざ苦労してアメリカ

まで出かけて代理店を探す必要もない。幸運にも先方から飛び込んできてくれたのだ。

「それにあの男は信用できそうだ。営業マンとしての素養もあると見た。パイロットにしておくのはもったいない。彼に賭けてみようではないか」

役員のその一言で代理権の付与が決まった。社長も賛成である。

そしてその賭けは見事に当たったのだった。ケロサン・ストーブと名づけた小型ストーブは爆発的に売れた。日本からどんどん輸出するのだが、通関が終わって倉庫に入るや、たちまち完売だ。もちろんブライトはパイロットを辞めて、ケロサン社の社長業に専念している。全米から地域代理店にしてほしいとの申し込みが殺到し、うれしい悲鳴をあげた。

今やブライトはサクセスストーリーの主人公となった。権威ある経済誌「フォーチュン」にも、ベンチャービジネスの時の人として取り上げられた。豊臣工業の幹部たちもその雑誌を手にとり、悦に入ったのは言うまでもない。

ブライトは積極策に打って出た。主要都市に倉庫を確保し、地域代理店の資金援助も行った。みるみる資金需要が増え、豊臣工業本社もメインバンクを通じて融資に応じた。飛ぶ鳥を落とす勢いとはこのことか。まさにケロサン社にとっての絶頂期だった。

しかしその自信が次第にブライトの過信へと変わる。品質がいいから売れているという事実を忘れ、いつの間にか自分がいるからケロサン・ストーブが売れ、売ってやっているのだと、公言するようになった。そして豊臣から受け取るマージンの大幅増額を要求し、渋い顔をされると、高飛車に出た。

「地域代理店の立場も考えて下さいよ。売れるか売れないかは、彼らのヤル気次第です。私の一声でどうにでもなるんですからね」

ところがこの頃から、競合会社が次々と現れ、ケロサン社のマーケットを侵食してきたのである。

だがブライトは強気一辺倒で、販売網の拡大路線をやめない。製品在庫は徐々に増えはじめ、資金繰りがタイトになってきた。そのつど融資を受けてしのいでいるのだが、販売会社としてはすっかりゴムが伸びきった状態だ。弾力性を失い、危険信号がちらつき出していた。在庫増と豊臣からの多額の貸付金は命取りと紙一重になった。

しかし海の向こうの豊臣本社幹部には危機感が薄い。薄いというより、脅しに屈していたきらいがあった。ブライトは知恵が回る。周到に訴訟の脅しをかけていたのだ。資金援助を求めるたび、アメリカ人弁護士が書いたこんな主旨の意見書を提出していた。

「アメリカは訴訟社会です。もし倒産して売上が回収できない事態になれば、必ず訴訟問題が起きるでしょう。そうなれば消費者離れが起こるのは避けられません」

そしてケロサン社も被害をこうむり、黙っているわけにはいかないと、露骨に匂わせた。体のいい脅しである。無視するか、アメリカ事情に詳しい弁護士事務所に相談すればよかったのだが、何の手も打たなかった。

相手の狙い通り、案の定この意見書は豊臣社内で物議をかもした。遠い異国で訴訟になれば大事《おおごと》だ。智恵の回るブライトだけに、厄介である。それだけは避けねばならない。まだ商品は売れているのだし、このまま無事にやり過ごせないものだろうか。そんな腰の引けた考えでずるずると時間を過ごしていたのだった。

そこへ或る日、不幸な事故が発生した。野外の行楽地でキャンパーがケロサン・ストーブを使っている最中に、不注意から火事を起こしてしまったのだ。これが現地の新聞に大々的に報じられ、一気に売上が落ち込んだ。ライバルメーカーたちの宣伝もきき、ケロサン・ストーブは危険だという誤った噂が広がったのである。

ケロサン・ストーブにはまったく落ち度がない。ブライトと本社は一体となって、安全性の広告宣伝を新聞に打ち、テレビやラジオで訴えた。販売下落の波を押しとどめようとするのだが、苦戦が続く。在庫はさらに積み増され、金利負担が一気におぶさってきた。本社からしてみれば、代金回収が滞《とどこお》る上に、金利負担がうなぎ上りで、踏んだり蹴ったりだ。

メインバンクは気が気ではない。いよいよ放置できないと判断し、解決に乗り出した。社長の中村一治と相談の上、銀行のロス事務所を通じ、監査で世話になっていたクラウンの竹中にアドバイスを求めた。ここに至って中村もことの重大さを知った。

それから間もなく竹中がジャパン・プロジェクトの仕事で来日し、豊臣の名古屋本社を訪れた。

来日時の居住用にと、竹中は豊洲にマンションを所有している。そこは寝泊りするだけで、食事はたいてい外食だ。たまに前夜にコンビニで買っておいたお握りやパンを食べることもあるけれど、朝食であっても、できるだけ顧客とブレックファスト・ミーティングという形で時間を有効利用する。

その日は朝のミーティングはなく、マンションでインスタントの味噌汁にお握りを食べてから、地下鉄を乗り継いで東京駅まで出た。

早朝だというのに新幹線ホームは、一般の旅行客やサラリーマン出張者たちで混んでいた。だがなぜか竹中はその雰囲気が好きだった。張りのある猥雑《わいざつ》さが広い空間に満ち、それへ独特の口調を帯びた無数のアナウンスが流れ込む。その二つが広い空間で溶け合って、出張者にはこれからはじまるビジネス活動に備えた心の準備を迫り、一方、旅行者にはいよいよ旅に出るのだという華やいだ期待感を抱《いだ》かせるのである。竹中は出張者でありながら、旅行者としての気分も楽しんだ。

ホームの売店でジュースを買い求め、富士山が見える窓際の座席に腰を下ろした。道中、あまり退屈しない。ぼんやりと窓の外を眺めて過ごす。丸八真綿のある浜松へ行く時もそうだが、二十年以上前の結婚当時のことを思い出すのが楽しみなのである。

——ああ、これも覚えているな、あれも、変わっていない。

と、車窓から見える懐かしい景色を感慨深く眺め、たとえまだあまり日にちが経っていなくても、前回見た時と変わっていないのを見届けて、理由もなしにうれしい安堵を味わうのである。この日も飽きもせず、同じことを繰り返し、無意識のうちに記憶が風化しないよう眼に焼き付けるのだった。

名古屋駅のホームには、打ち合わせておいた場所に迎えの人が待ってくれていた。豊臣工業本社に着くと、さっそく中村社長や役員らとの打ち合わせに入った。これまでの経緯を記したリポートが配られ、それに沿って説明が進む。先ず情報入手が肝心だと、竹中は聞き役に徹している。

午後からもそれは続いた。報告者の声に傾けている耳に、遠くで弱い雷の音がした。窓の外を見ると、急に雨雲が張り出してきて、灰色のどんよりした空が広がっている。

説明が一段落したところで、コーヒーのお代わりが運ばれてきた。心地よい香りが鼻腔《びこう》を刺激し、その苦味が舌から喉へと伝い落ちた。

「なるほど、状況はよく分かりました」

一通り聞き終わって、竹中は「やはりな」と思った。同じパターンの繰り返しだ。以前、東亜水産のユニマルＩＮＣにいたラリー・パーカーが犯した失敗が頭をよぎる。彼もやはり営業マン責任者だった。行け行けドンドンで、在庫増と売掛金回収のことなど頭にない。セールスマンの資質と経営者の資質とはまったく異なるのに、同じ失敗をここでもやっている。

パーカーの行状も含め、そのことを中村に脚色をまじえずに詳しく話した。中村は自戒を込めた口調でうめくように言った。

「なるほど。言われてみれば、返す言葉がありませんわ。今さらぼやいても仕方のないことですが、ブライトについては私の判断ミスでした」

「まあ、中村社長のお気持ちはよく分ります。ケロサン・ストーブをあれほどまで売ってきたブライトですからね。功労者に報いたいという感情は、日本人なら誰もがもつと思いますよ」

竹中はそう言って、悔恨《かいこん》で沈む中村に慰めの言葉をかけた。ブライトと対決してもらわなければならない今、ここで意気消沈されては困るのだ。

「それから訴訟のことですが、これはまったくのブラフ（はったり）でしょう。気になさることはありません。弁護士がよく使うありふれた手です」

「ああ、それそれ。裁判と言われて、正直、ついびびってしまいました。何とか穏便《おんびん》にすまそうなんて、逃げてしまったことがいけなかった。いっそうブライトを増長させちゃったんですね」

打ち合わせは五時間に及んだ。攻めるポイントを整理し、ブライト役の竹中に中村が詰問《きつもん》するという実践練習も繰り返した。

ぐずぐずしてはいられない。さっそく翌週、ブライトとの会合がサンフランシスコのホテルで行われた。ケロサン・ストーブ社の本社はアメリカ東北部のコネティカット州にあり、会談場所として、日本との中間に位置するサンフランシスコが選ばれたのだった。竹中も指南役として同席した。

ブライトにはあらかじめ用件を知らせてある。ことを曖昧にすべきではないという竹中の進言を受け入れた。経営のやり方への不満と、社長の辞任勧告が議題であることを通告した。場合によってはケロサン・ストーブ社の買収も可能性としてはあるが、これは伏せている。

会議はのっけから非難の応酬となった。通訳は竹中がつとめるのだが、資金繰りの逼迫《ひっぱく》を訴えるブライトに対し、中村は真っ向から拒絶する。

当初ブライトは、それまで軟弱姿勢一辺倒だった豊臣のあまりの急変ぶりに、やや戸惑った表情をみせた。だがすぐに狙いを察すると、腹を据えたのか、従来の横柄な態度を取り戻した。話すとき、いつもの癖で、大きな図体をゆすりながら、顔を持ち上げ気味にし、見下ろすような視線で中村を見た。雄弁だった。

「そもそもケロサン・ストーブがアメリカでこれだけ売れたのは、誰のお陰だと思われます？私がパイロットの時に名古屋本社へ飛び込んでいなければ、誰もこの商品を知りませんよ」

「何度もしつこい人ですな。それは認めているでしょう。だから君を社長にして、応援してきたじゃないですか」

「だったら私は功労者でしょうが。その功労者に向かっていきなり辞任勧告とは、どういうことですか。とても受け入れられませんな」

だが中村も負けていない。相手の眼を射《い》るように鋭く見据え、ぴしゃりと言った。

「勘違いしないで下さいよ。君は管理者でもないし、増《ま》してや経営者の器でもない。単なる営業マンに過ぎんのだよ。あの膨大な在庫を見給え。巨額の金利負担のことを考えたことがあるのかね」

「金利負担？　ハハハ。私はフォーチュン誌にも取り上げられ、豊臣の名を全米、いや世界中に広めました。お陰で豊臣もたっぷり儲けたわけでしょう。恩を忘れないで下さいよ」

「何を言っているんだ。まったく逆だろう。全米の販売権を一手に与え、大儲けをさせてあげたのは、私たちですよ。君がアメリカン・ドリームの体現者として皆からあがめられたのは、なぜだと思う？　それは私たちがいい製品を供給したからだ。だけど今はこのていたらくだ。即刻、社長の座を降りてくれないかね」

ブライトはそれには答えず、不敵な笑いを浮かべた。

「このままいったら会社は早晩、倒産ですな。もしそうなったら、私にも考えがあります。訴訟も止むを得ません」

と余裕を誇示するように不自然なほどゆっくりと視線を据え、相手の眼の奥をのぞき込んだ。唇が不ぞろいに歪《ゆが》み、黄ばんだ歯が見えた。

竹中は終始、意見を述べず、通訳に専念している。中村が打ち合わせ通りのシナリオで進めてくれていて、出番がないのは歓迎だった。さすが社長だけあって、大舞台での態度も堂々としている。安心して見ていられる。

一方、ブライトには翳《かげ》りが見えていると踏んだ。強気の裏で、追い込まれているのを感じているのではないか。そんな直感を抱いた。そうでなければ、これほどの見え透いた虚勢を張れるものではないし、それに訴訟という根拠のないブラフを持ち出したことも、その証拠の一つである。

中村は残りのコーヒーを飲み干すと、挑発の笑いで頬を緩《ゆる》めた。

「面白いですな。その訴訟とやらをやってもらいましょうか。我々は君にはいつも誠実に対応してきたつもりです。一点の曇りもありません。受けて立ちましょう」

と言ってツバを一飲みし、目を光らせて続けた。

「しかしその前に、やってもらいたいことがある。自分の不始末は自分で始末してもらおうじゃないか。メインバンクへ通いつめるとか、幹部の家へ夜討ち朝駆けで頼みに行くとか、土下座してでもカネを借りてきたらどうかね。それこそ経営者というもんだろう」

竹中は通訳しながら、この部分は余計だなと、内心苦笑した。中村は勢い余って言わずもがなのことを発してしまったようだ。日本ではむしろ美談めいて聞こえるが、アメリカではこんなストーカー的な行為は通用しない。精神に異常をきたしたのではないかと、救急車をよばれるか警察に通報されるのがおちだろう。

だが竹中は気づいていないというふうに、中村のしゃべるがままにまかせていた。というのはブライトの戦意が見る間に萎《な》えてきたからである。最後の切り札である訴訟があっけなくうっちゃられ、と同時に中村の迫力の中に不退転の決意を見出したからに違いない。

利口なブライトのことだ。もし訴訟となれば、膨大な費用がかかる。それに財産も相当こしらえたはずだし、逆にたとえ一部であっても、尻拭いを強制される可能性もあるので、その前に退いた方が得策だと考えたのかもしれない。

竹中の読み通り、ブライトは明らかに攻めから守りの姿勢に変わった。中村も敏感にそれを感じ取り、勝利の確信をいったん脇へ置いて、ブライトの円満退職という軟着陸が出来るように話を運んでいった。それは中村の優しさであろう。結局最後になって、ブライトは退職することに同意したのだった。

ブライトがドアの外へ出たのを見届けてから、中村と竹中は期せずして互いに握手の手を差し出した。無言で苦い勝利を確かめ合った。

後日談だが、竹中らがケロサン社の財務内容を精査した結果、長年の放漫経営がたたって相当悪化していることが判明した。そこへ競合会社の伸長も著しく、マーケットのニーズも大きく変化している。状況は様変わりだ。ただ幸いなことに粉飾は認められなかった。ブライトに最後の矜持《きょうじ》があったのは、竹中らにとって救いであった。

竹中は迷わず中村にアドバイスした。これが通れば企業買収という商売はなくなるだろうけれど、それでも構わないと思っている。

「ここまで悪化していると、ケロサン社の再建は難しいと思います。買収は諦めた方がいいかもしれませんね。同じ資金を注ぐなら、別の方面へ使うのが得策じゃないでしょうか」

中村も同感だった。

「それしかないでしょうな。アメリカからの撤退は残念ですが、いい勉強になりました」

「何も豊臣さんだけに限りません。今回のような問題は、販売会社経営ではしょっちゅう起こっていることなんです。アメリカ市場でモノを売る場合、日本企業はどうしても優秀なアメリカ人セールスマンにまかせてしまいがちです」

「今回がそのいい典型例ですね」

竹中はうなずきながら、

「知ったかぶりをして恐縮ですが、日米の人材教育のやり方が違うってことを理解しておく必要があると思います。アメリカでは社員が入社すると、一つの専門分野でプロフェッショナルになるよう徹底的に教育します」

「つまりセールスなら、セールス畑一筋で鍛えられるというわけですね」

「ええ。だから日本の新入社員にやるように、数年ごとに色んな違う分野を経験させるというローテーション的なゼネラリストの育成は、アメリカではしていません。これだと何でも知っているけれど、結局何の専門分野ももたない平凡なサラリーマンが量産されるだけです」

全科目平均的な社員ばかりで、一科目に秀《ひい》でているというプロフェッショナルは育たないのだという。

中村はちょっと納得いかないというふうに眉をひそめた。

「じゃあ、アメリカでは役員などの経営者はどういうふうに育てられるのですか。経営者には様々な経験や知識が求められていますよね」

「もちろんです。マネジメント層の人たちは若いうちから選抜されて、鍛えられます。最初は専門分野で頑張りますが、十年もすると、マネジメントの素養があるかどうか、はっきりしてきます。そこでそういう人たちを選び出し、今度は一転して、色んな職種や修羅場を経験させていきます」

「なるほど。その中から最後に残るのが役員であり、社長なのですね」

「ええ。ですからセールスで貢献してくれたから、恩に報いて、その人を販売会社の社長にするってのは、無謀な冒険なのです。やはり財務諸表も読めて計数に明るいマネジャーでなければ、トップはつとまりません。もちろんセールスマンで管理能力があれば、鬼に金棒ですけれども」

と一気に言って、やや顔を紅潮させ、さらに付け加えた。

「それにいくら販売会社だからといっても、アメリカ人だけにまかせるのは実に危険ですね。その場合は、せめて経理だけでも日本人にやらせることが肝要でしょう」

「いやいや、耳の痛いお言葉ですわ。私たちからすると、アメリカの販売組織だからアメリカ人にやってもらうのが一番だと、つい思いがちです。どうも単純でいけませんなあ」

中村は問題が落着した安堵をかみしめながら、その一方で反省点にほろ苦さを覚えつつ、軽く頭をかいた。竹中もつられて微笑んだ。しかしくどいようだが、これも言っておかねばと、多少、議論めくのを承知で続けた。

「中村社長がおっしゃるように、アメリカ人にまかせるということ自体は、間違っているとは思いません。ただ私のこれまでの経験から、アメリカ人のトップというのは一定期間が過ぎると、人格の変わる人が多いんです。日本の子会社であることを忘れ、自分の私的な会社のように振る舞いがちなんですよ」

「だからこそ、経理は握っておかなければならないわけだ」

「それは最低限でしょうね。で、ついでながらですけども」

とふと思い出したように言って、トップの我がままの典型事例を紹介した。

「何年前でしたかなあ。或る日本企業が同種商品を製造している工場を中西部に買って、現地法人を作ったんです。誰をトップに据えようかということになって、現地のことは現地の人にまかせるのが一番だという意見が出て、結局、買収工場の上級管理職を選んだのです。ところがこれが誤りの元でした」

竹中はイヤなことでも思い出すふうに頬をぴくりとさせ、さわっていた空のコーヒーカップから手を離した。

「それから数年経った頃でしょうか。業界全体が大変な不況に陥りましてね。この工場だけでなく、日本の本社工場も人員の合理化に迫られました。ところがそのトップは日本からの合理化要請にまったく耳を貸さないのです。たまたまその会社はうちの顧客でしたので、私も入って、大騒動したあげくに結局、彼には辞めてもらいました」

「どうして要請を聞かなかったのですか。組織管理に問題があったんでしょうかね」

「そうなんです。現地法人には能力のある日本人管理者が駐在していませんでした。信頼して、まかせていたのでしょうね。それをいいことに、このトップは組織内に強固な人脈を作り上げていたんです。日本への反抗の団結力が強くて、ほとほと弱りましたよ」

「意外ですな。それじゃあ、まるで日本の会社の派閥と同じじゃないですか。あちらはもっとドライで合理的なのかと思っていました」

「アメリカ人って、一人のリーダーのもとにグループ化する傾向が強いんですね。ですから企業買収っていうのは、買収する時も大仕事ですが、買収したあとのトップ選びも大仕事なんですよ」

中村は聞きながら、ブライトが初めて本社へ駆け込んできた時のことを思い出していた。あの時は優秀だと判断してしまったが、まだまだ自分には人を見る眼がないのだと、強く反省した。

竹中も竹中で、中村の心の動きを知るよしもないが、この人物の中に組織のトップとしての鏡を見たようなすがすがしさを感じていた。会社の危機に際し、自らがアメリカへ乗り込んできて、全責任をとり、解決してみせたのである。部下に責任を転嫁することはいっさいなく、実にすがすがしく、潔い。

竹中は改めて中村を見た。得てして一流のリーダーといえば、これまで大企業トップを思い浮かべ、そのことに自分は疑問をもっていなかった。だが規模は小さくても、これほどの人物がいるのだ。竹中は潜在していた自分の偏見にひそかに恥じた。中村から重要なことを一つ学ばせてもらったと思った。

10　晴れて独立

一九八七年、会計業界に衝撃が走った。世界最大規模のクラウンが欧州の大手会計事務所や複数のメンバーファームなどと合併し、さらに巨大化したのだ。

この規模拡大により、プロジェクト・ジャパンの顧客は一気に増えた。ますます忙しくなって、隆盛の坂道に上方の拍車がかかる。竹中はうれしい悲鳴を上げた。これまで以上に日本人会計士発掘を急がねばならない。クラウン・ジャパン代表の重田も同じ考えだ。竹中は彼と緊密に連絡を取り合いながら、来日した時に忙しい合間をぬって優秀な会計士と面接を重ね、次々と海外へ送り込んだ。

彼らも語学のハンディキャップを克服しつつ、異国の環境の中で奮闘し、期待にこたえた。日本企業の進出に合わせ、世界のビジネス界にしっかりと根を張った。ヘッドの竹中は今や地球を飛び回る「奔《はし》る機関車」となって、精力的に各国の日本企業プロジェクトをこなしていく。

だが時が経つにつれ、次第に変化が起こる。「プロジェクトをこなす」と言っても、どうも心の状態が以前とは違うのだ。気持ちの張り方がこれまでとは質的に異なるのに気がついた。達成感の裏側で、何かそれを帳消しするような、喪失感に似た虚しさが芽生えているのである。

——どうしたのだろう。

そう自問はするけれど、実際にはうすうす見当がついていた。仕事への情熱が衰えたというのではない。むしろますます熱い気力が満ちあふれている。それなのに戸惑うのはなぜなのか。傲慢《ごうまん》な言い方かもしれないが、たぶん組織の中であまりにも上の地位へのぼり過ぎたからに違いない。そう診断した。

今では監査やM&A、経営アドバイザリーなどのハンズオンの実務仕事は、ほとんど部下の会計士がやっている。自分はトップとして、組織管理に加え、顧客とのトラブル処理やフィー（手数料）交渉など、上位の仕事で時間を費やさねばならない。手足で触れる現場との接点が、日ごとに遠のいていく。

地位が上がり、権力も得、報酬も増えた。大部隊を率いる長として、これ以上の贅沢を望むのは不遜《ふそん》であろう。それなのに不満を抱いている。安定した境遇を置き去りにするのもいとわず、むしろそんな順風に挑むかのように、この感情はもう抑えがたいほどにまでふくらみつつあった。

はっきり言おう。現場に身を置く会計士としての職分を、捨て去ることがつらいのだ。自分は戦場での将軍よりも、明らかに体を張る小部隊の軍曹を望んでいる。大病院の院長ではなく、一開業医に憧れを見出すのだ。そのことに気がついた。

いつか本田宗一郎とロスのレストランで過ごしたことがあった。あれほどの成功者がふとその眼に見せた寂しげな影が、日を追うごとに、より鮮明な彩《いろど》りで浮かんでくる。スパナをたたいていた頃の己《おのれ》にもう戻ることはなく、彼に出来るのはただそれへの憧憬であり、そんな無力を達観したことからくる寂しさに違いない。

宗一郎ほどの人物と自分を重ねるのはおこがましいが、今ならまだ間に合うのではないか。会計士というスパナをたたく現場に戻る機会があるのではないか。日々、そんな思いを強くするのだった。

それにもう一つ、ぬぐい難《がた》い事実が横たわっている。それは監査実務の実態だ。数をこなせばこなすほど、無味乾燥なものに思えてきた。ありていに言えば、どの会計事務所がやっても同じで、智恵と工夫が入り込む余地が少ない。わくわくする冒険の要素が乏しい。Auditing is commodity、つまり一般日常商品なのだ。会計事務所にとって監査業務が収益のメインであることは承知しているが、だからといって、これが自分のコア商品だという誇りを持てなくなったのは寂しいことである。

二度と来ない大事な人生を、こんなことで費やしていて、いいのだろうか。自分にはもっとすべきことがあるような気がしてならない。それはM&Aという、脈動《みゃくどう》する現場の修羅場に肌を接して身を置くことである。経営のアドバイザリーに汗と智恵を流すことである。これがまさしく自分のスパナではないのか。もしそうなら、今の組織は大き過ぎる。ハンズオンが許されない組織と地位に連綿とするのが是《ぜ》か。それともたった一度の人生に、危機と隣合わせの冒険というプレゼントを与えてみることが是なのか。竹中は二つの決断のあいだで揺れた。

気持ちは冒険の方へ引っ張られるのだが、理性は安全の方を選ぶ。安全といっても、竹中の地位なら、あと二年勤めれば、破格の年金が終生もらえることになる。それを捨ててまで、今、会社を辞めて独立する必要があるのだろうか。

そんなとき、また社内で気分が滅入る出来事があった。パートナーをつとめていた先輩のジョン・スタンパークが退職した時のことだ。非常に優秀な人物で、多くの顧客を開拓し、会計士たちの尊敬を一身に集めていた。

ところが後任の某人物が実に狡猾で、前任者の功績を横取りする動きに出た。スタンパークが長期間の努力で、ほぼ獲得に目星をつけていた複数の大口顧客を、すべて自分の手柄として社内報告し、強引に押し切ったのである。その時点でスタンパークの名は消え、某人物が栄光を手にした。数ヵ月ほど前にも似たようなことがあったばかりだった。後継者というのはいつの時も前任者の功績を口に出さないか、横取りをする。

――同じことがまた起こるのかもしれないな。

竹中は空しくなった。大組織である以上、嫉妬や裏切り、横取り、陥《おとしい》れなど、人間がもつ性《さが》の企《たくら》みから免れることは出来ないだろう。それは理解しているつもりだが、いつか自分も同じ運命で幕引きされるような気がし、寂しさを覚えた。そしてその寂しさは、かつて会った本田宗一郎の顔やスパナの会話と合わさって、最後の決断を竹中に迫ったのである。

——今が潮時か。

もはやここに居続けるのは限界だ。四十六歳の今が、クラウンを辞めて独立するチャンスかもしれない。二年後の年金確定まで待てば、将来の生活は保障されるだろうが、時間は逃げていく。取り戻すことは不可能である。今が実行の時なのだ。

追いつめられた心境ではなく、むしろ前向きの闘志の中でそう決意した。クラウンにはもう十分に恩返しが出来たと思っている。悔いはない。

そして明くる日の夜、ソファーに座った隣の妻に、迷いのない決意の言葉で打ち明けたのだった。お茶を飲んでいた昭子は、意外なことに、まったく驚いた顔を見せない。あっさりと賛成した。

「あら、辞めるの？　よほど考えた後の結論でしょう。いいんじゃないかしら。あなたが本当に独立を望むのなら、私は構わないわよ」

そう言って、茶碗をテーブルに置くと、そっと手を竹中のそれに重ねた。かすかな微笑みさえたたえ、共に冒険の船に乗ろうとしている。そんな昭子に、竹中は二十五年前に豊橋駅で会った時の顔を重ねていた。

——あの時もこの俺にすべての運命をまかせてくれた。

そして今回も、巨額の年金にいっさいの未練を示さず、方向の見えない船出に運命をまかせてくれる。竹中は心の奥で、恩返しが出来ないほどの重さで感謝の頭を下げた。

「ああ、これで死ぬまで現役で働けるな。自分の会社を作るのだ。顧客と一緒に現場で仕事が出来る。こんな楽しいことはないぞ」

「クラウンに二十五年、そして今度は自分の会社。二つの人生を生きるってことなのね」

「ああ。仕事は俺の道楽だからね」

翌朝、竹中は会社へ辞表を出した。代表のパートナーは驚き、話を全部聞き終わらないうちに竹中を制止し、引き止めにかかった。

「それは困るなあ。会社にとってだけじゃなく、君自身にとっても大きな損失だ」

「我がままを言って申し訳ありません。これは私の固い決心です」

「少なくともあと二年、我慢できませんか。そうすれば、数千万円の年金が確約されるんですよ。数千万円ですよ。このことはご存知でしょう？　奥さんとよくご相談されたのですか」

「ええ。家内は賛成してくれました」

こんなやりとりがあった二日後に辞表は受理された。去るのも不安だが、去られる方もつらいに違いない。なぜ去るのだろうと、悩むのだ。

だが自分の気持ちに一点の曇りもない。これは天に向かって誓うことが出来る。駆け引きをしたり、逃げ出したり、或いは逆に追い出されたりするのではない。ただ一会計士として現場で思う存分仕事をしたいのだ。

クラウンを去るにあたって竹中が実行したことが二つある。一つは在職中の顧客を連れていかないということだ。苦楽を共にしてきたすべての顧客を会社のリストに残して去った。そしてもう一つは同僚会計士を引き抜かなかったことである。世話になった会社には感謝こそれ、裏切るなどという気持ちは微塵《みじん》もない。

普通は独立するとき、何名か気の合った手勢を連れ、顧客もこっそりと持ち出すことが多い。だが竹中はこの点、リスクはあっても、「立つ鳥はあとを濁《にご》さず」という日本人的な美徳をかたくなに守った。そのため名実ともにまさにゼロからの出発となり、苦労するのだが、それは端《はな》から承知していたことである。


一九八九年（昭和六十四年）三月、竹中はタケナカパートナーズLLCを設立した。四十六歳の時だった。たった一人での出発だ。ロスの自宅近くに所有していたコンドミニアム（マンション）に仮のオフィスを置いた。

そう広くはないが、それでも一人しかいないというのは寂しいものである。煌々《こうこう》と照らされた蛍光灯の下で、意図しないのに、つい先日までいた豪華な部屋を時々思い出しながら、人材探しの名簿を繰った。人材はクラウン以外の会計事務所や投資銀行からリクルートする計画だ。ホテルのロビーで会ったり、夜、自宅を訪れたりして面談を重ねている。

だが顧客については皆目アテがない。ロス在住の主な日本企業はほとんどクラウンの顧客として開拓済みで、クラウンのファイルの中へそっくり置いてきた。残るのは個人企業に等しい零細会社ばかりである。

――どうもやり過ぎちゃったよな。

竹中は苦笑いし、それがふと昔の懐かしい記憶に結びついた。収穫した後の荒涼としたサツマイモ畑を思い出したのだ。豊橋にいた子供のころ、よく近所にある農家のイモ掘りを手伝った。ほとんど取り尽したあと、たまに小さなイモが土に埋もれて残っている。今の自分はその残りイモを見つけるような状態に等しい。しかもたとえ見つけても、そのイモはまるまる太った実ではない。小さな痩せたシロモノである。

それでもいいのだ。そのシロモノを承知で独立したのではないか。M&Aは大企業だけとは限らない。日本の中小企業だって、アメリカで事業買収をしたいと真剣に考えている。そこに自分が生きていける道があり、活路がある。中小企業のドクターになるのも悪くない。

その信念をしっかりと胸に刻みつけて、挨拶回りでロスの日本企業を訪問した。皆、クラウン時代の信頼関係を崩さず、同じ目線で接してくれるのが何よりも有難かった。いろんな情報を教えてくれた。銀行や商社の駐在員たちは、わざわざ日本へ連絡をとり、取引先企業で対米進出の意思があるかどうか調べてくれた。東亜水産社長の森和夫が顧問料支払いを申し出てくれたのもこの頃だった。

一方、事務所の陣容拡大にも竹中は心血を注いだ。タケナカパートナーズを大きくすることではない。物理的な拡大ではなく、ネットワークの構築だ。日本にストラテジック・アライアンス（戦略的提携）を組む会計事務所なり会計士、或いは退職した有能なビジネスマンを見つけ、増やすことである。この方は旧来の人脈コネもあり、あまり苦もなく達成できた。

それと並行して、基地となる東京事務所をいち早く青山に設置している。ここは多少無理をしてでも会議室と応接室のある広めのオフィスを借り、女性事務員に連絡役を担《にな》わせた。

出身元のクラウンともアライアンスを結び、自身は小さなオフィスながらも、一先ずグローバルなネットワーク作りは完成した。

独立して半年ほどが過ぎたとき、シェラトングランドホテルで新会社の正式なカミングアウト・パーティ（お披露目会）を催した。夕刻といってもまだ日が高く、爽やかな風が頬を撫でる好天だ。早朝に日本から到着したばかりのアライアンスの会計士たちを、竹中がバンに乗せて現れた。パーティの設定から招待客の出迎えまでこなし、竹中ともう一人のアシスタントは大忙しである。

パーティは和やかな雰囲気のうちに進行した。招待客は日本人会計士十名と、クラウンで竹中の後を継いでジャパンプロジェクトのヘッドとなる御手洗進らだ。竹中はユーモアを交えて彼らを出席者たちの前で紹介した。料理と飲み物が運ばれ、歓談が続くなか、早くもビジネスの話題が竹中に持ち込まれる。パーティは成功裡に終わった。

翌日から再び竹中の猛烈なビジネス活動がはじまった。ジョナサンクラブかホテルニューオータニで、アライアンスの日本人会計士たちと共に客とのブレックファスト・ミーティングを終えると、次は会議室の場へ移動してビジネス・ミーティングをもち、夕方にはディナー・ミーティングというふうに、寸刻みで動いた。

日本人たちが帰ったあとも忙しさは変わらない。全米各地に出張したり、日本やホンコン、韓国、タイなどへも行って、顧客と打ち合わせる忙しさだ。

大型のM&A案件はないけれど、竹中の狙い通り、中小の案件やビジネスアドバイザリーは徐々に増え出した。一件成約すれば、それが二件に広がり、さらに四件にと、倍々で拡大していく。

そこで学んだことが一つある。日本の中小企業は買収に際し、驚くほどしっかりした戦略を立てるということだ。大企業のサラリーマン社長と異なり、そこでは社長すなわちオーナーであり、真剣度と危機感のレベルが違う。一つ間違えれば、たちまち会社が潰れて全財産が消滅するのだ。カネにものを言わせて突っ走るということは絶対にない。だから規模は小さくても、成功するＭ＆Ａがほとんどなのである。

規模の大小にかかわりなく、Ｍ＆Ａの成功は竹中にとってこの上ない喜びだった。実際、竹中は顧客がどんなに小さくても差別せず、真摯《しんし》に対応するのを信条としていた。

11　ビジネス・パートナーを探せ

竹中がクラウンのパートナーに就任する三年ほど前の一九七〇年のことである。客とのランチミーティングを終えて事務所へ戻ると、ミネベアの石塚巌が待っていた。二時の約束だ。どうにか間に合った。

石塚はきのう日本から着いたばかりで、まだ時差が抜けないのか、目をしょぼしょぼさせている。数ヵ月ぶりの再会である。近況報告をし合ったあと、石塚が切り出した。

「私の友人でキトーという荷役機械メーカーの社長をしているのがいましてね」

と言って、キトーのカタログを広げて竹中に見せた。

同業であるドイツのホッフテッセンというメーカーが売りに出ていて、それを買収するかどうかでキトーが思案している。ついては誰か適任のアドバイザーを紹介してくれないか、と鬼頭社長から頼まれた。そこで竹中を紹介したのだという。

「ホッフテッセンなら存じてますよ。もう数社がコンタクトしていると聞いています。ホイスト（吊り上げ機）では有名らしいですね」

竹中は早や乗り気である。ドイツにはクラウン会計事務所もあり、情報は取りやすい。ちょうど翌週、韓国と日本へ行くことになっている。場合によっては、そこからドイツへ回ってもいい。M&Aは時間が勝負だということは身にしみて分かっている。

翌週、竹中は山梨にあるキトーの工場を訪れ、鬼頭亮一郎社長と彼の弟の鬼頭信二郎専務に会った。挨拶のあと、会社概要の説明を受け、財務諸表を見せてもらった。店頭取引銘柄（現ジャスダック）であり、年々売上が増加傾向で、利益も上がっている。創業は一九三二年と古く、伝統ある優良企業と見た。マテリアル・ハンドリング機器メーカーにとって、ホッフテッセンのような技術力のある一流メーカーの買収は、一段の飛躍を約束するものだ。

「いいところに目をつけられましたね」

「有難うございます。これからは世界が相手だと思っています。異分野ではなく、私たちと同じホイストなどの荷役装置や運搬機に絞って、拡充していくつもりです」

工場見学をした。広々とした敷地で、気持ちがいい。早春の澄んだ空気が弱い風に乗り、頬をひんやりと撫でた。

敷地の一郭にある製品置き場で、完成された一台のホイストが起重機でトレーラーに積み込まれ、作業員が鉄製のワイヤで荷台に縛りつけている。外も建物内も含めて、どこもきれいに清掃がゆき届き、溶接やマシニング加工にたずさわる従業員の動きもきびきびとして無駄がない。この会社には勢いがあると思った。

事務所に戻り、小休止のあと、本題に入った。竹中は持参した資料を出席者に配布した。

「先週、ホッフテッセンの財務内容を調べてみたのですが、ご覧のようにまずまずのようです」

「まだ買うと決めたわけではありませんけど、値段が折り合えば有難いですね」

竹中は数日で他の仕事を片付けると、信二郎専務と一緒にドイツへ飛んだ。

ホッフテッセンの工場を見たのだが、二人ともあまりいい印象ではなかった。幾つかの建屋のうちの一つ、メンテナンス部門ではがらんとして誰も人がいず、機械が動いていない。尋ねてみると、先週から従業員がストライキをしているのだという。

工場設備が古く、しかも継ぎ足しのようなレイアウトの感じを抱かせるのは仕方がないとしても、キトーにあった湧き立つような活気が、ここの製造現場には見られない。まるで空気が缶詰にでもされたように沈滞し、静止している。

専務が作業員や技術者に時々、差しさわりのない一般的なことを質問している。竹中は傍《はた》から見ていて、どうも彼らは自律的な行動意欲が乏しいのではないかと思えた。それなのにブランド名が世界に浸透していることに不思議な感じを抱いた。恐らく技術力そのものが高いのかもしれない。

「竹中さん、これはちょっと問題かもしれませんね」

専務は歩きながら日本語になって小声で囁いた。買収には躊躇せざるを得ないという。竹中も沈滞した空気があるのは同感だが、躊躇するのかどうかは価格との兼ね合いではないかと考えた。

「問題は買収価格でしょうね。設備の古さは投資でカバーできますし、意欲のことは即断するのが妥当かどうか。日本でトレーニングすれば、解決するかもしれません」

見学後、財務内容など会社情報の説明を受けた。せっかくやって来たのだからと、竹中から相手に買収の意向を匂わし、軽く金額を打診してみた。相手は名前を伏せて、すでに二、三社からコンタクトがあったことを伝え、その上で価格については具体的な数字ではなく、一定の範囲というぼやけた形で示唆《しさ》した。まだ初めての交渉だから、曖昧なのは仕方がない。

——それにしても安いな。

心の中でそう竹中はつぶやいた。事前に専務から希望額を聞いていたので、買収してもいいのではないかと前向きの気持ちに誘われた。もちろんまだ専務と打ち合わせをしていない今、相手の会社にはそんな素振りは見せず、コメントなどの反応は控えた。

夕方、と言ってもまだ日は高いが、定時が来ると、一斉に現場作業員たちが仕事をやめて帰り支度をはじめた。竹中たちもホテルへ戻り、外のレストランで食事をしながら、どう対応するか意見交換をした。

竹中は価格に惚れた。これまでの数々の経験から、その直感に自信をもった。

「専務、これは掘り出し物かもしれませんよ。相手は相当急いでいるようです。値段はもっと降りてくるでしょう」

だが専務はまったく乗り気を示さない。

「確かに安いのは事実でしょう。それは認めます。でもあのレイアウトと設備。あれではとてもいいモノ作りが出来る工場とは思えませんな。それに私は今日、この会社を訪れてがっかりしましたよ」

　社員の士気の低さが気になるのだという。

「メーカーというのはね、竹中さん。設備も技術もマーケットも重要ですが、一番の根本は人なんですよ。では人とは何か。それは士気です。自由闊達なヤル気なんです。これがあってこそ、技術やマーケットが開発されるのです」

　竹中は異論があるのか、やや光った眼になった。

「お言葉を返すようですが、それは従業員教育の問題ではないでしょうか。企業買収という観点から見れば、設備、財務、技術、マーケット、それから最も大事な価格。これらを総合的に判断すると、私はゴーだという気がしますね。設備などは更新すれば済むことでしょう」

「数字や帳簿だけ見ればそうかもしれません。でも私はこれまでメーカーの経営者として、何よりも人というものを一番重視してきました。目に見えない要素ですけどもね。もしこのホッフテッセンを買った場合、ドイツという異国の地で、ドイツ人の心の中にまで入って、彼らをヤル気にさせなければならない。それはとても時間のかかる、難しいことだと判断したのです」

　そうだろうかと、竹中はまだ納得できない部分を残しながらも、専務の結論に従った。

　これでホッフテッセンの案件は消え、キトーは海外事業への関心が消えたとまでは言わないにしても、再び自分たちの事業に専念した。そしてその後まもなくしてホッフテッセンはアメリカ企業に買収されたと聞いた。

もうすんだこととはいえ、竹中は何となく残念な気持ちを引きずっていたのだが、それから一年あまり経ったころ、ホッフテッセンが買収先とのあいだでうまくいっていないことを知った。原因は詳しくは分からないが、買収は失敗だったと噂された。

――やはりそうだったのか……。

専務はあのとき、その匂いを敏感に嗅ぎとっていたのに違いない。だから反対したのだろう。

それは或る意味、竹中にはショックだった。工場見学時、時として鋭い眼光を見せた真剣な専務の顔が思い浮かんだ。まだまだ自分は甘いと、智恵の足りなさを痛感させられた。

――日本メーカーの経営者はすごいな。

見る眼が違うなと思った。と同時にM&Aアドバイザーだと自認していた自分に、一本の警鐘のムチ紐《ひも》を振り下ろしくれた彼に感謝した。後日キトーを訪問したとき、そのことを専務に率直に話した。

多くのM&A実績を背負い、しかも滅多に人をほめない竹中にそう言われ、専務はいかにも照れくさそうだ。居合わせた鬼頭社長も和やかな眼で二人の顔を眺めている。専務もそうだが、社長も竹中の驕《おご》りのない謙虚な姿勢に、かえって信頼出来る頼もしさを見出した。何か心の中を見せ合えるようなすがすがしさを覚えたのだった。

こうして竹中はその後も友情ベースで、商売はなくても、キトーとの交友を長く保つこととなる。

そしてその信頼関係は、はるか後の一九九〇年のアメリカペンシルベニア州にあるハリントン・ホイスト社買収に結びつく。もともと同社はキトー製品の販売代理店であったが、竹中がアメリカ市場をにらんだ積極的な進出を強く進言し、それは鬼頭社長の願望でもあったので、キトー、ハリントン・ホイスト両社のWin-WinベースでのM&Aが成立したのだった。このハリントン・ホイスト社買収は以後、キトーの発展に大きく寄与するのである。

九段下にあるお堀端の桜が満開となり、空いっぱいに一面、見事な花を咲かせている。竹中は久しぶりに信二郎専務とその近くのレストランで会食したのだが、そのとき鬼頭社長の息子のことで個人的な相談を受けた。社長は息子の芳雄に英語を学ばせるべく、アメリカの大学へ留学させたいと考えていて、竹中のアドバイスを得ようということになったという。

竹中は尋ねた。

「でどこかアイディアはあるのですか」

「今のところ、州立のカリフォルニア大学か私立のスタンフォード大学がいいかなと思っているようです」

竹中はほんの数秒考え込んだが、迷いのない断固とした眼で専務を見据えた。

「その二つは駄目ですね。日本人学生が多すぎます。英語の勉強にはならないでしょう。キャンパスだけじゃなく、下宿ででも、いつも日本人同士で集まって、孤立していますからね。本当に英語をマスターしたいのなら、日本人のいない学校を選ぶべきです」

「なるほど。そんな大学がありますか」

「そうですね。私が出たユタ大学はどうでしょうか。日本人は少ないですし、生徒は皆、きれいな英語をしゃべっています。私の友人の子弟も大勢いますから、彼らに話しておけば、安心して学生生活が送れると思いますよ」

竹中のアドバイスを入れ、芳雄はユタ大学経営学科へ入学した。そして懸命に英語を学び、卒業後の一九八八年にキトーへ入社。創業者の跡継ぎとして順調なスタートを切った。

会社もバブル経済に乗り順風満帆である。工場や各地にある事務所の土地建物や株価がますます高騰した。それを担保に、銀行から資金を借り入れ、設備拡張に励んだ。物流倉庫など、新規事業にも力を入れた。その結果、投資を上回る増収が確保され、さらなる借金がさらなる収益を生むという好循環が繰り返される。幹部のみならず、従業員の誰もが経営の先行きに希望と自信をもった。

ところが宴《うたげ》は長くは続かなかった。一九九一年に入ると、どうも景気の雲行きがおかしくなってきた。全国の土地や住宅価格が下がりはじめ、株価も下落基調になってきたのだ。当初はまだ好景気の余韻も漂い、甘くみたところがあった。だがキトーのみならず、どの企業も次第に売上が減り、資産も暴落して、多額の借金がずしりと背中におぶさってくる。

株価と不動産価格が底なし沼のように下がり続け、経済はもはや手をつけられなくなった。日本じゅうの証券、銀行、不動産、メーカーなど、大中小の企業が、多額の不良資産と借金で首が回らなくなった。バブルが崩壊したのだ。赤字企業が軒を連ね、連日のように会社が倒産していった。

そんななか、キトーは善戦していた。売上は減少したものの、どうにか利益を計上している。主力製品であるホイスト（吊り上げ機）やチェーンブロック（簡易クレーン）には独自の技術があり、業界を生き抜いていくだけの強みをもっていた。

ところが付随事業の自動倉庫が時代から乗り遅れ、巨額の赤字を垂れ流しているのだ。この分野は今や単なるハードウェア生産という段階を卒業し、倉庫を動かすソフトウェアも含めた、トータルの物流ビジネスへと変貌しつつあった。ハードメーカーのキトーにとっては致命的なお荷物となっていた。

そんなところへバブルが崩壊したのだからたまらない。借金の山がずしりと残り、有利子負債は巨額となった。経費削減を徹底したのは述べるまでもない。だからといって、経営の見通しが立たないというのではなかった。主力のホイストやチェーンブロックなどの運搬機器は依然、好調である。これらで自動倉庫の赤字をどうにかカバーし、細々ながら会社全体としては黒字基調を保っていた。

だが主力が好調だといっても、問題がないわけではない。せっかく保有している新技術が使えないのがもどかしい。機械設備が古くて、新製品を生み出せないのだ。同業他社が萎縮している今、新鋭機械を入れて設備拡張さえ出来ればシェア獲得は可能なのに、その資金が手に入らない。伸びるチャンスをみすみす放棄している状態が長く続いた。鬼頭社長と専務は主力銀行へ何度も足を運び、融資してくれるように訴えた。

「何とか投資をさせてくれませんか。今、市場に新製品を投入すれば、確実に売上が増えます。そうすれば利益も好転し、御行にも恩返しが出来るのです」

「いやあ、それを言われるとつらいですな。その気持ちは私たちも共有しているのですが、何せ、金融庁の締め付けが厳しくて、どうにも身動きなりません」

いわゆる貸し渋りが産業界全般に広がり、健全体質で留《とど》まっているキトーでさえもが投資資金を調達できない状況である。社長の鬼頭は苛立ちを強めた。経営者として、これほど歯がゆいことはない。投資をして、それから得る利益で会社全体がよみがえる図式が鮮明に見えているのに、何の手も打てないのである。労働組合の幹部とも何度か話し合いを持った。

「従業員の皆さんにはもっと働き甲斐のある職場を提供したい。その気持ちは片時も忘れたことはないのですが、どうしても設備投資がかないません」

「メインバンクとは株式の持ち合いをされているのでしょう。当社はまだ沈んでいるわけではありません。前向きの資金なんだから、貸してくれてもよさそうですけどもね」

鬼頭は考え込んだ。このままでは一向に会社の先行きが見えない。何かいい方法はないものか。会議を開いてあれこれ議論するけれど、いい智恵が浮かばず、時間だけが過ぎていく。景気はますます悪化の一途で、貸し渋りは社会不安さえ引き起こしている。

留まることのない沈滞ムードが支配するなか、それでも幹部や社員は意識の底では現状を潔《いさぎよ》しとしていない。一致団結の不屈の魂でぎりぎりのところまで頑張り、何とか持ちこたえていた。だがいつまでこんな状態を続ければいいのか。何年待てば思い切った活動が出来るのか。そのうち会社はどんどん疲弊していくだろう。無力感がしだいに社内に忍び込んでくる。

そんな或るとき、ユタ大学へ留学したことのある常務の芳雄が、かねてから考えていた意見を述べた。

「思い切った策かもしれませんが、外国企業との資本提携というのはどうなんでしょう」

専務の信二郎が敏感に反応した。ふっと眼線を上げて、遠くを見るような仕草をした。

「なるほど、外国企業ねえ。そう言えば、昔ドイツのホッフテッセン買収を検討したことがありましたなあ。あの頃が懐かしいよ」

議題に乗りそうな雰囲気に、芳雄は気をよくして続けた。

「例えばですけど、同じドイツにあるハイデルン社。ご承知のように、彼らとは幾つかの製品を輸入販売する代理店契約を結んでいます。か細い糸に過ぎませんが、当社との接点がないわけではありません」

「だけどねえ、彼らはうちとはちょっと格が違うんじゃないかな。運搬機や製鉄機械では世界的に有名な会社だよ。果たしてうちのようなところに関心があるのかね」

「それがあるようなんです。当社と限ったわけではありませんが、どこか日本で製造するところを探しているやに聞いています」

「それは確かな話なんだろうか」

「はい、私はそう思っています。以前ハイデルンの貿易担当者から、シンクタンクを使ってあちこち調べたことがあると、聞きました。当社もそのうちの一つに入っていたようです」

専務は腕組みをしてしばらく考え込んでいたが、やや置いて、

「ハイデルンか……」

とつぶやいたあと、ふっと気が強くなったのか、急に眼に光をためて鬼頭を見た。

「社長、これはいいヒントだと思いますね。外国企業と組むのは解決策かもしれません。ここは一つ、タケナカパートナーズの竹中先生に相談してみませんか。彼ならヨーロッパに顔が広い。きっと何かいいアイディアを出してくれるに違いありません」

その方針は即決された。信二郎はなぜもっと早く竹中に相談しなかったのかと後悔したが、過去のことで心を消耗している暇はない。意識的に気持ちを前に切り替えた。竹中が来日した機をとらえ、木枯らしが吹く寒い朝、青山のオフィスを訪ねた。久しぶりの再会だ。

竹中は信二郎から一通り状況を聞き、このままでは会社の将来は暗いと思った。バブル崩壊の爪痕《つめあと》はあまりにも甚大で、銀行からの資金借り入れは容易ではないだろう。金融庁の厳しい態度はアメリカにまで聞こえている。かといってバブルが癒えるのを待っていたら、キトーはビジネスの機会を確実に失うし、会社の体力も、取り返しがつかないほどにまで萎《な》えるに違いない。

しばらく沈黙が流れた。竹中は考え込んだままである。二人の呼吸音が聞こえるほどの深い静けさが部屋の空気に濃く浸透し、議論の真剣さを映し出している。青空の窓から差し込む乾いた日差しだけが、場違いな明るさを届けていた。やがて竹中が、熟考した後の確信の

眼つきになって言った。

「やはり方向は外国企業とのアライアンスしかありませんな。先ずハイデルンの可能性を探ってみましょう」

「私もその線でいけたらという気がします。ただ懸念がないわけではありません。資本出資を受け入れた場合、会社を乗っ取られやしないかと……」

「まあ、その辺は相手との取り決め次第ですから、あまりご心配はいらないと思いますね。ともかく帰米次第、ハイデルンのことを調べてみます」

その日の話はそこまでで終わった。ところが信二郎は帰り際、或る依頼をした。急に居住まいを正すと、今後竹中から解決に向けたアドバイスを得たいと言い、社外重役になってくれないかと頼んだ。

「これは社長をはじめ、役員一同が望んでいることです」

竹中に異存はない。ヨーロッパ企業との交渉経験は多くある。即座に引き受けた。


十日ほど置いて竹中は再び来日し、何年ぶりかで山梨の本社工場を訪れた。その時に確認させられたことがある。それは社員の技術力の高さだ。技術者だけでなく、溶接や旋盤などの現場の技能工も、皆、知識と経験と自信に裏付けられた確かな仕事ぶりを発揮している。これは昔と変わらないキトーの伝統だと、まだ失われないレベルの高さを再確認し、うれしい懐かしさに浸《ひた》った。

会議が小休止のあいだ、竹中は工場の会議室から、窓外で鉄板を吊り上げているクレーン作業を見上げていたが、ゆっくり視線をはずすと、社長や専務らの幹部に言った。

「私はね。社員の皆さんの技術力は大したものだと思っています。これを塩漬けにしておくのは実に勿体ないことです。ぜひ外資と提携をしましょう。心強いことに、効率的な工場設備と技術力の高さは、キトーが誇れる有利なセールス・ポイントです」

「先日、労組の人とも話したのですが、彼らも前向きにとらえてくれました」

と専務が応じた。竹中はカバンから資料を取り出した。

「これを見て下さい。ハイデルンについての最新のデータです。とりわけこのマーケティングリポートに書きましたが、日本には、彼らのクレーン技術を欲しがっている広範なユーザーがいます。それに、定評のある製鉄機械は、新日鉄や日本鋼管、川鉄など多くの製鉄所がほしがっているのです」

「だから日本に工場を持って、製造しようということですか」

「図星です。私は日本へ来る前に、デュッセルドルフにいる友人の会計士に、非公式にハイデルンに当たってもらいました。その結果、御社との資本提携に満更でもないような感触を得ています。ただ一部の製鉄機械については日本にライセンシー（技術使用権・実施権等の許諾を受けている会社）がいるみたいですが、その調整は可能のようでした」

「それは朗報ですね。何だか希望が湧いてきました」

竹中は明るい顔を専務に向け、

「幸いなことに、私自身も実はハイデルンのハンス・ウルマン社長とは或る意味、気心を通じ合っているんですよ。以前、別件でやった買収交渉で、当事者ではないんですが、知り合いましてね。お陰で探りあいの時間が節約できるだけでも有難い。さっそくドイツへ飛んでみましょう」

「それは朗報ですな。でも問題は銀行です。仮にハイデルンが出資したいと思っても、果してどう出てくるかですね。当社の株式売却に同意してくれるのかどうか……」

「まあ、値段しだいでしょうね。銀行にしても、キトーが発展するチャンスですから、大局的な判断をしてくれるんじゃないでしょうか。彼らを信じたいと思います」

それから株式の売却希望価格や比率などについて協議し、竹中は帰国した。銀行への説明はキトーが受け持った。銀行には交渉状況を逐一報告するという約束で、一応、彼らの了解を得た。本件の担当者が、

「うまくいったら投資の道が開けますすね」

と期待の言葉をかけてくれたのは有難かった。

銀行の了解を待って、すぐに竹中はドイツへ飛んだ。それから日本、ロス、ドイツと、何度かせわしく駆け回った。時には専務も加わり、内容を煮詰めた。その間、銀行へ途中経過を報告するのを忘れていない。

この頃には竹中の努力が功を奏し、ハイデルンはかなり乗り気になっていた。シナリオ通りの展開である。スムーズな進展の裏には、ハイデルン自身もかねてからキトーをアライア

ンスの候補者の一つに入れていたことも大きかった。

それ以後、ハイデルンも複数回、来日し、キトーも交えて銀行と交渉をもった。こうしてようやく資本出資合意の一歩手前のところまでこぎつけたのだった。

その日、会社へ引き上げたとき、鬼頭社長ら役員と竹中たちは缶ビールを片手に、遠慮のない安堵のため息をついた。

「いやあ、竹中先生のお陰です。助かりました。これでどうやら設備投資も出来るようになるでしょう。従業員にも思う存分働いてもらえます。理想的な形で決着がつきそうで、有難うございました。契約までもう少しです。頑張りましょう」

「おほめいただき、有難うございます。今のお言葉、アメリカにいる私の部下や仲間にも伝えたいと思います。きっと喜ぶでしょう」

これほどの短時間でここまで来られたのは、部下たちや会計士ネットワークによるチーム力の成果だと思っている。

ところが事態は思わぬ方向へ動き出す。肝心の契約の行方が、なかなか見えてこないのだ。海の向こうで潮の流れが突然変わり出したのである。

元々、ハイデルンを所有するマイネン・グループは、グループ内にケイタイ事業をもっていて、この部門に見切りをつけ、売り先を探していた。そんな折り、イギリスの大手携帯電話会社のボーデスフォンと条件が合い、彼らにそのケイタイ事業を売却することになった。

ところがそのときマイネン・グループのオーナーは何を思ったか、ケイタイを除いた残りの本体であるマイネン・グループそのものを、まるごと同じドイツ企業のローベルガーへ売却したのだ。もちろんこのときハイデルンも一緒にローベルガーへ売られた。ローベルガーは情報通信、電力、電器、医療、防衛等の分野をカバーする巨大メーカーである。

しかしここでまた思わぬ展開が起こった。ローベルガーは自らの体力強化を図るため、間髪を入れずに不要だと考えたハイデルンを、アメリカの投資会社であるKMMに売却する交渉に入ったのだ。何とも目まぐるしい動きだが、欧米では珍しいことではない。ハイデルンは財務的には厳しいけれど、技術力は高い。優良企業との評価があり、高値で売れそうな気配なのである。

竹中は気が気ではない。いったいハイデルンと積み上げてきたこれまでの議論はどうなるのか。キトーに資本参加するという考えはまだ生きているのだ。それなのに肝心の主役のハイデルンが、まるで旅役者のように居場所を変えて次々と売られていく。彼らの立場も分からなくはないけれど、これ以上、放置はできない。竹中はドイツへ飛んだ。押しかけ的に相手のウルマン社長と対面し、強い口調で決断を迫った。

だがウルマンの落ち着かない態度から、十分に答えは予測できた。気もそぞろなのだ。

「ミスタータケナカ、申し訳ない。キトーと話し合う時間がないんです。私はこれからアメリカへ行かなければなりません」

「KMMですね」

「そうです。KMMのデューディリジェンスに立ち会うよう、急に言われました」

「デューディリジェンスですか。なるほど、もうそこまで進展しているのですね」

「ええ。向こうへ着いたら、真っ先に心理学者のインタビューを受けることになっているんです。経営者としての私の人物評価をされるのでしょうな」

結局、KMMは予定通りローベルガーからハイデルンを買収し、その際、社長のウルマンを解任している。

　ここに至って竹中は踏ん切りをつけた。急遽、作戦変更である。これ以上、ハイデルンに固執するのをやめた。時間がない。急ぎドイツから日本へ飛んだ。社長は不在だったが、専務と会い、作戦を練った。

「専務、私はまだ諦めませんよ。新たな提携先を探しましょう。勝負はこれからです」

「竹中先生にそう言っていただくと、心強いですね。候補者はいそうですか」

「いるはずです。でも時間がありません。私もアメリカへ帰って調べますが、ここは銀行にも頑張ってもらいましょうよ」

　そのためには銀行にヤル気になってもらう必要がある。これがポイントだ。竹中はやや考えたあと、迷いのない表情になって言った。

「こうしましょう。私はうしろへ引っ込みますよ」

「えっ、それはどういう意味ですか」

「ご存知のように、私はM&Aのコンサルティング会社を主宰《しゅさい》していますし、キトーの社外重役でもあります」

「まあ、それはそうですが……」

「そんな自分が前面に出るのは考え物です。むしろ黒子に徹し、キトーへのアドバイス役になりましょう。銀行との折衝はキトーが前面に立って、やってくれませんか」

こうして両者の役割分担が決まった。

さすがは大銀行である。期待通り銀行は必死になって探し、アメリカの投資ファンドのカーライルを見つけてきた。時間を置かず、キトー幹部とカーライル・ジャパンの役員との顔合わせが行われた。

専務は投資会社と聞いて、何だか「乗っ取り」というイメージを連想し、不安になって竹中に相談した。竹中は即座に賛同した。

「いいお話ですよ。カーライルは創立後まもないですが、良心的ないい会社です。彼らは経営支配をするつもりはありません。純粋な投資を狙っています」

「決定までどのくらい時間がかかるのでしょうか」

「ハイデルンほどではありません。投資会社ですから、勝負は早いでしょう。投資価値があると判断すれば、即決します」

そう言って、黒子である竹中は細かい作戦を専務と打ち合わせた。

バブル崩壊で銀行は忙しい。膨大な不良債権の解決に奔走するなか、キトーの案件にも全力でぶつかり、カーライルと激しい、しかし前向きの友好的な交渉を続けた。

そして最終的にキトー、銀行、カーライルの三社は、経営改革を効率的に行うため、思い切った方策に打って出た。一部の資本参加ではなく、何とキトーそのもののカーライルへの売却に踏み切ったのである。夏の暑さが厳しい二〇〇三年八月、その契約書が調印された。

キトーのその決断を後押しした背景には或る確約があった。確約というより、条件というべきか。

カーライルは単なる買収屋ではない。長期保有して企業価値を高めてから売るのを目的としている会社である。そのため株式を百パーセント所有するのではなく、一部をマネジメントにも持たせて意欲を駆り立てる。つまりマネジメント・バイアウト（MBO　経営陣も出資した買収）を行い、同時に非上場とするのだ。これだと創業家の鬼頭も株式を保有できるのである。鬼頭にとっても竹中にとっても、カーライルは望ましいパートナーに映った。

調印式が終わって、赤坂のレストランでキトー内部のささやかなディナーがもたれた。その席上、竹中はすがすがしい気分で社長に申し出た。

「長い道のりでしたが、ようやくこれで決着がつきました。もう私の出番はここまでです。カーライルに経営権が移った以上、社外重役を辞任したいと思います」

鬼頭は感極まったのか、うっすらと眼をうるませ、竹中の手を両手で握りしめた。

「そうですか。仕方ありませんね。本当に残念です。いろいろ有難うございました。正直言って、アメリカ人の経営には不安がありますが、全力で頑張りたいと思います」

「不安は不要でしょう。ここにアメリカをよく知る生きのいい経営者がいますからね」

竹中はそう言って、脇にいるユタ大学へ留学した常務の芳雄の肩を軽くたたくと、今度は

顔を鬼頭の方に向け、

「私はね、社長。ハイデルンとの資本提携じゃなく、投資ファンドからの出資を受けることになって、本当によかったと思っていますよ」

「は？　どうしてですか」

「ハイデルンだったら、経営権の一部はあちらに移るじゃないですか。何かとうるさいですし、下手をしたら、将来、キトーを単なる下請けにしようと目論むかもしれません。でもカーライルなら、百％近く、キトーが采配を振るえるのです。皆さんの手腕一つで、キトーを再建、繁栄させられるのですよ。有難いことに、投資会社は結果だけしか見ませんからね。MBOのいいところです。もちろん当初は両社共同で経営課題の解決に臨みますけれども」

これを機に鬼頭社長は退任して弟の専務が後を継ぎ、芳雄は常務から専務へ昇格した。ファンドからも山田和広ら数名の役員が加わった。以後、芳雄はカーライル・ジャパンの役員たちと力を合わせ、死に物狂いで経営改革に取り組んだ。そしてジャパンの力添えで、自動倉庫ビジネスは、大阪にある保管・搬送システムの最大手ダイフクへ譲渡することに成功するのである。

こうしてキトーは芳雄を中心として再建街道を突き進む。竹中の予想通りの進展が、しかも時間を短縮して着々と実現していく。

やがて再建が完了すると、もう勢いは止まらない。今度は海外にまで打って出て、中国とドイツに子会社を設立した。そしてファンドの資本を受け入れてからわずか四年後の二〇〇七年、遂に東証一部に上場する快挙を果たしたのである。その間の二〇〇六年に四十三歳で芳雄は社長になっている。その後、タイ、韓国、インドやブラジルへも進出して、多国籍化の道に踏み出した。

ファンドにとってこれ以上の優良物件はない。上場から四年後の二〇一一年、全株式を売却し、キトーは完全な独立会社となった。これからは芳雄にとって、名実共にフリーハンドだ。ユタ大学で学んだ英語を武器に、眼はこれまで以上の熱さで世界に向けられている。

12　船井電機、コストダウンへの挑戦

船井電機社長の船井哲良と会うのは初めてである。一九九二年秋の昼過ぎ、竹中は早めに約束のホテルニューオータニへ着いた。

今日は何だか面接試験のような気分がしている。船井哲良がアドバイザーを探しているので君を紹介したと、友人から言われて、やってきたのだ。

この会社の躍進ぶりは知らぬ者はいない。そのユニークな経営はますます業界の異端児へと突っ走らせ、異端児であるがゆえに創業者利得を手にし、いっそう躍進する。そんな好循環の螺旋《らせん》階段を駆けのぼる時代の寵児《ちょうじ》だ。そのことは竹中もマスコミや伝聞で見聞きしている。だが船井経営の中味についてはまだよく知らないというのが実情である。

――この会社のことを知ってみたいものだ。

竹中はアドバイザーというよりも、一人の経営探求者の気持ちが強くなるのを抑えられない。いい機会だと思っている。そんな意識があるからかどうか、まるで面接試験を受けるような心境になるのだった。

船井電機は大阪府大東市に本社を置き、テレビなどのデジタル家電を製造販売している。

工場はほとんど海外で、人件費の安い中国が主力だ。それらの製品はアメリカのウォルマートなどへOEMで卸し、自社ブランドを使わない。それは徹底していた。

その昔、ソニーや大山電器、鶴岡電器、日吉製作所、芝山電器などが日本国内に巨大な工場をもち、アメリカなどへ大量輸出している時代に、船井はすでに国内を捨て、海外製造に特化していたのである。先進的な技術開発部門だけを日本に残した。その技術を使って人件費の安い中国で生産し、そこで出来た製品を消費者がいる欧米で販売する。日本、中国、欧米という三極体制を築いていたのだった。

しかしながら日米貿易摩擦と円高が進行するにつれ、大手家電メーカーが続々と対米進出へ乗り出してきた。アメリカ市場での販売競争は熾烈である。たぶん船井哲良もそのことで、アメリカに詳しい自分にアドバイザー役を依頼したいのではないか。竹中はそう判断し、今日の顔合わせに出て来たのだった。

「やあ、お待たせ」

背後から友人の声がし、ほぼ定刻に船井といっしょに現れた。

――この人が船井哲良なのか。

がっしりした体格で、いかにもエネルギッシュな実業家を思わせる。眉毛《まゆげ》が釣り上がり、そのあいだに三本の縦皺が刻まれ、二重まぶたの大きな目が控えていて、それらを太い鼻筋が重そうに支えている。

竹中は丁重に挨拶し、予約されていたガーデンラウンジの窓際の席へ案内された。コーヒーが運ばれてくる。互いに自己紹介をし、しばらく世間話を交わしたあと、友人が気をきかして去った。

この日に備え、竹中は事前にアメリカにおける家電市場について調べていた。ところが予想に反し、船井はいきなり中国市場のことを質問してきた。

「今、私たちは中国に製造工場をもっています。これからもっと増強したいと思っているのですが、なかなか一筋縄ではいかない難しさがあります。竹中さんはどう思われますか」

その難しさは竹中の実感でもある。

「確かにあの国は難しいですね。例えば合弁事業。四苦八苦したあげくに工場が完成し、せっかく生産がはじまっても、今度は客に売った代金がなかなか回収できません。貸し倒れが多くて、資金繰りに苦労するのが実態です」

「なるほどねえ。あなたもそう思われますか」

船井は頬を緩ませ、自分たちも最初は合弁会社を作ったのだが、途中でそれを投げ出し、以後は工場を持たずに委託加工工場という身軽な形で生産しているのだと、説明した。そして思い出すのも癪だといわんばかりに、眉をしかめて続けた。

「実際、そうする前は地獄でしたわ。帳簿上では売上があがって売掛金がどんどん増えていくんやけど、キャッシュが入りません。仕方なくこちらは銀行保証をしていくのですが、どうも合弁の相手はそれもやっていなかったんですな。うまく誤魔化して保証を逃げていたんですわ」

「よく分かりますからね。地方政府や銀行幹部とつるんでいるところがありますからね。それに中国は毎日、いわゆる『配当』をしなければならない国なんです。従業員への分配です。カネを置いておくと、全部、彼らに食われてしまいますから」

「ほう配当ねえ……。それはどういう意味ですか？」

船井は興味深そうに目線を上げ、たずねる眼になった。

「以前、私はメリー冷蔵というアメリカ企業の依頼で、上海にある彼らの合弁会社を訪れたことがあります。中国東方冷蔵という会社ですが、かなり売上があるのに、どうも利益が出ない。毎年赤字続きで、その原因調査に行ったわけです」

竹中が言うには、会社は間違いなく大成功している。しかしその利益はとんでもない方に使われていた。気前よく何百人という従業員をタイ旅行へ招待したり、立派な寄宿舎を作ったりして、毎年、利益を従業員に分配していたのだという。利益は会社発展に使われず、株主にさえ戻らない仕組みになっていた。

「ですから中国では利益を出しても、持っていかれないよう細心の注意が必要ですね」

「竹中さんの意見に同感ですな。ほんまに難しい国やわ。はっきりゆうて、彼らはお金と家族しか信用していませんからね」

「でも中国四千年の歴史を見たら、それは仕方のないことかもしれませんよ」

「ハハハ。えらい大きく出られましたな」

「だってそうでしょう。四千年にわたって、一般大衆は王や武士、地主ら一部の特権階級に搾取《さくしゅ》されてきました。その後、共産党時代になった今も、役人たちに搾取されています。いまだに特権階級対奴隷の構図です」

「それが四千年続いているわけや」

「そこへもってきて問題なのが信仰でしょう。一応、宗教は認められているけれど、共産党国家の監督下にありますからね。実際には愛国主義とかマルクス主義と結びついた一部のものしか許されません。信仰の自由はなく、もう救いがないんです。だから大衆にとって、信用できるのは勢いお金と家族だけになっても、おかしくはないのです」

　船井はしきりにうなずきながら、

「そう考えれば、納得できますな。社員はちょっと技術を習得すると、カネに目がくらんで簡単に転職します。少しは日本的な忠誠心をもってもらわないと困りますわ」

「でも、どうでしょうか。それは無理だと思いますね。民主主義の歴史を見れば、分かります。日本は明治維新からもう百数十年も経って、鍛錬されていますけど、中国は戦後からまだ五十年なんですよ。まだまだ時間がかかるでしょうね」

「君、早い時点に一度、中国へ行ってくれないか。うちの工場を見学して、感想を聞かせてほしい。帰りに大阪へ寄ってもらえませんか」

　どうやら面接は合格したようだ。この一言で竹中はコンサルタントとして雇われた。これほどの実績があるのにテストめいたことをされ、本来は不愉快になっていいはずだ。が竹中は逆に船井の用心深さに、大胆な経営者という世評とは異なる堅実な資質を見出し、かえって感心した。結局、アメリカ市場のことはきかれずじまいだった。

時を置かず竹中は、船井電機ホンコン事務所の日本人社員といっしょに、広東省東莞市の工場を訪れることにした。

ホンコンから高速ジェットフォイルに乗って一時間ほどで中国本土に着き、そこからさらに車で一時間走らせた。

やがて市の中心部に近づいたとき、いきなり数万坪の広大な工場群が見えてきた。船井電機だ。真新しい数棟の建屋が、太い線を引くように降り注ぐ力強い太陽の下で、その白い光をまぶしそうにはじいて、整然と並んでいる。日本の工業団地で見る光景と変わらない。

従業員が一万名を超える主力工場だという。敷地内には部品を内製する日系の協力工場も幾つかあり、機械も最新鋭だ。生産効率とコストダウンを極限まで追及し、部品から完成品までの自己完結型の生産が行われている。

「郵便局まであるのですね」

同じ敷地内に、出稼ぎに来ている従業員用の寮が何棟も連なっているのが見えた。

事務所で工場概要の説明を受けたのち、ヘルメットと見学者用の作業服を着用し、竹中は工場内に入った。ゆっくりと歩きながら、興味深そうに見学した。何本かのラインが規則的に動き、作業員たちはコンベアの前に立ったまま、一心不乱に作業に熱中している。

そのとき突然、鋭い警告音が鳴り響き、ガタンとコンベアが止まった。作業中断だ。何があったのだろう。竹中は驚いて周囲を見回した。だが誰も慌てる者はいない。コンベアの後ろに長い線が引いてあり、何名かがその線のところまで下がって静かに立っている。作業をやめ、待機している姿勢である。

ラインの班長らしい中国人が急いで駆け寄ってきた。そして作業員と言葉を交わしながら何やら確認し、再びコンベアを動かした。随行の日本人社員が小声で竹中に言った。

「部品の欠陥が見つかるか、作業が遅れるなどの問題が起こったのでしょう。問題に気づいたら、作業員は直ちに横にあるボタンを押して、ラインを止めるのです」

「えっ、作業員が止めるのですか。そんなことをしたら、生産効率が悪くなりませんか」

「いえいえ。こうすることで、一目で広い工場内のここに問題があることが明確になりますからね。班長はその原因を確認後、直ちに応急措置をし、コンベアの稼動を再開させます」

竹中は狐につままれたような心境である。こんなことがあちらこちらで起これば、それこそ生産減少でコストアップになりそうな気がした。

「よく分かりませんねえ。どうしてそこまでするのか……」

「今、作業を停止したでしょう。その時間と原因はしっかりコンピューターに記録されます。そしてこのデータが後で生きるのです。終業時に班ごとのミーティングを持つのですが、そこで改善策を話し合います」

「なるほど、その改善策が翌日から実行に移されるというわけですか」

「ええ。でもそれだけじゃないんですよ」

と言って、再び歩きながら続けた。

「一日の計画生産台数が達成されたとしましょう。すると翌日にはラインの進行スピードを少しばかり上げます。計画台数を上方修正するんです。或いはラインに従事する従業員の数を減らす場合もあります」

「ふーむ、それでうまくいくのですか」

「人間ってのはですね、実に不思議な生き物なんですよ。だんだんスピードに慣れていくんですね。その結果、うちの工場では半年から一年経つと、生産性が平均二十%から三十%も向上します」

「いや、驚きましたね。これが船井流のコストダウン方式ですか」

「その通りです。私どもはFPS、つまりフナイ・プロダクション・システムとよんでいます。元々はトヨタの生産方式を見学して、これをエレクトロニクス機器の生産向けにアレンジしたものなんですよ」

「なるほど、FPSですか。ラインを無理に動かすんじゃなくて、率先して止めるなんて、とても勇気のいることです。そうすることで、不具合や不良品、生産上の欠陥などが浮き彫りになる。まさに逆転の発想ですね」

「ええ。ですから私たちは生産ラインが止まるのを歓迎しているんですわ。原因究明は製造現場だけでなく、設計段階にまで踏み込みます。改善また改善で、生産性は永遠に上がるものなんです」

目からうろこが落ちるというけれど、竹中は貴重な勉強をさせてもらったと思った。

それ以外にも驚かされたことがある。ここでは何と在庫がゼロなのだ。毎日、完成品が出来上がると、直ちに全量をホンコンへ出荷する。毎日、「配当」をとっているのである。工場にあるのは原材料と仕掛り品だけなのだ。

「それにしても、委託加工工場というのは素晴らしい方式ですね」

「まあ、ここへ至るまで随分失敗もしてきました。今は中国人を使って成功していますが、中国は何が起こるか分かりません。人件費も何れは高騰するでしょう。いざとなったら、全部捨てて、中国から撤退する覚悟もしています。身軽さは重要です」

実り多い中国訪問だった。竹中は約束通り日本へ立ち寄り、船井社長へ感想を報告した。無事、顧問契約を結び、以後、経営アドバイスをすることとなる。

その後、船井電機はシンガポールとマレーシアにも工場進出している。また欧州の高い輸入関税を避けるため、イギリスとドイツに工場を建てた。

そしてアメリカ市場でも竹中が持論としているコア顧客への参入を果たすのである。東亜水産の即席麺開拓の頃を思い出しながら、竹中は大手スーパーのウォルマートやコスコ（現コストコ）、家電量販店のベスバイなどへの納入を進言した。当初のＯＥＭ販売から徐々に自社ブランド販売へと切り換え、マーケットシェア拡大に邁進《まいしん》する。

竹中が顧問契約を解除した後も快進撃は続き、今日、北米での液晶テレビ販売では、首位のサムスン電機に僅差《きんさ》で迫っているのである。海外生産比率は極めて高く、二〇一二年の全売上高のうち、九十%を超えていた。ちなみに船井哲良はアメリカの経済誌「フォーブス」発表の二〇一二年「日本の長者番付」では、二十八位となっている。

「御社の薄利多売は徹底していますね」

いつか竹中は感嘆して言ったことがある。船井は先を見通すような透徹した眼で、こう答えた。

「でもうちはよそ様の薄利多売とは違うんですよ」

ただの大量生産ではないというのだ。これだけコストがかかったからこの価格で売る、というふうなことをしない。顧客が買えそうな価格を調べ、それに合った生産方法を考え出すのだという。

「はっきりゆうて、お客様は神様ですわ。お客様が値段を決めるんです。その値段で売るためには、どういうふうにコストを下げたらいいのか。そういう智恵を働かすのが、ビジネスというものと違いますやろか」

「それがひいては売上拡大につながっているわけだ」

船井はうなずきながら、肯定の眼を向けた。

「私はね。マーケットというのは三角形だと思っています」

「三角形？」

「ええ。三角形です。商品の値段が高ければ高いほど、市場はどうなると思います？　上方の先端が細くなって、需要が減るんですわ。値段を上げたら、マーケットが縮まって、売上が減る。だけど値段を下げて、三角形の下方へ下げていくと、今度は逆に買おうという人が増えてきます」

「つまり単価かける販売個数で見ると、販売金額に差が出るというわけですね」

「その通り。例えば二割値段を下げて、倍の顧客に買ってもらったら、この方がはるかに売上が増えて儲かるんです」

船井は確かに異端である。販売にしろ製造にしろ、すべて時代に逆行した、常識の裏を突く行き方で成功している。竹中はアドバイザーとして貢献はしているつもりだが、彼から得るものも大きいと思った。この会社を紹介してくれた友人に感謝した。

船井哲良は頑健な男である。そしていつまでも好奇心あふれる男である。八十六歳になる今日でも（二〇一三年八月現在）、毎年五月のゴールデンウィークには必ずアメリカを訪れるのだ。竹中をはじめ、在米の知己に会って話を聞いたり、大手スーパーマーケットに足を運んで生のマーケティング情報を仕入れる。現場主義はこの歳になっても変わらない彼の心棒である。

13　解雇やむなし

　三川製作所といえば医療機器の大手メーカーだ。一九九八年の朝早く、そこの常務取締役大川寛が青山のタケナカパートナーズ事務所を訪ねてきた。竹中とは遠慮のいらない親しい間柄である。以前、大川がカリフォルニアにある光洋銀行の現地子会社頭取をしていた関係で、二人は知り合った。

　三川製作所は光洋銀行をメインバンクにしていて、そこから大川は三川へ出向してきていた。「ミカワアメリカ」の運営についてアドバイスを求めてきたのだった。オハイオ州のクリーブランドにある子会社ミカワ・インターナショナルが、もう十三年間も赤字を垂れ流しているという。

「三川本体もバブルが崩壊して以後、業績がぱっとしません。私がいた光洋銀行から、この子会社建て直しをせっつかれて困っています」

「ほう、十三年もの長いあいだ放置なさっていたのですか」

「ええ。どういうわけか、誰も手をつけたがらなかったようです。うかつに触れて、中の火薬が爆発するのを嫌がったのかもしれませんね」

そこで竹中に至急現状を調査してアドバイスをしてくれないかというのだ。

「竹中先生さえよろしければ、午後にでも当社の会長と社長にお会い願い、正式に依頼させて頂きたいと思います」

依頼を受けたら即行動するのが竹中の主義である。アメリカへ帰国後、すぐにクリーブランドへ飛んだ。竹中はこの地が好きである。エリー湖の南岸に位置し、縦横に走る河川と点在する深緑の森が、何ともいえない安らぎを与えてくれる。車で走行するあいだ、ビジネスで酷使された眼と体を一時《いっとき》、休ませてくれた。

だがそんな平穏な気分は会社へ着くまでだった。ミカワアメリカの経営陣に会って、すぐに失望に変わった。

アメリカ人社長と副社長に面談し、会計帳簿を精査したのだが、あまりにも経営がお粗末すぎる。真剣味がまるで感じられないのだ。ただ高い給料をもらうために漫然と日々をやり過ごしてきた。そう見られても仕方がない。そんな無責任さが社内の隅々にまで横溢《おういつ》していた。

社長のアイザック・トンプソンは、尊大ぶった感じの立派な鼻髭をたくわえ、胡散臭そうな斜めに見上げた眼で、ねちねちと話す癖がある。かなりの猫背なのが気にかかる。能力が低い割には悪知恵が働きそうなタイプだと、竹中は判断した。しかし表情には表さないよう用心している。

「ミスタータケナカ、私がローマン・インスツルメントの医療機器部門にいた時はね……」

と何かにつけ、大会社にいたという過去の自慢をするのである。こういう人物に限って小物が多い。それに右腕ともなるべき営業担当の副社長。これがまた問題なのだ。トンプソンの実弟で、覇気もなければ戦略も持っていないのに、やたら口が滑らかで弁が立つ。

——この二人は即刻、クビだな。

竹中は慎重に対面しながら、心の中ではそう決めていた。三日も四日も調べる必要はない。時間の無駄だ。二日目のうちにロスへ帰り、夜、自宅から日本へ電話を入れた。

「大川さん、あの二人には会社運営は無理ですよ。レベルが低すぎます。辞めてもらう以外に経営改善の方法はありませんね」

「やはりそうですか。危惧が当たりましたな。でもどういう理由で辞めさせるか……」

「それなんですよ。経理書類に粉飾があるかどうか調べてみたのですが、これは期待はずれです。ごまかしはありません。ただ予算段階ではいつも黒字なのに、終わってみれば赤字ですね。おかしなことです」

大川は電話の向こうでうなずき、意気込んだ。

「そうだ。その成績不良で解雇できませんか」

「そうしなくちゃいけないでしょう。アメリカではパーフォーマンスが理由で解雇しても、訴訟にはなりませんから。でも今回、果たしてこれが使えるかどうか。もう十三年間も同じパターンでやってきたのでしょう？」

「同じパターンと言いますと？」

「予算がいんちきだと思いながらも、本社はずっと認めてきましたよね。そして年度末に未達になっていても、何のお咎《とが》めもしていません。これが問題なのです」

「問題？」

「ええ。これが我々の弱みです。相手はきっとこう言うでしょう。十三年間ものあいだ本社は予算を認めながら、協力をしてくれなかったのだと。そんな勝手なことを主張する恐れがありますね。本社は彼の経営のやり方を認めてきた、許してきた、という強弁です」

「……」

大川は沈黙した。竹中は言いにくいことだが、明らかにしておかねばと、続けた。

「どうもトンプソンは米国子会社を設立した時から、重要なことは直接、本社幹部と話をしてきたようですね」

「それは当たっていると思います」

「本社の中間層を飛ばして、トップと話をつけてきたと、彼自身、言っていました。またそれを裏付ける書類やメモも残っています。これは裁判になったら、相手に付け入る口実を与えてしまいますね」

「裁判に持ち込まれたら、どんなふうになりますか」

「これは厄介ですよ。デポジション（宣誓証言）まで行ったら、本社である三川製作所の社長も何度か裁判所に呼ばれるでしょう」

竹中はそう言って、ディスカバリーの要領を詳しく説明した。

「ですから、訴訟にならないように持っていくべきです」

大川も賛成である。

翌週、竹中は緊急の案件で韓国へ寄ったあと、東京入りした。三川製作所本社を訪れ、大川をはじめ、法務関係の担当者も交えて作戦を練った。大川は率直に自分たちの不手際を吐露した。竹中の前では何でも話せる気安さを感じている。それは竹中も同様だ。

「役員たちも反省しています。トンプソンのことを、ローマン・インスツルメントにいたということで、頭から信用してしまったようです」

「いや、御社だけではありませんよ。多くの日本企業が経営者選びで失敗をしています。日本人というのは、なぜかいまだに白人には弱いんですね」

議論は竹中の提案通りで進んだ。

「問題はボード（取締役会）が機能していないことです。この再構築を急ぎましょう。解雇するには用意周到な準備が欠かせません。トンプソンは無能な割に、法律知識はあるようですからね」

「無能だからこそ、自己防衛には熱心なのでしょうな」

大川の言葉に竹中は実感のこもった苦笑で返した。それから立ち上がって黒板の前へ行き、マジックで書きながら段取りの説明に入った。

「今後はボードの議事録は必ず作成し、そこで予算をきちんと承認します。これは後で大砲の威力を発揮するはずですから」

それからボードメンバーの強化を提案した。社外重役として、竹中自身と、もう一名、労働雇用法や人種差別の専門弁護士を追加する。そして三ヵ月に一度開かれるボード・ミーティングには、本社役員でメンバーになっている人は必ず参加するようにと強調した。

　それから数ヵ月が過ぎた。三月といっても、クリーブランドはまだ凍《い》てつくような寒さが続いている。道路は一面、中途半端な雪解け水と灰色の泥が混じり、お世辞にもいい景色とはいえない。春の訪れを前にし、最後の儀式に耐えているふうだ。

　三川製作所米国子会社の一室では、汗ばむほどの暖房のなか、新年度予算を承認するボード・ミーティングがはじまっていた。トンプソンが変な動きをしないか心配していたのだが、その気配はなさそうだ。突然、役員が増員されたこともあり、これまでとは違う雰囲気は察知しただろう。だが自分の解雇に向けた思惑が秘められているとは、思ってもいないようである。

　議事が進行し、新年度予算承認の議題に移った。トンプソンが各メンバーに薄い予算書を配る。竹中らはいっせいに目を走らせた。

——どういう内容になっているのか。

　誰もが心配していたのはこの一点だった。もし利益ゼロとか赤字で組まれていたら、困るのである。だが幸い、例年通りの黒字予算が印字されている。皆はひそかに安堵した。

　簡単な説明を聞き終わると、日本人議長はあえて無表情を保ち、トンプソンに尋ねた。あらかじめ竹中と打ち合わせていた発言内容である。

「過去の予算案はどれも、こういうふうに黒字で組まれていましたよね。だけど結果は赤字で終わっています。今回もまた黒字ですけれども、大丈夫ですか」

トンプソンは撫でていた顎から手を離し、そのゆっくりした動作に不似合いなほどの素早さで、一瞬眼に戸惑いの色を見せた。質問の意味を吟味しているのだろうか。がすぐに自信たっぷりな表情に戻り、胸を張った。

「もちろんです。これまでは運悪く突発的なことがいろいろありました。が今回は大丈夫。問題ありません」

トンプソンの横に座っていた弟の副社長が、何か言いたそうに唇を動かした。議長はそれに気づき、素早く採決に移った。全員一致の賛成で可決された。

その後、何事もなく月日が過ぎたが、トンプソンの側にちょっとした動きがあった。そう思えた。地元の小さな三文新聞に、ゴシップ的な記事が載ったのである。会社名は伏せられているが、某外国企業が根拠もなしにアメリカ人経営者にハラスメント（嫌がらせ）をしていると記されていた。竹中は会計士ネットワークの友人から送られてきた記事を見て、前後の文章から三川製作所のことだと直感した。

――気づかれたのかもしれないな。

いや、そうに違いない。用心が必要だろう。竹中は気を引き締めた。とは言っても、こちらはハラスメントとは思っていないし、彼のパーフォーマンスに不満があるのは事実である。

解雇の意図は変わらない。

だが三川製作所に連絡するのはもう少し待とうと考えた。あまり驚かせると臆病になり、変にトンプソンと妥協をしかねない。えてして日本企業というのは、対決よりも妥協を選ぶ傾向がある。世間体を重んじるのだろう。これで何度苦い目にあってきたことか。

その一方で念のためその背景を調べてみた。するとどうも日本企業ではなく、ヨーロッパとの合弁会社らしく、しかもハラスメントというよりは労使問題をこじらせているという情報を得た。

――どうも考え過ぎでいかんな。

大川に告げていなくてよかったと、竹中は一人で苦笑した。

ここは我慢のしどころである。帳簿を調べた限りでは、赤字街道を走っているのは明らかだ。着々と墓穴を掘っている。

秋も深まった頃、竹中は帳簿の数字を見て、そろそろ時期が来たと判断した。八ヵ月が経っていた。これ以上待つのは危険である。会社が黙認しているというふうな、屁理屈を並べる機会を与えないとも限らない。

もう一人の社外重役である弁護士と相談の上、竹中は勝負に出た。大川に国際電話をかけた。

「いよいよ決行の時です。次のボード・ミーティングで、解雇に踏み切りましょう」

「順調と言ったら、おかしいのですが、うまく赤字になっていますか」

竹中は思わず吹き出しながら、

「ええ、順調です。これならたぶん訴訟の心配はいらないでしょう」

「何とかそう願いたいですね」

「ただ、できるだけ波風立てない形で辞めてもらいたいと考えています」

そのため三川家の御曹司である三川重役にも来てほしいと頼んだ。

「それはまた、どうしてですか」

「バブル崩壊で本社も大変なのだということを、彼の口から直々《じきじき》に、トンプソンに伝えてほしいのです」

事情を聞き、なるほどと御曹司も快諾した。

ところがその朗報が竹中に届いてから、すぐにまた大川から追いかけるように電話がかかってきた。トンプソンのいるあいだに後継社長を探したいというのだ。竹中は反対した。

「それは愚策ですね。トンプソンに不必要な刺激を与えかねません。下手をしたら、訴訟の場で悪用されることだってあるでしょう」

「しかし、もしトンプソンが解雇できたとして、社長不在のままでは会社はやっていけないのではないですか」

「まったく問題ないですよ。何だったら、タケナカパートナーズから副社長を派遣して、つないでも構いませんよ」

それから十日後、クリーブランドで取締役会が開かれた。筋書き通りに議事が進行し、いよいよ山場である。議長の日本人会長がトンプソンににらみつけるような視線をあて、損益状況の報告を求めた。

トンプソンはこれまでにない厳しい追求に、頭が混乱したのか、何度も数字を読み違えた。

売上の未達成についても、その原因をすべて市場環境の悪化と競争の厳しさに求めた。

「同業者が次々と値下げをしているなか、私は本社の指示に従い、価格をキープしました。利益達成はトップとして必須ですからね。その結果、売上が減少し、このような未達になったのです」

要は本社の指示でこうなったのだと、強弁するのである。決して自分の落ち度を認めようとはしない。さらには話が筋道からそれて脱線しながらも、何とかして人事的なハラスメント（嫌がらせ）へ結びつけられないものかと、チャンスをうかがっている。

そのとき、不意に竹中が鋭く叫んだ。

「あっ、そのマイク。はずしてくれませんか」

皆がいっせいにトンプソンのカバンに目をやった。あいた口からマイクの頭が見える。議長がすかさず叱責した。

「隠しマイクはいけませんね。許可なしに録音するのは認められません」

トンプソンは狼狽した。皆の視線から逃れるように顔をそらし、マイクをしぶしぶはずしてカバンにしまった。劣勢になったその機をのがさず、竹中が発言した。

「ミスタートンプソン。先ほど競争の厳しさとおっしゃいましたが、具体的に、他社の価格データを見せてくれませんか」

「いや、それが、今……手元にはありません。ですが競争が激化したのは事実です」

「私はあなたの感想や伝聞を尋ねているのではありません。あなたはこの会社の最高経営責任者です。責任者であれば、その評価は利益という結果だけだということをご存知ですか」

議長が竹中の方を見、大きくうなずいた。一撃を与える時期の到来を意識したのか、何度も練習してきた台詞をここぞと投げつけた。

「ミスタートンプソン。この八ヵ月の成績を見る限り、もはやトップとしての資格はなさそうですな。きついようですが、あなたには代表者から退《しりぞ》いていただきたいと思います」

トンプソンの顔色がさっと変わった。唇を小刻みに震わせ、横にいる弟の副社長をチラッと見た。弟は観念したのか、口もとを力なく緩め、無言で社長を見返している。

暫時《ざんじ》、沈黙が流れた。その流れの最後を引き継ぐように、御曹司がトンプソンに向かって静かに口を開いた。

「きついお願いをして申し訳ありません。私はこの会社のオーナーですが、バブル崩壊後、本社は赤字で四苦八苦しています。メインバンクからは一日でも早く黒字体制にもっていくよう、はっぱをかけられているんです。銀行の命令の前には、悔しいことですが、私たちはまるで赤子のように無力です」

「……」

トンプソンは何を言い出すのかと、黙ったまま怪訝《けげん》そうに耳を傾けている。御曹司は心のこもった、かみ締めるような口調で続けた。

「このアメリカ会社も同じです。一刻も早い赤字脱却が求められています。もしそれが出来なければ、閉鎖か解散かのどちらかなのです。どうかこの窮状を分かっていただきたい。あなたには十三年間も頑張っていただき、ご苦労をおかけしましたが、なにとぞ御理解いただけませんでしょうか」

御曹司の言葉は効いた。トンプソンは込み上げる憤懣《ふんまん》に打ち勝ったのか、目をしばたたかせ、力の抜けた無防備な表情をした。両唇を内側に噛み込み、沈黙している。受諾の合図なのだろうか。銀行という第三者を理由に説得され、さらにオーナーの口から面子《めんつ》をたてられて、ここが退け時と思ったのかもしれない。弱い一息をはくと、御曹司を見た。

「分かりました。心のこもったお言葉、有難うございます。長い年月でしたが、あっという間だった気もします。この会議の終了と同時に、ミカワアメリカから去ることにしましょう」

竹中はトンプソンからそっと視線をはずした。猫背の丸みを帯びた線が、白い壁を背に寂しげに見えた。案外、根は悪い男ではないのかもしれない。そんな気がした。能力以上の経営権を与えられ、どうしていいか分からないまま十三年が過ぎたのだろう。或る意味、彼も被害者なのかもしれない。一件落着したというのに、なぜか竹中の心の隅に寂しさが残った。

約束通り、タケナカパートナーズから副社長を送り、その間に人材銀行を使って後任者を探した。何度かの面接の後、候補者は二人に絞られた。ナンバーワンは営業経験が豊富な人格者で、皆から高い評価を得た。だが竹中は反対し、ナンバーツーを推《お》した。

「ナンバーワンは確かにリーダーシップがあるかもしれませんが、肝心の医療器具分野の経験が皆無です。これは致命的です。それに比べ、ナンバーツーは小規模であっても、ローマン・インスツルメント・インド会社の責任者をしていましたし、医療器具の経験もあります。彼に決めるべきだと思いますね」

結局、竹中の意見が通り、以後、会社再建は急ピッチに進むのである。まるで十三年間の遅れを取り戻すかのような勢いで経営が改善し、親孝行な高収益会社となった。

14　エンジン全開

日産自動車の物流子会社バンテックに奥野信亮という社長がいた。一九九九年七月に日産自動車の取締役から天下ってきた人物だ。ちょうど日産が傾き、コストカッターといわれるカルロス・ゴーンが社長としてやってきた二ヵ月後のことである。

当時バンテックは売上高六百億円で、営業利益三億円。まじめに仕事さえしていれば、文句は出ない。親会社から一定の売上と利益を保証してもらえた優良子会社だった。

バンテックとしても、本社からの退職者や余剰人員の受け皿の役割を担い、それなりに貢献してきた。そのため本社はコストを無視し、ある程度利益を上乗せした金額でバンテックに物流業務を発注していたのである。ところがゴーン体制になって状況が一変した。それまでのぬるま湯的な経営が許されなくなり、たちまちバンテックはパニックに陥《おちい》った。

ゴーンは赴任から三ヵ月後、リバイバル・プランと称する公約を発表した。そのあおりでバンテックには初年度から直ちに物流コストを二割下げるよう要求が来た。要求はさらに続き、三年で三割にも達する過酷さだった。

奥野は奮闘した。内部合理化で二割下げ、協力会社に一割を負担してもらって目標を達成したのである。

しかし奥野は安心していない。もっと深刻な別の懸念に絶えずさらされていた。それはゴーンが掲《かか》げた資産処分の大方針だ。有利子負債削減のため、片っ端から資産売却に走っている。現にバンテックも例外ではないと、早くから告げられていた。

――この会社もいつ売られるか分からないな。

その思いは奥野に、逆に生き残りへの闘志をかきたてた。ゴーンがいる限り、いくらこちらが成長戦略を考え、頑張ってみても、コストカットの一言で会社そのものが消されてしまう。出来れば、これは避けたいものである。

そこで或る日、カルソニック・アメリカ創立者で親友でもある新井賢太郎に相談した。新井は一九七二年、日本にある自動車部品メーカー日本ラジエーターのアメリカ拠点設立のため、ロサンゼルスへ渡った。そこでカルソニック・アメリカを創設し、以後、二十年間住んだという国際ビジネスのエキスパートである。ちなみに日本ラジエーターは、カルソニック・アメリカが大成功したので、自身の社名も後にカルソニック・カンセイと改めている。

ちょうど奥野も日産時代に四年間アメリカに駐在していて、二人は親しい間柄だった。新井は相談を受け、ためらわずに言った。

「あ、それなら竹中征夫という会計士を紹介しよう。俺の友人で、こういうことの専門家だ」

そんな縁で、竹中と奥野は対面することになる。竹中は話を聞き終わると、回答を見つけた時の曇りのない自信で明確に述べた。

「アメリカではこういうケースはよくありますよ。MBO（Management Buy Out）という解決策ですけどね」

「ほう、何ですか、それは……」

「M&Aの一形態です」

「いやあ、それはちょっと……」

奥野はがっかりした。M&Aをするほどの大金があるわけがない。竹中は彼の心中を見透かしたように、

「失礼ですが奥野さんの場合は、買い取るためのそんな何百億円、何千億円という大金をお持ちじゃないでしょう」

奥野は当然というふうに、ふくらみかけた勢いが消え、落胆の眼でうなずいた。竹中は手のひらを柔らかく相手の方へ向け、懸念を引きとった。

「でもご懸念には及びません。会社の内容さえよければ、ファンドとよばれる機関が今のマネジメントに資金を貸してくれるのです」

「ほう、そんな有難い会社があるのですか」

「ファンドもこれで儲けます。アメリカでは珍しくありません。バンテックにはぜひこの方法を推薦したいですね。奥野さんらマネジメントがファンドから資金を借りて、日産が所有する株式を買い取るわけです」

「もしそれが可能なら、やりがいがありますな」

「ファンドというのは外部からカネを集めてきて、それを投資という形で運用します。しかし投資した会社の経営は、すべてその会社のマネジメントにまかせるのです」

以後、奥野は合理化と奮闘するかたわら、竹中と相談の上、ＭＢＯについても研究を重ねていく。会社を儲かる体質に変えなければ、ファンドが興味を示してくれないからだ。

そして体質改善は着々と進んでいくのである。日産側もＭＢＯについて異存はない。竹中は奥野に、

「私が調べたところでは」

と前置きして言った。

「これが成功するかどうかは、メインバンクの日本興業銀行がカギを握っています。彼らが反対すれば、恐らく失敗するでしょう」

「大銀行はプライドが高いですからね」

「そこですよ。彼らに味方になってもらいましょう。彼らに興味をもたせ、ヤル気にさせるのです」

「ですが、どういうふうにもっていきますか」

竹中は顎に手をやり、ちょっと間を置いた。だがすでに考えはあるのか、困ったふうには見えない。

「これでいきましょう。私はアドバイスはしても、これからは黒子に徹します。表には出ません。すべて興銀がやるという形にしましょう」

興銀にMBOのファイナンス（融資）をやってもらい、花をもたせるのだという。

「興銀はプライドの高さと同じくらいに能力も高い銀行です。御社の会社内容と、経営者である奥野さんの力量を見れば、必ず乗ってくると思います」

奥野は半信半疑をひきずったまま、さっそく興銀にコンタクトを取った。多少時間はかかったが、予想通り興銀は興味を示し、今度は興銀自身が乗り気になって、

「奥野さん。今度、スリーアイというファンドをご紹介しましょう。このスキームに入ってもらおうと考えています」

と言って、以後の段取りを詳しく説明した。

スリーアイというのはInvestors in Industryの略で、頭文字の三つの「I」を束《たば》ねたところから来ている。イギリスの権威あるファンド会社だが、興銀はここに資本を投じていた。興銀とは密接な間柄である。

そして交渉が或る程度進んだところで、ATカーニーというアメリカの大手コンサルタント会社が起用された。日産とスリーアイの仲立ちを担当してもらおうというのだ。こうしてMBOに向けた専門家集団であるオールキャストが揃ったのだった。

MBOという性格から、株式購入については全部借金するのではなく、奥野らマネジメントも一部、自己資金を拠出した。下手をすればすべてを失う冒険だが、奥野は自分を過信しない程度の謙虚さで、成功させる自信にあふれている。マネジメント層の仲間たちを根気よく説得し、自己資金を集めるのに成功した。

途中、価格やフィーの交渉で苦労したが、最後には無事、ＭＢＯはまとまった。二〇〇二年の秋、合意に至り、翌年一月、正式成立したのだった。大規模なＭＢＯとしては日本で第一号の誕生となった。

厳密にはその三年前に、金属メッキ用薬品のメーカー日本高純度化学が行ったＭＢＯが最初であるが、これは大きな親会社から一部門を切り離したもので、金額的にはごく小さなものである。

バンテックはその後、奥野の奮闘によって企業価値がぐんぐん上がり、見違えるような優良企業に変貌する。ＭＢＯから二年後、ファンドのスリーアイは持株を売却したのだが、株価上昇の結果、出資金の三倍を得たという。もちろんこの時点では竹中は関係していないけれど、ＭＢＯを仕掛けたアドバイザーとして、これほどうれしいことはない。

◇　◇　◇　◇　◇　◇　◇　◇　◇　◇　◇　◇

企業の合併や買収を業務とするプライベート・ファンドの一つに、プリンス・エクイティがある。ロサンゼルスに本拠を置き、一九八〇年代初頭の創業で、まだ若い。そのプリンスがバブル崩壊後、竹中の仲介で電機大手である藤村電機から通信事業を買収した。その前にフランスからも通信事業を買っていて、この分野に注力をしていた。

或る日、プリンス・エクイティのファンドマネジャーが竹中に言った。

「日本企業で通信を売りたいところはありませんかね。例えば東西電気や大山電器、北川電気、大川電気などで、売り払いたいとか、切り離したいという会社や部門があれば、有難いんだが」

さっそく竹中は日本へ飛び、この四社を訪れた。だがどの会社からも同じ台詞で断られた。

「売りたい案件がないわけではありません。でもNTTさんとの関係がありますからね。売りたくても売れませんな」

竹中の営業活動への意気込みは熱い。彼らの心変わりを期待して、それ以後も訪日の折、前出の四社も含めていろんな会社を訪れている。

半年ほどが過ぎたそんななか、東西電気部長の小谷鋭一が竹中に或る打診をした。

「うちに撤退したい会社があるんですけどね。ご興味、おありですか」

「ええ、もちろんです。M&Aは私の専門ですから」

小谷が言うには、ジョージア州アトランタに東西テクノ・ラボラトリーという通信技術の研究開発型の会社をもっている。株主構成は東西電気が筆頭で八十五%、A商社が十%とB生命保険が五%である。

「これがうまくいっていないんですわ。焦げ付いてしまって、毎月、大金が必要でしてね。垂れ流しです。将来を考えたら、とても支えきれません。それにアメリカ市場での通信がこれからどうなるのか。先がまったく見えないのです」

そこで清算して撤退しようということになったのだという。

「この清算業務を御社でやれますか。会社清算のノウハウがおありかどうか」

「もちろん問題ありません。実際、バブルが崩壊して以降、私の仕事は清算や売却が主でしたからね。この分野のノウハウは十分にあります」

「それでしたら……」

と、小谷がキャビネットから資料のファイルを持ってきて、説明をはじめた。

この会社は研究開発型なので、物を作っていない。そこでエレクトロニクス製造の協力者として、エレクトンＩＮＣという会社と契約している。彼らはかなり設備の先行投資をしており、東西テクノは撤退の代償として、彼らに十四億円の罰金を支払わねばならないという。

「それはバカになりませんね。それ以外にもコストがかかるでしょうし……」

「おっしゃるように、諸々の清算コストを入れると、全部で十九億円くらいになるでしょうか」

「十九億円ねえ……」

竹中はそうつぶやきながら、天井の一点を見つめている。何かいいアイディアはないものか。

「小谷さん。いっそのこと倒産させたらどうでしょう。それなら損害はもう少し小さくなると思いますよ」

「いや、それは出来ません。東西電気の評判が悪くなりますからね。いろいろ議論したのですが、結局、清算しかないという結論になったんです」

小谷は眉間にしわを寄せ、万策が尽きたというふうに深いため息をついた。しかし竹中は諦めるのはまだ早いと思った。

「御社はその会社に、これまでどれほどの投資をされているのですか」

「五十億円から百億円は固いですな」

「なるほど。そこまで投資されているのなら、清算ではなく、むしろ売却でいくべきだと思いますね。技術の蓄積があるでしょうから。いくばくかのお金は戻ってくるかもしれません」

「いえ、それがまた難しいのです。大きな障害がありましてね。仮に買ってくれる相手を見つけても、エレクトンINCの承認が必要なんです。先ほども言いましたように、彼らもかなりの先行投資をしていますからね。簡単には認めてくれそうにありません」

「でも、物事はやってみなければ分からないでしょう」

竹中はねばった。ネバーギブアップは自分の信条である。困難は自明であっても、先ず最善の線でトライをするべきだ。

そんな竹中のチャレンジングでしつこい態度に、正直、小谷は煩《わずら》わしさを覚えた。が一方では、おかしなことに、彼のM&Aアドバイザーとしての執念に職業意識の強さを見出し、最近の付き合いにもかかわらず、深いビジネス関係を構築したいという強い欲求に誘われた。

「実はね、竹中さん。以前、東西テクノの社長に売却先を探させてみたんです。でも買い手は見つかりませんでした」

「やっぱりそうですか」

「それで最後の手段として、清算にもっていくしかなくなったのです」

「当然、投資銀行を使って探されたのでしょう」

「もちろんです。現地社長の方で投資銀行を雇って、売る努力をしたようです」

小谷は淡々と流れを話すのだが、竹中は何か引っかかるものがあった。ちょっと待てよ、という思いが強い。投資銀行は徹底的に売る努力をしたのだろうか。難しいということが分かっているので、最初から着手金だけを懐に入れ、手を抜いたということはなかったのか。どうせ売却できなければ、ムダ骨になる。

自分も同業者として、アメリカの投資銀行の習性は熟知しているつもりだ。いい業者は多くあるけれど、中には悪徳業者も混じっている。竹中はしつこく尋ねた。

「本当に売れなかったのでしょうかね」

小谷はむっとした顔を返した。

「現地の外国人社長は信用の出来る人物です。彼を信じたいと思います」

「でもね、小谷さん。この案件はどう考えてもおかしいですよ。普通、売る時は買手からお金をもらうものです。それがもらえないどころか、逆にエレクトンＩＮＣに十四億円の罰金を取られる。私の経験ではちょっと考えられません」

難しい案件であればあるほど、手抜きが起こる。ここは一つ、もとをたどって調べてみる必要があると思った。根拠はないが、カンである。

「じゃあ、竹中さん。いったいどうすればいいのですか」

「ムダ骨になってもいいから、一度、経緯を調べてみたらどうでしょうか。十九億円もかけるんじゃなくてね」

「そんなにうまくいくんでしょうか。何だかまるでおとぎ話のようですな」

そのおとぎ話を書いてみたいのだと竹中は言い、勢いに乗って推理の先を進めた。

「そうなると、ポイントはエレクトンＩＮＣです。彼らがあくまで十四億円を要求するのか、それともいくらか負けてくれるのか」

「いやー、それは難しいでしょう。残念なことに、ただでも東西テクノを引き取ってくれるところはいないんですから。引き取ったあと、維持するためには追加投資が必要ですからね」

「でも、やってみなきゃ分かりませんよ。万が一、エレクトンＩＮＣを説得して罰金が減額されたら、大助かりじゃないですか」

竹中はそう言って、白紙に数字と図を書きはじめた。

「仮に五億円、負けてくれたとしましょう。そしたら東西テクノを買ってくれそうな相手にその五億円をあげるのです。ノシをつけて、売れる相手を探してみるのも一考ですよ」

「つまりエレクトンＩＮＣには十四億円ではなく、九億円だけ払って、差額の五億円を使って買い手を見つけるというわけですね」

「或いはノシは一億円だけにして、残りの四億円は東西電気がもらってもいいわけです」

「ということは、罰金の十四億円が実質、九億円に減額されるということですか」

「もしうまくいけば、ですけれどもね」

小谷はちょっと考えたあと、そんなことはあり得ないと小首を振った。

「いやあ、それは夢物語です。そんなことより、やはり清算に持ち込んだ方が得策だと思います。時間も節約できますから」

竹中は諦めない。しつこくねばった。M&Aアドバイザーとしてのこれまでの経験から、何か引っかかる。腑に落ちないのである。

「お願いです、小谷さん。私に一度、調べさせてもらえませんか」

小谷はとうとう竹中のしつこさに根負けした。だがなぜかうんざりした閉口感の中に、一筋のすがすがしさが吹き抜けたのだった。

アメリカへ帰国後、竹中はジョージア州の東西テクノを訪れた。アトランタ空港に降り立つと、南部特有の夏の蒸し暑さが、まるで燃えるような感じで顔や腕など、体の皮膚に打ちつけ、圧してきた。

レンタカーを選ぶとき、正面にある新車のアコードがふと眼に入った。それがなぜかサクラメントで会った時の本田宗一郎の顔と結びつき、迷わずアコードに決めた。エンジンをふかしてみたが、乗り心地はよさそうだ。

ここアトランタは昔、綿花産業が盛んな地だった。映画「風と共に去りぬ」のヒロインで、綿花栽培の大地主令嬢のスカーレット・オハラが、南北戦争が終わった後の失意の底で、再起を期して故郷のタラへ向かう。その役を演じる女優ヴィヴィアン・リーの、生に立ち向かう決意の顔が、今もまだまぶたの奥に残っている。そこで映画は終わるのだが、竹中はそんなことを懐かしく思い出しながら、一気に市内まで飛ばした。

東西テクノの社長ポール・ウォーカーに会い、当時の関係書類を見せてもらった。小谷が言ったように真面目そうな人物で、彼が手抜きしたとは考えにくい。だが人間性はよくても、仕事は雑の一言だ。肝心の投資銀行の報告書が存在しないのだ。口頭でやっていたという。信じられないほどのずさんさである。結局、詳しいことは分からなかった。

その足で空港へ引き返し、投資銀行のあるニューヨークへ向かった。ウォーカーがアポイントをとってくれていたので、夕方には相手に会えた。竹中とは同業でもあり、もう過去のことだと安心したのか、正直に状況を話してくれた。難しい案件なので、手付金だけをもらって、ほとんど何もしていないことが判明した。

やはりカンは当たっていた。まだ絵は描けていないが、ひょっとしたら、これなら損をせずに売却できるかもしれないと、かすかな光明がまぶたにちらついた。

ロスへ戻り、日本へ電話をして小谷に報告した。小谷は初めて経緯を知り、驚きと無念さを表わした。がその言葉の端々《はしばし》に、時々、希望を見出した時に見せる張りのある音声を混ぜ、電話を終える頃には明るい声調になっていた。

——さて、どうするか……。

何かいい方法はないものか。竹中は知恵を絞った。

時間をムダに出来ない。考えながら走るのは竹中のビジネススタイルだ。ネットワークを駆使して情報を集め、自身も駆け回った末、とうとうこれぞという戦略にたどり着いた。その段階で再び小谷に電話を入れた。前置きはそこそこにして、要点に入った。

「オークランドに、ゼニア・テクノロジーという通信関係の研究開発型企業がありましてね。技術力のあるいい会社です。そこへ東西テクノを売却しましょう」

「ほう、そこが買ってくれそうなんですか」

「いえ、確定したわけではありません。イエス・オア・ノーなんです」

「というと？」

「ゼニアはまだ利益が出ていない体制なので、キャッシュがありません。ですから東西テクノとの株式交換の方式が望ましいと思います」

「なるほど、株式交換ねえ。それでゼニアはＯＫしているのですか」

「もちろんです。この方法がベストでしょう。もしうまくいったら、十九億円も損をすることにはならないと思います」

　小谷は聞きながら、うれしい情報だが、社内調整が大変だなと思った。すでに清算で決めているものを、一転して売却に方針変更せねばならない。予想される社内の賛成派、反対派の意見が頭の中でぐるぐる回り、うんざりした。

　だがその一方で竹中の解決に向けた一途な思いを前に、自分の躊躇を恥じた。ここは社内云々よりも、会社の利益という観点から決断をするべきではないか。もしこの提案が奏功《そうこう》するなら、それ以上のことはない。小谷は心中の葛藤を相手に気づかれないよう、張りのある声で、

「よく分かりました。少し検討の時間をいただけませんか」

と答えて電話を終えた。

竹中の提案は東西電気に承認された。竹中はゼニアと東西テクノの価値を知るため、両社の評価に入った。それが出たところで訪日し、小谷に会った。交換比率の提案もした。

「仮にゼニアからもらった株式の価値がゼロになっても、いいじゃないですか。それでも東西電気にとっては大助かりです。撤退じゃなく、売却ですからね」

「というと？」

「つまりこの方式だと、撤退じゃないから、エレクトンＩＮＣに罰金を支払う必要はありません。一円も清算コストをかけずに売れるのですから」

「まるまる十九億円が助かるというわけですね」

「それだけじゃない。もし将来、ゼニアの株価が上がったら、大儲けということです」

「そんなにうまく運ぶのかなあ」

小谷は不安にとらわれたらしい。懐疑《かいぎ》的である。竹中は「大丈夫ですよ」と言って、続けた。

「ここへ来る前にゼニアの社長に会って、ある程度の肯定的な感触を再確認しています。交換比率で多少の交渉はあるでしょうけど、成立すると思いますね」

「だけどねえ……」

小谷はまだ納得できず、込み上げてくる喜び以上に心配をふくらませて言った。実際、エレクトンＩＮＣの社長のタフさは骨身にしみている。

「問題はエレクトンＩＮＣですよ。やはり十四億円もらった方が得だと思うんじゃないかしら。彼らを説得できるのかどうか……」

「それは私の仕事です。何としてでも説得しなければなりません」

竹中は毅然と言った。それは小谷にというよりも、自分に対して吐いた励ましであり、プッシュであった。

帰国後の竹中は忙しい。ゼニアとの話が終わると、今度はエレクトンＩＮＣを訪問し、スキーム（仕組み）の説明と共に罰金の撤回を求めた。

「十四億円の罰金を手に入れるより、新しいゼニアとビジネス関係を構築した方が、御社のメリットになると思いますよ。目の前の現金より、将来の実現確実な夢を選んでいただけませんか」

こちらの交渉には電話や手紙以外に数回、足を運んだ。その結果、エレクトンＩＮＣは未来志向の賢明な選択をしてくれた。罰金を放棄し、ビジネスの方を選んだのである。

こうして無事、二〇〇四年に東西テクノとゼニアとの株式交換が終わり、コストゼロで売却が成立したのだった。小谷の喜びはひとしおだ。

「竹中さん、これで東西テクノの株主であるA商社とB生保に、顔が立ちました。彼らはきついことを言わず、私にまかせてくれていただけに、肩の荷を降ろした思いです。本当に有難うございます」

竹中の仕事は無事、落着した。しかしこのままで終わる気はない。ここからがアドバイザーの真骨頂なのだ。ゼニアから受け取った株式の価値を高めたいと考えている。

だがいいアイディアが浮かばない。いたずらに時間だけが過ぎていく。落胆した竹中は或る日、率直にゼニア会長に相談した。

会長はビジネス経験豊かな頭の切れる人物である。それから数ヵ月後、或る構想を提案してきた。ナスダックに上場している会社でバルーンという通信機器会社があり、これに着目したらどうかというのだ。

バルーンはドットコムバブルの崩壊で売上が激減し、会社が傾いた。上場はかろうじて維持しているものの、事業の中味はボロボロだ。空洞に等しい。しかし何と百億円もの現金をもっている。一方、ゼニアはというと、技術はあってもカネがない。そこで両社を合併させようと考えたのだった。

竹中は飛びついた。ゼニア会長自らが交渉人になり、バルーンを訪れた。駆け引きをろうせず、率直に目的を述べて協力を求めた。

「私たちには技術があるけれど、お金がありません。でも貴社にはお金しかありません。ゼニアとバルーンが合併するのが最善だと思われませんか」

何度も会談を重ねた結果、ついに合併提案は受け入れられた。上場しているバルーンを生き残らせ、その上でゼニア・テクノロジーに社名変更した。経営陣はゼニアが担う。両社にとって、まさにWin-Winの結果となった。竹中の出番はなかったが、そんなことより小谷の喜ぶ顔を想像すると、自分の手柄のようにうれしかった。

こうして大赤字だった東西テクノはゼニアに変わり、或る日、突然ナスダック上場企業となって、いつでも株式を売れるようになったのである。

そして後日、新会社が発展するにつれ、株価が大きく上昇した。東西電気はもちろん、A商社やB生保にとっても、これ以上の喜ばしい結末はない。

とあるホテルのラウンジで、小谷と竹中がこんな会話を交わしている。

「竹中さん。十九億円の損害から多額の株式売却益。どうしようもないガラクタが見事、ダイヤモンドに化けましたね」

「ビジネスというのはまるで生き物ですな。どんどん姿を変えますから」

だからこそこの仕事は面白いのだと、竹中はガラス窓越しに日本庭園を眺めながら、心の中でつぶやいた。

◇　◇　◇　◇　◇　◇　◇　◇　◇　◇　◇

マキラドーラ（maquiladora）という言葉がある。アメリカとメキシコとの国境沿いにある保税加工業のことで、舞台はメキシコ側に置かれている。賃金の高いアメリカを避け、無関税でメキシコへ原材料や機械を輸入して、ここの工場で生産し、その製品をアメリカへ輸出するのだ。コンセプトはＮＡＦＴＡ（北米自由貿易協定）の一環である。

アメリカ企業のみならず、日本企業も積極的にマキラドーラを利用した。ソニー、大山電器、鶴岡電器、ＪＶＶ、日吉製作所などがテレビ、ビデオなどの家電製品を生産し、繁忙を謳歌する。日本人社員たちはカリフォルニア州南端にあって、メキシコに接するサンディエゴ市に住み、毎日、車でメキシコまで通った。

それらの原材料や製品を内陸輸送するロジスティック会社に、日本の太陽物流があった。彼らは当地で日本企業の物流を一手に引き受け、好景気の分け前にあずかる。ところが時代を経るにつれ、テレビ生産はサムスンやLG、台湾勢に取って代わられた。マキラドーラの日本メーカーは仕方なく工場を閉鎖し、その影響で太陽物流の仕事が激減したのである。

この難局をどう切り抜けるか。次のビジネスモデルを何にするか。そこで浮かび上がったのが自動車だった。

太陽物流のアメリカ本部はロスにある。東京本社の大村裕専務と竹中は知己の間柄だった。或る日、竹中は大村から相談を受けた。

「この事業環境の激変にどう対応すべきか。社内で鋭意、検討してきましたが、答えは一つ、自動車分野への進出です」

「賛成ですね。家電製品がなくなった今、ぜひこの分野を強化すべきでしょう」

「家電の代わりという理由もありますが、日本にとっても、自動車はもってこいなんです。省エネ技術の優位性に加えて、どんどん車がエレクトロニクス化しているでしょう。どうやら電気自動車の普及も見えてきました。省エネと電気はまさに日本の得意分野ですから」

竹中はうなずき、

「それに自動車はミルクランの典型ですよ。事業として、やりがいがありますね」

と、力強く付け加えた。

ミルクラン（Milk Run）というのは、牛乳屋が牧場を次々回って絞りたての牛乳（ミルク）を仕入れ、それをまとめて乳業メーカーに運ぶ（ラン）という巡回集荷のことをさす。自動車メーカーはジャスト・イン・タイムを求め、それを達成するためにも部品のロジスティックは極めて重要な仕事だ。アメリカで操業するトヨタや日産などの荷主企業は、信頼の出来る3PLを求めている。

3PLというのはサード・パーティ・ロジスティックスのことをいい、第三者が荷主のために物流業務全般を請け負うのである。各部品メーカーを回って集荷したものを一旦自社の倉庫にまとめ、そこで区分け包装して自動車メーカーへジャスト・イン・タイムで配送する。しかし太陽物流にはアメリカでのこの分野におけるノウハウがない。

方針会議は日本の本社とアメリカで精力的に開かれた。

「さて、どうするか……」

最も危機感を抱いているのは社長の越野二郎であり、彼が会議を主導した。

一から勉強して設備投資をしていくにはあまりにも時間がかかりすぎる。そんな悠長なことをしていたら、今日明日にも競争から脱落するだろう。急がねばならない。そこで浮かび上がったのがM&Aである。トラックを持ってミルクランが出来る健康な会社を買収しようということに決まった。

越野の決断は早い。実行部隊の長として専務の大村裕を指名し、すぐに候補者の発掘を命じた。

大村は常に前向きでチャレンジ精神豊かなビジネスマンだ。その点、竹中と似た者同士というのか、うまが合う。迷わず竹中に相談した。

タケナカパートナーズがその業務を引き受けることになり、竹中は情報網を駆使して精力的に調査した。有望な会社を十数社リストアップして、太陽物流との会議に出した。

「この中でも私はケリー・ロジスティックスがベストの候補者だと思います」

と強く推し、その理由を説明した。

「でもね、竹中さん。こんな素晴らしい会社が、果たして我々に売ってくれるんでしょうかね」

その懸念は誰もが共有していた。ケリー社はアメリカ中西部からメキシコに至る輸送ネットワークを構築し、財務状況も良好で、メーカー系顧客を中心に3PL事業を成功裡に展開している。部品メーカーからミルクラン方式で集荷し、組立工場に一括納入していた。喉から手が出るほど欲しい会社である。売ってくれるのかと大村から問われ、竹中も自信がない。

「まあ、当たってみなければ分かりませんが、私としてはやはり第一候補者に全力を尽くしてみたいと思います」

「だけどケリー社だけに固執して、時間を失いたくはないですね」

「いや、それには賛成しかねます。ここは時間を分散させるのではなく、一点に集中させましょう」

と竹中は言って、持論を付け加えた。

「アメリカ企業というのは特徴がありましてね。ちゃんとしたアプローチをし、ネゴーシエーションを行い、フェアな価格を提示すれば、全部とはいいませんが、ほとんど買収できるのです。買収は邪道ではなく、正道なんですよ」

そんな議論があってから十日ほどのち、テネシー州のナッシュビルで自動車業界のカンファレンス（大会議）が開かれた。

テネシー州には車製造の街デトロイトがある。州は自動車産業を熱心に誘致していて、会議終了後、オートモーティブ新聞社と共同で晩餐会を催した。竹中は何か情報はないものかと、忙しい中をやり繰りして参加していた。こういう催し物には何を差し置いても出ることにしている。

ホテルの晩餐会場は昼間の熱気を引き継ぎ、続々と会議場から移動する人で埋まっていく。騒がしくはない程度に、ビジネスの意欲で高揚した雰囲気が満ち、盛況である。高い天井の大広間のあちこちに色鮮やかな花々が飾られ、多くのテーブルが形よく配置されている。それぞれに数名分の椅子があり、竹中は割り当てられたテーブルに座った。

互いに名刺交換をし、その一枚を見て、驚いた。隣に座った中年の女性が、何とケリー・ロジスティックスのアカウント・エギュゼキュティブ（顧客主任）なのだ。ジェニファー・ミラーという。こんな偶然があるのだろうか。まさにあのケリー社なのだ。

――神は味方をしてくれている。

そうとしか思えなかった。このチャンスを逃してはならない。竹中はにわかに起こった胸の鼓動に耐え、室内楽団が奏でるクラシック音楽を遠くに聴きながら、先ずは差しさわりのない話で関係構築につとめた。そして折を見て、丁重に切り出した。

「それにしてもミラーさん。ケリー社は3PL事業で、非常に効率的なネットワークを築いておられますね。御社のことは日本の自動車メーカーのあいだでも評判です」

「そうおっしゃっていただいて、うれしいですね。私たちも何とか日本メーカーに食い込みたいと願っています」

彼女が言うには、日本メーカーの対米進出には目を見張るものがあり、ケリー社の長期戦略として、彼らを取り込むことを真剣に考えている。とりわけトヨタ、ホンダ、日産を客にしたいのだという。

「でも、なかなか難しくて……。どうも日本勢には簡単に入っていけません。何と言うのか、煙幕のようなものを感じるんです」

「煙幕ねえ。たぶんそれは精神的なものじゃなくて、仕事の品質に対する厳しさではないでしょうか」

「なるほど。そう言われれば、ジャスト・イン・タイムなど、かなりの難題をクリアしなければいけませんからね」

竹中は料理をつまみながら、日本のトヨタで行われているカンバン方式を詳しく説明した。ノートを広げ、3PLからはじまって、工場での製造工程を略図で示すとともに、GMやフォードとの違いなども述べた。ミラーは興味津々で聞き入っている。それを見て、竹中は調子に乗り、家電製品の生産システムについても話した。

「ミスタータケナカ、いい勉強になりました。しかし……もし私たちが日本メーカーに食い込むとすれば、大変な努力が必要ですね」

ミラーはやや落胆したように言い、飲みかけていたワインのグラスをテーブルに戻した。

竹中は手を小さく横に振り、やんわりと否定した。

「もし御社がご自身ですべてをマスターなさろうとすれば、そうかもしれません。でもアライアンス（提携）という方法もあるんじゃないでしょうか」

「ほう、アライアンスねえ」

「ちょうど私の日本の顧客の中に、当地でアライアンスの相手を探している物流会社があります」

「これからアメリカへ進出してくるのですか」

「いえ、すでにここで事業をしています。成功しているいい会社ですよ。いつか機会があれば、御社の社長さんのアポイントをとっていただければ有難いですね」

竹中は意識的に軽い調子で流した。あえて太陽物流という社名も出さず、ちょうど次の料理が運ばれてきたのを機に、話題を変えた。ミラーの「ええ、いいですよ」という言葉をしっかりと耳の奥にしまい、今日はここまでと自制した。

それから二週間ほどして、竹中は次の行動に出た。ミラーの名刺を取り出し、電話をかけた。簡単な挨拶のあと、さり気なく用件を述べた。

「今度、たまたま御社があるカンザスシティへ行く用事が出来ましてね。もしよろしければ、この前お話しした件で、社長さんとの面談をアレンジ願えませんか。ちょっとお寄りしたいと思うんですけども」

「ああ、ちょうどよかった。あれから社内でアライアンスのことを提案したのですが、社長のジョナサン・コリンズは乗り気でした。日本のビジネス・パートナーを探そうと、経営会議で決めたところです」

竹中は順調な滑り出しに気をよくした。晩餐会で同じテーブルに座ったことといい、神はまだ味方をしてくれていると、見えない幸運に感謝した。

ただ会社買収の匂いを悟られてはならない。隠すわけではないが、言うにしても時期というものがある。恐らく先方は単なる業務提携程度の軽い考えでいる可能性が高い。

実際のところ、カンザスシティには用事はない。ケリー社訪問だけが目的である。以前、調査リストを作る段階で、一度こっそりと訪れたことがあった。地理は分かっている。

空港で昼食用にサンドイッチの軽食をとったあと、念のためミラーへ電話を入れ、今から行くことを伝えた。それからレンタカーを借り、のどかな田園の緑やこんもりした潅木《かんぼく》林、そしてところどころに点在する背の高い森などを脇に見ながら、ケリー社へ向かった。

やがて見覚えのある、横に長い巨大な建物が現れた。ケリー社のクロス・ドッキング(Cross Docking)とよばれる物流センターだ。背景にある空の澄んだ青さが建物との境を

る。

明瞭に浮かび上がらせ、いっそう大きく見せている。長方形の建物の長い辺の両側が入荷専用と出荷専用に分かれていて、それぞれの側に百台くらいのトラックが停まり、或いは到着して、貨物の積み下ろしをしている真っ最中だった。

入荷側では、あちこちにある車の部品メーカーから製品を運んできたトラックが、横付けではなく、ちょうど船舶のドック（船渠）を思わせる形で、ずらっと縦に並んで停まってい
る。

そのトラックから降ろされた製品は建物内で、納入先である自動車メーカーの工場ごとに迅速に仕分けられ、パレットやベルトコンベアーで出荷側に運ばれて、これまたドック状に待機しているトラックにどんどん積み込まれていた。満載になると直ちに目的の工場に向かって出発していくのである。

複数のメーカーのいろんな製品が、一瞬の休みもなく建物内でクロスして、つまり交差し、横切り、そして出荷される。だから保管されることもなければ在庫になることもない。実に効率的である。そんな荷の動きからクロス・ドッキングと呼ばれているのだ。

竹中は近づいて車から降り、しばらくそんな作業を建物の外側から眺めていた。トラックはどれも新車らしく、運転手の動きもきびきびしている。その無駄のない張りつめた活気にビジネスの好況さがうかがえた。

受付嬢に会議室へ案内された。絢爛《けんらん》さとは無縁の平凡な内装で、普通の備品が並んでいる。財務内容の良さとはかけ離れた地味さだが、これがかえって竹中に企業の堅実性を認識させ

た。

ほどなく相手が現れた。互いの挨拶がすむと、竹中はジョナサン・コリンズ社長を前に、先ず持参した太陽物流のカタログや資料を広げ、概要を説明した。

プレゼンテーションは竹中の得意科目である。控えめな誠実さと、それを壊さない自信に満ちた雄弁さで、相手をこちらに引き込むのに成功したようだ。多くの質問が出たのがその証拠である。

気をよくした竹中が、続いてトヨタのカンバン方式について説明しようとしたとき、社長が軽くさえぎった。

「いや、その話はミラーからお聞きしています。これは省略しましょう。情報有難うございました」

と穏やかに言ったあと、心持ち身を乗り出した。

「本題ですけれど、太陽物流の考えをお聞かせ下さい。彼らは何を望んでおられるのですか」

「ああ、そうですね」

竹中は微笑でうなずき返した。社長は時間を有効的に使おうとしている。その彼のタイム・マネジメント（時間管理）を心得た合理性に好感を抱いた。

「太陽物流は今、家電製品に代わる事業として、自動車への進出を考えています。幸い日本の自動車メーカーは破竹の勢いで出てきていますし、ミルクラン方式の物流へのニーズは待ったなしの情勢です。で、それにどう対応しようかと社内議論をしました」

「そこでアライアンスが浮かび上がったのですね」

「そうです。最初は自分で投資をしてクロス・ドックを作ろうと考えたのですが、何しろ時間がかかりますからね。日本メーカーは待ってくれません。そこでゼロからのスタートではなく、すでに活躍している会社と組みたいと考えた次第です」

社長がうなずくのを見て、竹中は一歩進めた。

「このところの韓国や日本の進出で、GMやフォードなどはどんどん押されています。はっきり言って、ここは御社も日本顧客を取り込んで、ビジネスを拡大されるのが得策ではないでしょうか」

「それは同感です。私たちもアライアンスを望んでいます」

それからも暫くのあいだアライアンスの必要性について意見交換が続いた。竹中は順調な運びに内心、胸をなでおろし、同時にまだあやふやだがその安堵に正比例するように、ひょっとしてという期待感が湧き出てくるのを感じた。

一先ず相互理解のプロセスは終わり、本題のアライアンスについても共通認識をもつところまで来た。だがまだM&Aのことを匂わすタイミングではないと思っている。間を置く必要がある。ほんのわずかでも牙《きば》を見せてしまえば、相手は警戒し、話が壊れるかもしれない。敵対的な買収なら遠慮はいらないけれど、それは太陽物流が好まない。竹中はコーヒーを一飲みし、暫時、間を置くと、さも自然なふうに話題を変えた。

「先ほどちょっとケリー社の概要をお聞きしたのですが、もう少し詳しく教えていただけませんか」

「分かりました。お宅のことばかり詳しく尋ねて、これでは不公平ですな」

社長は明るく笑い、ミラーに目で合図した。

ミラーはうなずくと、資料を片手に、説明をはじめた。およそのところはすでに竹中は知っていたが、そんな素振りを見せずに聞き入った。

その日の会議はそこまでで打ち切った。次回は太陽物流の責任者も連れてくることを約束し、友好裡のうちに会談は終わった。

数日後、友人の会計士から、ケリー社が太陽物流のことを調べているという情報が入った。それも顧客であるトヨタや日産、ホンダなどにも問い合わせているらしい。本気度が伝わってくる。

竹中は進展の確かな手ごたえを得、専務の大村裕と作戦を練った。

「ここは暫く時間を置きましょう。こちらが焦っているのを見せちゃいけません。互いの心が熟成する時間が必要です」

それから半月ほどが過ぎたころ、竹中はコリンズ社長に電話をした。

「太陽物流の意見をきいたところ、ぜひ御社とアライアンスを組みたいということです」

コリンズもすかさず応じた。

「いいですね。私たちも同じ考えです。両社が手を組めば、明るい未来は間違いないでしょう」

「ついてはご相談なんですが、アライアンスを組むにしても、お互いにオーナーシップ（株式所有）でいくというのはどうでしょうか。その方が信頼関係を築けると思うのです」

「ほう、オーナーシップ……ですか」

　コリンズはオウム返しに尋ねたが、その声に驚いた様子は感じられない。竹中は安堵した。面と向かって話すのならともかく、電話でそこまで切り出すのはどうかという不安があったのだが、言ってよかったと思った。力を込めて続けた。

「せっかく組むのなら、その方が日本メーカーの信頼を得やすいと思うんです。要は目的は注文をとることとですから」

「そうですね。面白そうだ。前向きに考えてみましょう」

「今度、太陽物流と一緒にお伺いしますが、いつ頃がいいでしょうか」

　そして翌週には大村と竹中はカンザスシティへ飛んでいる。そこで株式持ち合いの確認をとり、さらに持ち合いではなく、一歩進んで資本参加の打診もした。というのはケリー社は、財務内容は良好であっても、社長の個人保証で銀行から金を借りている。今は借金がふくらみ、キャッシュに余裕がなかった。その情報を得ていたので、あえて探り針を垂らしてみたのだった。

　竹中は相変わらず不安を内包しながらも、あえて攻勢に出た。

「理論上の話で恐縮ですが、資本参加という形もありますし、御社さえよければ、合併ということもあり得ます」

「うーん、合併はまあ別として、資本参加の方はどうなんだろう。太陽物流が参加したなら、どんなメリットがありますか」

「そうですね。ちょっと考えてみましょう。お時間をいただけますか」

「あ、それがいいですね。お互い重要な経営決断をしなきゃいけませんからね」

竹中は会話を交わしながらも、心の中で、「太陽物流が参加したなら」と言った社長の言葉に着目していた。ひょっとしたら、太陽物流からのケリー社に対する出資だけを考えているのかもしれない。互いのオーナーシップではない、一方からだけの資本受け入れが、頭にあるのだろうか。その可能性もなくはない。もしそうなら、理想的な流れである。

日本企業の工場建設は怒涛の勢いだ。このオーナーはビジネス拡大への意欲と、厳然とした個人保証の限界とのあいだで、自社に最も有利な解決を見つけようとしているのかもしれない。竹中はさらに一歩先を知りたい欲求に駆られたが、どうにか自制した。

一応、その日の会談はそこまでで打ち切った。細かな芸当だけれど、相手にも考える時間が必要なのだ。この会社とはじっくり時間をかけ、信頼関係に基づく資本出資へと導きたいと思っている。それが太陽物流の希望であり、コンサルタントとしてもこの案件は是非成功させたいところである。

「後でお聞きしたいことが出てきたら、お電話を差し上げますから」

そう言って、連帯感をつないだ形でケリー社を辞した。帰途、コリンズ社長の考え方について二人は話した。大村も竹中と同じ見解を述べ、竹中を勇気づけた。

じっくりと時間をかけるといっても、話には勢いというものがある。ビジネスにはこの勢いが重要なのだ。数日後、竹中は大村ら幹部とともに再びケリー社を訪れた。

両社による相互持株には触れず、最初から太陽物流の資本参加について語った。危険をはらんだ冒険ではあるが、試す価値がある。これでいけそうな予感がしていた。もし相手が不満や不信感を見せたら、直ちに相互参加に切り替えるつもりでいる。宿題であった太陽物流が資本参加した時のメリットを、刺激を与えないよう言葉に注意しながら説明した。

「ま、このようにすれば、日本メーカーが安心感をもつのは間違いありません。当然我々グループの受注もしやすくなるでしょう。それに先ほども言いましたが、御社の銀行借り入れがやりやすくなるのは大きいですよ」

「それは間違いないでしょうな」

「もちろんです。ご存知のように、太陽物流の存在そのものが、日本銀行団にとっての大きな担保なのです。だから御社が彼らから借り入れる場合、個人保証はいっさい不要ですし、必要な額はいくらでも貸してくれます」

大村も自信のある表情で太陽物流の存在の重みを強調した。コリンズは大きくうなずいた。

「なるほど。この借り入れ問題が解決するのは、正直言って、有難いことですな」

個人保証が解除される。その安堵感が彼の顔に正直に現れている。竹中はすかさず言った。

「それだけじゃありません。金利も相当、安くなるはずです。今、御社は何％ですか。資本参加が実現すれば、いつでも銀行をご紹介しますよ」

コリンズは部下と何やら相談に入った。竹中はそんな彼を目立たぬように観察した。率直な人物だと思った。この一連の交渉で、これまで駆け引きめいたことはほとんどない。厳しさと慎重さを備えつつも偽りのない直球を投げてきた。そして会談のためなら、多忙な時間をいつでも空けてくれる。この男の人格なのか。

いや、これほどの優良企業を率いているのだ。そんなに単純だとは考えにくい。むしろそれだけ仲介役の自分を信頼してくれているのだと、自惚《うぬぼ》れにならない程度に竹中は喜んだ。交渉というものはWin-Winでなければならない。一方が得をし、他方が損をするというのは必ず破綻する。誠意を示してくれているコリンズ社長のためにも、この精神でやり抜かねばと、改めて心に誓った。

頃合いを見て、思いきって提案をした。

「どうでしょう。太陽物流が御社に資本参加するという方向で、いかがでしょうか。この線で進めてみませんか」

「そうですね。これで進めましょう」

コリンズは言葉に力を込めて言い切った。竹中も応じた。

「そのためにも御社の価値を知らなければなりません。タケナカパートナーズがデューディリジェンスをしても構いませんか」

「ええ。すぐにでもはじめてもらって結構です。ミラーと打ち合わせて下さい」

デューディリジェンスの結果が出た。それをもとに株式の価値をはじき、両社は交渉をもった。ただこの段階では何株を所有するかは話されていない。まだそのタイミングではないからだ。竹中はこういう提案をしている。

「太陽物流が百％買収するのは無理ですが、仮にX％としましょう。このX％を太陽物流が所有するとしても、オーナーであるミスターコリンズには社長としてお残りいただき、引き続き経営を担っていただきたい。そう願っています」

「よろしいでしょう。それで結構です」

コリンズは賛同した。竹中はさらに続けた。

「もう一つ。将来もしオーナーとしての貴方が、持株を売却したいと思われたなら、そうしていただいて構いません。ただその時は先ず太陽物流に交渉の優先権を与えてほしいのです。しかしそこで条件が折り合わない場合は、他者に売ってもらうのは当然の権利です」

相手の信用を得るため、大村も太陽物流代表として、同様の言葉を述べて裏打ちした。

合意ができ、その後、両社は正式に弁護士と会計士を任命して、株式の売却交渉に入った。もちろん一株当たりの買取り価格は提示されている。

竹中は最終的な形として、合弁会社形式を提案した。そして全員の総意として、株式の半分を持つ対等の合弁会社を頭に描いた。

太陽物流社内で討議が行われた。そこで竹中は熟慮の末、考えを一歩進めた。対等の合弁会社は運営が難しいことを力説したのである。

「一見、平和的なようですが、五十対五十というのは、物事の決定が出来ないのです。せっかくここまで来たのですから、五十一％のマジョリティを持たねばなりません」

「五十一というと、過半数ですね。これはケリー社から見ると、経営権を譲るということでしょう。そんなことを受け入れるでしょうか」

懐疑的な意見が大勢を占めた。だが対等といえば平和的で望ましいことだが、それでは経営が目隠しされたような状態になる。そんなことでは発展は望めない。

「ご懸念は私も共有しています。しかし大金を投じて株式を買う以上、絶対に成功する買収でなければなりません」

竹中はそう言って、再度、単身でカンザスシティを訪れた。コリンズは待ってくれていた。握手する手に力強さが感じられ、その感触ですべてが順調にいっていると推定した。竹中はおごることなく、いつものきさくな明るさと誠実さで向き合った。

「合弁会社の運営ですけれども、どうすれば成功させられるのか。今日はこのことについて、腹を割ったお話をさせていただきたいのです」

そう前置きして、経験に基づく持論を展開した。

コリンズは静かに聞き入っている。その静かな時間の継続は、竹中にとって喜ばしいサインだった。コリンズはすでに腹を決めているのではないかと、不安ではなく前向きな方へと予感させた。決定的な言葉を言おうとしている竹中の心の動きに、それは勇気を与えてくれた。

「ミスターコリンズ、ついては運営方法ですけれども、実は五十対五十ではなく、五十一％にしたいと思うのです。太陽物流はどうしても合弁会社を連結決算にし、成功させたいと考えています。でも日本の会計原則では、連結するためには五十一％が必要です。会社を支配したいとかいうのではなく、あくまでも成功させたいのです。どうか信頼していただけないでしょうか」

議論はあったけれど、結局、最終的に竹中の意見にコリンズは同意した。連結決算という口実を持ち出したが、それをどう解釈したのか分からない。ただコリンズは太陽物流に賭けてみようと決心したことは紛れもない事実である。竹中は半年間にわたる交渉を振り返りながら、決してコリンズの期待に背いてはならないと、自分に誓った。

二〇〇九年秋、株式譲渡は成立した。そしてその後、太陽物流の傘下に入ったケリー・ロジステックスは順調な発展を続け、北米全域に効率的なビジネスモデルを構築して成功している。

15　エピローグ

空にまだほんのりと明るさが残っている。二〇一二年初秋の遅い夕刻である。竹中はＪＲ目黒駅に降り立った。駅員のアナウンスを耳の遠くに残しながら、雑踏を通り抜け、もらった地図の紙片を片手に、一分ほど歩いたところにある中華料理店、香港園に足を踏み入れた。

二階の大広間には白が主体の大きな花が活けられ、壁にかかった水墨画の簡素さとマッチして、知的な雰囲気が漂っている。そんななか大勢の会計士たちが立ったまま、思い思いに談笑している。かつて働いていたクラウンの同窓会だ。竹中の元部下たちが発起人になり、立ち上げたもので、毎年一回、大先輩の竹中を迎えて、ＯＢや現役が東京で集まる。

全員日本人かその二世で、海外、とりわけアメリカ各地のクラウンで働いていた。そして今も同じ会社にいる者もいれば、他の会計事務所や一般企業に移っている者、自分で起業している者など、多彩な顔ぶれである。この日に合わせ、アメリカから出張を兼ねて来日した人も多い。

飲み物と料理が次々と運ばれるなか、参加者は次第に数を増し、百五十名くらいになっているだろうか。そのうち女性会計士は三割を超えている。久しぶりの再会に、いまだ忘れない連帯感を確かめ合って、無警戒な懐かしさで目を輝かせ、回顧談からビジネス情報の交換など、打ち解けたムードで話し込んでいる。日本企業の海外進出を縁の下で支え、時には先頭に立って引っ張っている国際会計士、ビジネスコンサルタントら百五十余名の精鋭が、今日この時間、一堂に会したのだ。

やがて司会者で世話人のポール与那嶺が前に出て、改めて横にいる竹中を紹介した。ポールは元読売巨人軍にいた与那嶺要の息子で、今は日本ＩＢＭで営業担当の専務をつとめている。竹中はマイクを受け取り、一礼すると、張りのある声で挨拶をした。

この日のスピーチの内容は日本のさらなる開国論だった。日本の若者たちにもっと海外へ出てほしい、そうすることで世界のビジネス現場を肌身で体験でき、それが日本企業のグローバル化を引っ張る要《かなめ》となる。そのためにも今日、そして明日と身近な若者に声をかけ、彼らが外に出るのを応援して欲しい。マーケットは日本の人口の一・三億人ではなく、世界の七十一億人であることを忘れないでほしいと訴えた。ＴＰＰ（環太平洋戦略的経済連携協定）やＦＴＡ（自由貿易協定）が進むなか、日本の先端技術をアジアやアフリカ、中南米へもっていき、そこの労働インフラと結びつけるべきであり、そこにこそ日本の新しい発展があるのだと力説した。

竹中の挨拶が終わると、ポールが乾杯の音頭をとり、再び歓談に戻った。竹中の回りに昔の懐かしい面々が、飲み物を手に集まってきた。プライスウォーターハウス代表取締役会長の内田士郎や、ＧＣＡサヴィアングループ代表取締役渡辺章博、櫻井公認会計士事務所の櫻井健一郎ら、かつて部下としてプロジェクト・ジャパンに携わり、竹中と苦楽を共にした戦友たちである。

「ところで、岩永裕二さんは今、どうされていますか」

誰かが訊いた。ピルズベリー法律事務所の弁護士だ。会計士ではないが、竹中の盟友である。その質問を機に、ロスで岩永とやったM&Aプロジェクトの想い出に一花咲いた。

翌日、竹中は成田空港へ向かう前、ホテルオークラのコーヒーショップで四人組とランチミーティングをもった。その四人とは奥園憲二、長原英司、道端やす代、薄井美奈子ら、三十代、四十代の実業家や起業志望者たちだ。来日のたび、時間をやり繰りして彼らと会うのを楽しみにしている。ビジネスの経験談を語ったり、時には韓国でM&A交渉をする時に同席させて、実地研修させたこともある。

昔、ミネベアの高橋高見や丸八真綿の岡本八二、東亜水産の森和夫、そしてほんの一時《いっとき》だが本田宗一郎らからいろいろ教えてもらった。そのお陰で今日の自分がある。もう彼らに恩返しは出来ないけれど、せめて若い人たちに万分の一でも伝えたい。ささやかな奉仕であるが、いつか大きな花が咲くかもしれない。いや、咲かせてほしい。そんな勝手な思いを一方的に抱き、実践する愚直な自分に、竹中は小さな満足を覚えるのだった。

ランチミーティングが終わり、ロビー玄関からタクシーに乗った。三週間ぶりの帰国だ。ロスを出て、インド、香港、韓国、日本を回ってきた。そしてこれからロスへ舞い戻る。寸刻みのスケジュールが続くけれど、気にはならない。気分はすでにビジネスコンサルタントに切り替わっている。ロスへ帰ったら、すぐさま又、出張の旅に出るのだろう。

後部座席に体を沈め、ぼんやりと窓外を走り去るビル群の景色を眺めていたが、ふと思い出したようにカバンから手帳を取り出した。縦二十センチ、横三十センチほどのカレンダーには、小さなブロック体（活字体）の英語で、びっしりと一ヵ月のスケジュールが書き込まれている。赤字が在日本、青字が在外国、黒字が在アメリカと、色で分けている。この記帳を何十年と継続しているのだった。

（七十歳はまだまだ若い）

本人が言わなくても、財布に入っている航空会社のカードに記されたマイレッジが、そう語っている。ユナイテッド航空が三百万マイル（四八三万キロ、地球一周一二〇回相当）、大韓航空が百万マイル。他も推して知るべしだ。国際会計士竹中征夫は現場主義を信条に、今日も奔り続けるのである。

（完）

参考文献（順不同）左記の文献を参考として使わせていただきました。有難うございました。

・企業買収（ダイヤモンド社、竹中征夫）
・伸びる企業伸ばす企業（経済界、竹中征夫）
・アメリカに自分の店をもつ本（実務教育出版、竹中征夫）
・Accountant's Magazine 11（ジャスネットコミュニケーションズ）
・燃ゆるとき（実業之日本社、角川文庫、高杉良）
・10年先を駆け抜けた男（徳間書店、上竹瑞夫）
・高橋高見われ闘えり（経済界、佐藤正忠）
・サバイバルプラン（近代出版社、奥野信亮）
・船井哲良の終わらない挑戦（講談社、桐山秀樹）
・カーライル（ダイヤモンド社、鈴木貴博）
・ファンドの時代（千倉書房、野口均）
・グローバルで成功するプロの仕事術（祥伝社、内田士郎）
・M&Aのグローバル実務（中央経済社、渡辺章博）
・ウィキペディア

作中に差別用語が出てきますが、当時は使われていたものであり、あえてそのまま使用しました。

またインタビューに応じて下さった多くの方々にこの場を借りて、厚くお礼を申し上げます。

著者略歴

1941年生まれ。大阪市立大学経済学部卒業後、川崎重工業に入社。営業のプロジェクトマネジャーとして長年プラント輸出に従事。最後の仕事として二十世紀最大のプロジェクトといわれるドーバー海峡の海底トンネル掘削機を受注し、成功させる。後年、米国系化学会社ハーキュリーズジャパンへ人事部長として転職。アメリカ式人事について本社でトレーニングを受ける。後に同社ジャパン代表取締役となる。退社後、経営コンサルタントとして日米企業に提言をするとともに、星光PMC（東証二部上場）監査役を歴任。

主な著書に『大正製薬上原正吉とその妻小枝』『この国は俺が守る』『我れ百倍働けど悔いなし』（以上、栄光出版社）、『ドーバー海峡の朝霧』（ビジネス社）、ビジネス書『総外資時代キャリアパスの作り方』（光文社）、『アメリカ経営56のパワーシステム』（かんき出版）がある。

サムライ会計士

平成二十五年八月十五日　第一刷発行

著　者　仲《なか》俊《しゅん》二《じ》郎《ろう》

発行者　石澤三郎

発行所　株式会社　栄光出版社

〒140-0002 東京都品川区東品川1の37の5

電　話　03（3471）1235

FAX　03（3471）1237

検印省略

印刷・製本　モリモト印刷㈱

ISBN 978-4-7541-0140-4